多谢款待 2

[日] 森下佳子　丰田美加——著

子狐——译

重庆出版集团　重庆出版社

版贸核渝字（2016）第267号
GOCHISOUSAN Vol.1 & 2 by Yoshiko Morishita & Mika Toyoda
Copyright ©Yoshiko Morishita & Mika Toyoda 2013(Vol.1),2014(Vol.2)
All rights reserved.
Original Japanese edition published by NHK Publishing, Inc.
This Simplified Chinese language edition published by arrangement with NHK Publishing, Inc., Tokyo in care of Tuttle-Mori Agency, Inc., Tokyo through Beijing GW Culture Communications Co., Ltd., Beijing

图书在版编目（CIP）数据

多谢款待. 2 /（日）森下佳子,（日）丰田美加著；子狐译. -- 重庆：重庆出版社，2021.3
ISBN 978-7-229-15628-2

Ⅰ.①多… Ⅱ.①森…②丰…③子… Ⅲ.①长篇小说—日本—现代 Ⅳ.①I313.45

中国版本图书馆CIP数据核字(2020)第252382号

多谢款待 2
DUOXIE KUANDAI 2
[日] 森下佳子 丰田美加 著 子狐 译

策划编辑：李 子 李 梅
责任编辑：李 梅
责任校对：朱彦谚
装帧设计：九一设计

重庆出版集团
重庆出版社 出版
重庆市南岸区南滨路162号1幢 邮政编码：400061 http://www.cqph.com
重庆升光电力印务有限公司印刷
重庆出版集团图书发行有限公司发行
E-MAIL:fxchu@cqph.com 邮购电话：023-61520646
全国新华书店经销

开本：890 mm×1240 mm 1/32 印张：10.5 字数：300千
2021年4月第1版 2021年4月第1次印刷
ISBN 978-7-229-15628-2
定价：48.00元

如有印装质量问题，请向本集团图书发行有限公司调换：023-61520678

版权所有 侵权必究

目 录
CONTENTS

第 1 章　冰激凌的力量　/　1

第 2 章　今天添一碗咖喱饭　/　27

第 3 章　终栖之家　/　52

第 4 章　奢侈的牛排　/　79

第 5 章　乳汁的教导　/　105

第 6 章　人穷志短　/　131

第 7 章　我的大豆男子　/　158

第 8 章　悠太郎的鸡蛋　/　186

第 9 章　战争的味道　/　213

第 10 章　土豆的反击　/　244

第 11 章　巧克力战争　/　272

第 12 章　盛情款待　/　302

第 1 章
冰激凌的力量

关东大地震的第二年,也就是长女福久出生之后,大阪发生了翻天覆地的变化。

以大地震为契机,大量的劳动力和企业纷纷涌入大阪。大阪以"东洋的香榭丽舍大街"为目标,开始了扩张御堂筋地区的工地建设,与此同时,地下的高速地铁工程也在建设着。大阪迎来了被称为"大大阪"的黄金时代。

在大阪高速发展的同时,负责设计地铁通道的竹元找上了悠太郎,问他是否愿意转到高速地铁的部门就职。为了实现竹元图纸中华丽又壮阔的通道设计,必须有一个得力助手参与其中。这个助手既要有"耕牛一般坚实的责任心",又要是个"完全没有审美"的人,这样才不会跟追求外观至上的竹元唱反调。一开始悠太郎漠然拒绝了,但是竹元却抬出了"就算发生了地震,地下铁也安然无恙"的理由让他上了钩,最后,悠太郎还是被竹元给收入麾下。

另一方面,地震时期出现了信息传递严重滞后的问题,为了能及时传递正确的信息,电台广播这一通讯工具受到了大众的重视,全国各地纷纷建起了地方广播局。在地震时期到处奔走,给各家各户传达信息的希子,对电台广播的重要性产生了共鸣。放弃相亲结婚的她,走向了完全不同的人生道路，她凭着满腔的热情，毫无准备地去应聘了当地的电台主播。在大阪广播局的面试现场，被考官提问有何特长的希子，竟然在众人面前放声高唱了一曲。她的勇气和歌唱能力，让她从蜂拥而至的大量应聘者中脱颖而出，成为了大阪最早的职业女性之一。

与此同时，煤气炉也在大阪的普通家庭中普及开来。从砍柴生火的劳累中解放出来的家庭主妇们，开始利用空余时间进行料理的开发。芽衣子把自己想出的新菜谱投稿给广播局的相关专栏，竟然也陆续得到了不少的稿费。等这笔钱攒得差不多了，她就取出来给家里配置了一台冰柜。有了这个冰柜，芽衣子对开发新菜谱就越发热心了。

时间飞逝，转眼到了1932年（昭和七年）。

芽衣子风风火火地登上了楼梯，推开了孩子们所在房间的拉门。只见孩子们并排躺成了一个"川"字，一个两个都睡得十分香甜。

"吃饭了！"

三个孩子的母亲，二十七岁的芽衣子，现在张口就是地道的大阪腔。

清早的西门家，比以前的卯野家更加热闹。悠太郎一直向往的和亲人们齐聚一堂进餐的愿望，如今终于得以实现了。围坐在他身边的是父亲正藏、母亲阿静和妹妹希子，还有芽衣子和三个孩子，西门家已经是总计八人的大家庭了。

"好了，大家开动吧。"

一家之主的正藏开了口，其他人也齐声说道："我开动了。"

第一个拿起碗筷的，是今年刚满五岁的次男，名叫活男。那副狼吞虎咽的样子，跟芽衣子小的时候一模一样。长男泰介今年七岁，他坐得十分端正，用碗筷的姿势就像教科书一般标准。他还时不时地关注着弟弟，是一个既优秀又懂事的孩子。

不过，现在最让芽衣子头痛的是八岁的女儿福久。她朝福久的方向扫了一眼，只见她一副睡眼惺忪的模样，用筷子一下一下地戳着自己做出来的美味佳肴。

"没想到鱼配上芋头这么好吃。"

正藏评价的，正是芽衣子之前给希子主持的《每日料理》栏目投稿的料理。这道料理是将竹荚鱼的腹部剖开，塞满土豆沙拉，再加入一点芥末制作而成。

"味道不错吧。福久也来尝尝？怎么样？好吃吗？"

福久夹了一点鱼肉放进嘴里，露出了困惑的表情："……我不知道。"

这孩子，每次让她吃东西说感想，都是这个反应。芽衣子正感慨着，次子活男爽朗的笑声传了过来："妈妈添饭！"早上的餐桌就是战场，芽衣子经常忙得自己都吃不上一口饭。

悠太郎一边看报纸一边吃着早餐，芽衣子提醒过他好几次了，但他每次都是随意应和一下，然后默默地把空了的饭碗递过去。年过三十的悠太郎，完全成为了西门家的顶梁柱。

"活男！那是姐姐的份！"

餐桌的另一侧，响起了泰介训斥的声音，转眼望去，只见活男正毫不客气地从福久的碗里夹菜吃。福久碗里的饭菜根本没动多少，芽衣子催她多吃一点,那孩子仍是一副不在状态的样子。不只在家里,福久上课也经常走神,搞得芽衣子经常被任课老师叫去抱怨。

就在母女僵持的这段时间,胃口极好的活男已经把福久碗里的饭菜完全吃完了。

芽衣子只好先教育儿子不能抢食,又苦口婆心地劝女儿要好好吃饭。等她忙完孩子的事情,悠太郎已经吃完了早餐,准备出门上班了。

因为工地上频繁出现漏水的情况,悠太郎最近出门的时间都提前了不少。大阪地下的土质比较柔软,地下水也十分丰富,不管他们做了多严密的防水措施,地下水还是会从混凝土的焊口渗透出来。为了解决这个问题,现场的各方人马都焦虑已久。

芽衣子在玄关处将便当递给了悠太郎,心疼地说:"真是辛苦你了。"目送悠太郎离开之后,她又把两个上小学的孩子送到门口。

"我去上学了!"

泰介一本正经地打过招呼之后,加入了小伙伴的队伍,精力充沛地迈向学校。满心欢喜地送走了儿子,芽衣子看到了跟在后面的女儿。只见她一个人孤零零地走在路上,一点精神也没有。

"福久,要好好把便当吃完哦!路上小心!"

面对母亲的叮嘱,福久还是没有任何回应。

芽衣子带着活男来到了甜品店"美味介"。最近,马介终于把他梦想已久的点子加进了菜单。具体做法就是把当日送来的新鲜水果榨成汁,作为每日替换的特色饮品提供给顾客。这个服务一展开,就得到顾客们的一致好评。

活男特别喜欢喝这个果汁,每次到店里都会喝上很多杯。此刻他正在意犹未尽地吮吸着榨汁后残留的果渣。

"看着小活吃东西,心情也会变好呢。"

芽衣子小的时候,也经常被阿虎这么夸呢。

"……活男是个小吃货,泰介也会好好吃饭,为什么只有福久是那个样子呢?"芽衣子叹了一口气。

"吃得又少,吃什么东西都一个样子。问她好不好吃,她也只会说不知道。"

"据说有个别孩子,天生就对吃东西没什么兴趣。"

接了客人点单回到厨房的樱子,对两人的讨论发表了自己的意见。樱子跟家人的关系依然不好,大地震之后和丈夫室井留在了大阪,如今依旧在"美味介"做着服务员。

今天室井和女儿文女不在,店内都清净了不少。芽衣子问了一下,原来室井带着女儿去动物园玩去了。

"真好啊,室井先生都会帮忙照看孩子。悠太郎完全就是甩手掌柜。"

"我倒是希望他赶紧去找工作!好不容易卖得好些了,他又说写不下去了。"

樱子提到的"卖得好些了"的东西,就是之前室井以关东煮为主题所作的系列儿童话本。美味介店里柜台的一角,还摆放了一本作为装饰。

"芽衣子投稿的点子,经常都被采用呢。"

看着正在便笺纸上奋笔疾书的芽衣子,马介不由得感慨道。他所说的投稿，是芽衣子把菜谱投给希子主持的一个名为《我引以自豪的菜单》的电台节目。

不过对芽衣子来说，最近出现了一位自称"卷心菜夫人"的强敌，她不用真名也不留地址，每次只把菜谱寄到广播电台。

两人正聊着，源太从门外走了进来："哦哦，你在啊，芽衣子。牛奶店今天不知怎么回事，好像卖剩了不少牛奶。店主说，你要的话，就便宜卖给你。"

"……我要！我这就去买！"

"妈妈，难道你要……"听到两人的对话，活男的眼睛闪闪发亮。

芽衣子露出了得意的笑容，开始思考起今天要做的甜点，就在她醉心料理的时候，一件不大不小的事情，也揭开了序幕。

在西门家的厨房中，一时间充满了甘甜的香味。满头大汗的芽衣子正在努力地搅动着一个手动碎冰机，正藏则在一旁牢牢地托着架在上面的加冰桶。阿静端上了各种各样的调味料，活男兴奋不已地注视着容器中翻滚的白色冰激凌。

没错，芽衣子今天制作的甜点就是冰激凌。就在大功告成之际，一脸歉意的泰介，带着一群自称"点心小队"的同学回到了家中。

"阿姨——今天吃什么？""阿姨——这是什么？"看到了冰激凌，点心小队的成员们纷纷激动起来。

"快回家啦！你们，先回家！"

为了守护今天的成果，芽衣子拼命劝说他们回去，但这对饥肠辘辘

第 1 章 / 冰激凌的力量

的孩子们是没用的。

分到冰激凌之后,可以在上面浇上各种各样的调味品。有山椒、味噌,还有砂糖柚子和樱花腌菜,抹茶也是必不可少的。就在大家兴致勃勃品尝风味各异的冰激凌时,福久回到了家中。不知为何,她的神色有些不自然。

"福久,你怎么了?"

话音未落,住在附近的家庭主妇高山多江带着她的儿子从门口闯了进来。

"福久在吗?在啊!喂喂,你为什么干这种事?!"

见高山一副怒气冲冲的样子,芽衣子赶紧上前询问了缘由。原来在学校时,福久竟然从二楼往下扔石头,结果高山的儿子被石头砸伤了小腿。

"这是真的吗?福久?"

芽衣子一脸震惊地跟女儿确认,但是福久却非常顽固地声称自己没有砸人,只是把石头放下去而已。

多江越发生气,连连大呼:"这孩子在撒谎!"阿静马上高声反驳:"是你家孩子太笨了吧!"

"如果以后走不了路怎么办?你们必须负起责任!"多江愤愤不平地扔下一句,带着儿子头也不回地离开了。

芽衣子只得问阿福为什么要这么做,得到的回答却是"我想找一块不会落下来的石头"。这话怎么也不像一个八岁孩子会说的,芽衣子觉得她只是在找借口开脱。

到了晚上,芽衣子跟下班回家的悠太郎谈起了这件事。疲于工作的悠太郎对孩子的事一无所知,照旧全盘托付给了芽衣子:"不如,你再跟她好好谈一下？她会这么做，肯定有她的理由的吧。"

第二天一大早，芽衣子带着点心，亲自去对方家里道歉。

多江却不怎么领情，她故意挑着芽衣子的痛处说道："你家那孩子，是不是有点怪怪的啊？"

回到家后，芽衣子已是身心疲惫。通常这种时候，她会独自一人跑去搅拌米糠，这样会让她忘记不开心的事。

（没关系的，芽衣子。你小的时候，也是一个让父母十分头痛的孩子呢。你偷过学校的鸡蛋，抓过池塘里的鲤鱼，连寺庙的供品也拿过呢，你以前可闯了不少祸呢。）

不知为何，阿虎今天的安慰没有什么效果，芽衣子心中的郁结一直没法解开。

就在这时，福久被班主任带回了家。芽衣子上前迎接，却被告知福久今天差点就在学校引发了火灾。

"咦！咦？这是怎么一回事？！"芽衣子震惊不已。

原来福久把报纸、羽毛、草根、粉笔、橡皮擦、铅笔盒、抹布、笔记本和书包等杂物统统收集起来，用火柴一一点燃，随后自己站在一旁，目不转睛地盯着燃起来的烟雾。火苗越烧越旺，甚至波及了附近的物品，在这么危险的情况下，福久还是一动不动地注视着火焰。

"其他学生发现异常之后，赶紧浇水扑灭了火焰，若是再晚一点，事态就不可收拾了……但福久却说，她只是想看看烟雾的样子。"

芽衣子又急又气，眼眶都红了起来。

"福久,今天早上你不是和我约好了,不会再做伤人的事情吗?"

"我没有伤人。"

"这次只不过是运气好而已!如果引起了火灾,不小心伤到别人,你知道会有多可怕吗?这种事是不能做的!你不明白吗?!"

班主任表示有些话要跟家长单独谈,芽衣子就让女儿先进了屋内。

接下来的谈话,对芽衣子来说宛如晴天霹雳一般,因为学校领导想让福久暂时休学。

"等、等一下。休学这段期间,福久要怎么办啊?这个年纪的孩子,不是有上小学的义务吗?"

"这位母亲,请你理解我们的难处。虽然有些孩子脾气不好,还喜欢恶作剧,但是像福久这样放了火还毫不在意的孩子,我们是第一次见到。福久是一个异于常人的孩子,这是我们认真讨论后得出的结论。"

考虑到其他学生的安危和影响,学校方面必须慎重处理,所以他们需要时间来考虑妥当的对策。

"拜托你们了!我会好好教育她的,真的非常抱歉,给你们添了这么多麻烦!"

芽衣子深深地埋下了头,目送班主任离开了西门家。

她疲惫不堪地回到屋里,看见福久和活男正在玩泡在水里的香菇。他们先是伸手将浮在水面的香菇压到盆底,又松手让香菇浮起来。两人就这样不断重复动作,玩得不亦乐乎。

为什么,只有这个孩子会对这些事情这么较真呢?

"福久,你去不了学校了,怎么办?"芽衣子严厉地说道。

"……可以啊，我……不去学校也没关系。"福久一脸茫然地回答。她在学校里一个朋友也没有，学校对她来说，并不是一个非去不可的地方。听了女儿的发言，芽衣子觉得头痛得更厉害了。

"啊，我肚子饿了！点心！母亲！我要吃点心！"

完全不明白眼下状况的活男，跑上前抱住了芽衣子的大腿。

"别闹了！待会儿再吃！"

活男被母亲凶狠的态度给吓到，哇的一声哭了起来。而当事人福久却自顾自地跑出门，追起了被风吹起的落叶。看见这样的女儿，芽衣子一直压制的怒气，终于爆发了出来。

"别人给你说话的时候，一定要好好看着对方的脸！要好好地听对方说话！这才是普通的孩子！普通的孩子，每天会去学校上课，下课之后会跟朋友们一起玩！不会去乱扔石头，也不会去到处点火！如果知道自己不能去学校，一定会很不开心，还会哭闹起来！为什么？福久……为什么你就不能做个普通的孩子呢！"

芽衣子发泄一般地怒吼着，激动之下，便有些口不择言。

福久愣愣地盯着面容狰狞的母亲，不一会儿，泪水从她的眼眶中流了出来。另一边，活男则紧紧抓着芽衣子的衣角，发出如同蝉鸣一般的抽泣声。一时间，屋子里乱成了一团麻。

"……别哭了……真是的！你们都别哭了！"

真正想哭的人，是我啊！芽衣子在心里呐喊道。

"是我教育孩子的方式有问题吗……"

芽衣子一边准备着希子的便当,一边轻声抱怨着。阿静很宠爱孙女,说什么不去读书也能走出自己的康庄大道,但是对于身为母亲的芽衣子来说,这样下去肯定是不行的。

等到悠太郎回家之后,不管再怎么难以启齿,芽衣子还是把事情原原本本地告诉了丈夫。

"……今天居然去点火了?"听完之后,悠太郎睁大了双眼。

"在那之后,你有找福久好好谈过吗?"

"欸?我……还没来得及,今天就发生了这种事。"

"你到底在做什么?你不是她的母亲吗?要是你都不好好听她说话,不去理解她,那福久不是太可怜了吗?你连孩子的教育都做不好吗?"

悠太郎不满地抱怨道,却没有发现妻子的脸色越来越糟糕。

"大哥。你是不是说得有点过分了……"

希子试图缓解两人之间的气氛,但是芽衣子却突然大吼起来:

"既然这样!那悠太郎来做好了?!你也是福久的父亲吧!你去跟她好好谈话,你去教育她吧!"

"你、你到底在气什么?"面对妻子突如其来的怒火,悠太郎有些不知所措。

芽衣子红着眼嚷道:"你都不在家里!你都知道些什么?!这个时候装出一副父亲的嘴脸给谁看!"

"那么,你要跟我交换,去外面工作吗?"悠太郎的火气也冒了上来。

"你能想出什么好法子,让那些冥顽不灵的同僚听从自己的意见吗?你能让那些疲惫的工人听从自己的忠告吗?"

"大哥，你都说到哪里去了。"

"你要解决的对象，只是个孩子啊。而且，还是你可爱的亲生女儿。就这样，你还有什么可抱怨的？"

"她不是个普通的孩子。"

泪水终于从芽衣子的眼眶中流了下来。

"她根本就分不清什么事情可以做，什么事情不能做！其他孩子自然而然就明白的事情，她就是不明白！普通的孩子，去不了学校会觉得难过，会觉得寂寞，她却完全没有这种感觉。这样的孩子，到底要怎么教育才好呢，我完全没有头绪啊！那个孩子……那个孩子她……"

"她是世界第一的大美人！"

阿静焦虑的喊声打断了芽衣子的话，两人转过头，看见楼梯上的福久被正藏紧紧地捂住双耳。原来由于两人的吵架声太大，连在二楼睡觉的福久都被惊动了。

"你母亲真是，这么晚还这么闹腾。好了，今晚跟奶奶一起睡。"

说完后，阿静便和抱起福久的正藏匆忙走上了二楼。

见此情景，芽衣子越发地厌恶自己，她捂住脸，失声痛哭起来。悠太郎也回过神来，不知该对妻子说些什么。希子一边安抚嫂子，一边劝大哥暂时回避一下，悠太郎只得默默地离开了房间。

这天夜里，芽衣子来到了孩子们睡觉的房间，悄声无息地钻进了本属于福久的被窝。

"母亲。"泰介小声喊着自己，她以为孩子都睡着了。

"抱歉，吵到你了？"

"我,很喜欢福久姐姐……她跟一般人不太一样,是个很有意思的人。

"……母亲……也是这么想的吧。"

泰介温柔的话语,让芽衣子感受到自己的看法是多么狭隘。

第二天早上,芽衣子正在厨房准备早餐,脸色发青的悠太郎从二楼走了下来。

"今天我会早点回来的。"

昨天夜里,悠太郎在厨房看到了芽衣子留下来的料理笔记。笔记本还保持着翻开的状态,里面记录了她每日观察到的女儿进食情况,比如"吃了一点""完全没有吃"等等。看见这些记录,悠太郎为自己单方面地责怪芽衣子的事情感到十分后悔。

令他意外的是,芽衣子却对他露出了爽朗的笑容。

"福久是我可爱的女儿,我会好好教育她的。"

芽衣子觉得悠太郎说得有理,夫妻之间分配好工作和责任之后,就应该好好完成。听见夫妻俩对话的正藏,决定和阿静一起把活男带出去,打算让他看看百货商店里的大食堂。

"今天你就放松一点儿,就和福久两人好好相处吧。"

芽衣子非常欣喜地接受了正藏的好意。

"今天的午饭想吃什么?福久……要不要和母亲一起做饭?"

芽衣子一边洗着餐具,一边跟女儿搭话。一回头,发现福久目不转睛地盯着烧开的水壶,似乎对上下翻腾的盖子很有兴趣。

福久提出了"为什么会这样"的疑惑,芽衣子一时间陷入了困境。随后她灵机一动,快步跑出了厨房,叫住了正准备出门的正藏一行人。

"福久问我水壶盖为什么会不停地动,但是,我不知道怎么说明……"

正藏露出了恍然大悟的表情,嘴里不断念着:"石头……烟雾……"

他跟着一头雾水的芽衣子回到了厨房,认真地回答了福久的疑问——

水被烧开之后,就会变成水蒸气,这种力量就会把水壶的盖子抬上去。但是,存在着另外一种力量,会一直把盖子拉下去,这两种力量相互争执,就让盖子形成了上下摇动的状态。

"'为什么所有东西都会掉下去呢,那会不会有什么东西不会掉下去呢?'福久,为了找到这个东西,做了很多尝试吧?"

正藏的话让芽衣子终于醒悟过来,原来福久说的"不是砸人,只是扔下去"是真的,并不是为自己开脱而找的蹩脚借口。

"抬上去的力量,和拉下去的力量。"

一直以来沉闷少语的福久,此时竟然露出了兴致勃勃的眼神。

"是这样的,福久。这个世界里,存在着很多我们看不见的力量,它们有时候会合作,有时候又会相互对立,不停地把各种物体拉过来又扯过去。正是因为这里充满了这些力量,福久才能站立在这里。"

"月亮悬浮在空中也是因为这个吗?"

"是的。"

"那、那么,风呢,风为什么会横着吹过来呢?"

自从福久出生以来,芽衣子第一次看到她充满了活力的样子。

"……对我来说有点难以想象呢,不愧是流着悠太郎的血的孩子。"

第 1 章 / 冰激凌的力量

芽衣子一边叹气，一边感慨道。

原来福久一直对看不见的力量有着浓厚的兴趣——

不管是扔石头也好，点燃各种杂物也好，只是为了证实这些力量的存在。

"不管怎么说，这孩子有一双善于发现的眼睛呢。可以看到一般人看不到的东西。"

"在福久的眼里，这个世界到底是什么样子的呢？"

让大人们感慨万分的福久，此刻正往水桶里放入各种蔬菜，观察着它们沉浮的情况。

芽衣子想起悠太郎说过的一句话——"料理就是科学"。这么一来，厨房不就是实验室了吗？

"父亲，你能不能抽点时间来教教福久，陪她一起做实验呢？"

"……只要你觉得我这个生锈的脑袋，没有问题的话。"

正藏不好意思地抓了抓头上的白发，见状，芽衣子不由得笑了起来。

第二天，芽衣子对前来了解情况的班主任解释了前因后果，对方也对此表示了理解。就这样，福久在休学一周之后，重新回到了学校。

然而悠太郎这边，工作上的问题却越发严重。

原本他们作为地铁的设计方，就和实际挖掘隧道的工程方一直矛盾不断。当防水工程加进来之后，整个施工就进行不下去了。

悠太郎向上司池本提出了这样的提案——虽然有损外观，但是沿着天井的弓形外墙加设一条通水管，就可以解决所有问题。池本接受了这个提议,但是部下真田却对此做法十分担忧。

"在弓形天井加一个导水管,这种改动真的不用告诉竹元教授吗?"

竹元的设计追求的就是富丽堂皇的欧美风格,如果看到天井上突然冒出来一个导水管,只怕会暴跳如雷。

"……事后告知也没什么关系吧。正好这段时间他也不在现场,就算他事后生气,那也不能返工了。"

正当悠太郎振振有词时,竹元带着牛肉饼三明治来到了办公室。

"我过来办点事。不过,听说漏水的问题有点严重?"

面带微笑的竹元,在看到悠太郎等人支支吾吾的反应之后,心中便升起了疑云。当发现了桌上关于导水管的设计图之后,他的脸色顿时变得异常难看。随后,屋内响起了响亮的怒骂声,几乎把房顶都给掀翻了。

第二天,地铁设计的主要负责人聚集一堂,进行了有关今后施工调整的讨论。

"不管竹元先生怎么说,把主体的混凝土挖开,再把导水管埋入其中的做法绝对不行。这样一来,隧道自身的强度就会大幅度下降。"

土木部门的负责人石川,坚决不同意把导水管埋入混凝土中。

"但是只有添加导水管,才能真正解决漏水问题,是最具备可行性的方案。"负责现场监督的悠太郎如此说道。

但是,这些提议竹元统统充耳不闻。

"我们到底是为了什么才让工人们拼死拼活地修建弓形隧道的!你们是想他们的心血统统白费吗?我真是太失望了!"

几人争持不下，最后纷纷都摔门而出，今天的会议也没有讨论出任何结果。

悠太郎拿起了竹元设计的地铁草图——高雅的弓形天顶，华丽的墙壁装饰，再加上垂下来的枝形吊灯，看起来就像梦中的光景一般。

"太蠢了。理想和现实是不一样的。为了保证安全性，妥协是必要的。"

那个时候，悠太郎依然觉得池本的说法才是正确的。

最近，希子也遇上了不小的麻烦。这天结束工作后，当她走出大厅时，有一个自称粉丝的奇怪男人上前不停地纠缠她。希子对此恐慌不已，把此事告诉了搞技术的同事川久保启司。对方听完，便自告奋勇当起了护花使者，表示要亲自送她回家。

走到中途，川久保若无其事地四下张望了一番。

"我还真想看看那种家伙长成什么样呢。"

被下垂眼的同事这么一调侃，希子的沉闷心情顿时消散了不少。

芽衣子回家之后，急匆匆地翻开了料理笔记本，奋笔疾书起来。

"福久她啊，居然叫我给她做冰激凌呢！她想吃我做的冰激凌！"

白天，芽衣子带着孩子们参观了广播电台的节目录制。回家的途中，孩子们看见路边小摊便吵着要吃，芽衣子就给他们买了冰激凌，令人意外的是，福久居然吃得津津有味。原来比起每天都能吃到的母亲做的料理，福久居然更喜欢外面的小摊，这个认知让芽衣子的内心有点挫败。

"第一次！这是第一次啊！那孩子开口说想吃什么东西！哎呀，要怎么办，我得加把劲啊。"

芽衣子在笔记本上不停地写写画画，涌起了开发特制冰激凌的热情。

这天晚上悠太郎没有回家，芽衣子准备了便当盒和换洗的衣服，第二天一早就送到了施工现场。工程好像遇到了很大的麻烦，悠太郎看起来精神十分萎靡，双眼也充满了血丝。虽然担心丈夫的情况，但是芽衣子也只能对他说："保重，加油哦！"

昨晚工作结束之后，悠太郎本想直接回家，结果他在工地上遇到了前来参观的一对母女。白发苍苍的老妇人表示，为了响应打造日本第一的街道御堂筋的口号，她离开了这片常年居住的熟悉的土地。

"我非常期待！希望你们能建出十分厉害的地铁站！"

老妇人真诚的话语，让悠太郎临时改变了主意，他只身返回了市政所的办公室，彻夜不眠地修改了设计图纸。

"总而言之，这个方案就是将弓形天井的内壁增厚，专门留出空间用以排出地下水。我觉得这是唯一可以解决问题的方案。"

悠太郎摊开设计图纸，向石川和增冈等人解说了这个兼容美观和安全性的最佳方案。

"你真的这么觉得吗？"

正如池本担心的那样，石川被这个新的设计给彻底激怒了。

"这怎么行得通！没有多余的经费，工期也赶不上，根本就周转不过来！"

各部门千辛万苦完成了现有的进度，现在却突然提出更高的要求，石川大声呵斥悠太郎此举不过只是想自我满足罢了。但是悠太郎的脑中，却一直回响着昨夜老妇人说的话。

"为了修建这个地铁，得到了大阪市民不少的经济支援。进一步来说，为了建造这个御堂筋，让多少居民含泪背井离乡。他们付出了这么大的牺牲，我们难道不应该全力打造出让他们感到自豪的地铁吗？这种想法，也叫作自我满足吗？"

"更多的人只想早日完成这个工程！"

当听到要削减5厘米的隧道空间时，石川更是火冒三丈，甩下一句"谁给你做啊！"愤然离开了讨论现场。

"请等一下！"

悠太郎追了上去，快步绕到前方试图拦下对方。两人几番拉扯，随后悠太郎被石川推到一旁，撞上了施工建材叠成的小山堆。随着轰然一声巨响，最上层的建材纷纷滚落下来，不一会儿就将悠太郎给盖住了。

与此同时，在西门家中，因为机会难得，芽衣子提议让孩子们和自己一同制作冰激凌。

"这是我们平日吃的冰激凌，这是用昨天剩余的蛋白做的冰激凌，还有一种嘛，是根据小活的要求，特别试做的冰激凌。"

活男把冰激凌挑了起来，抻出了很有韧性的条状。一旁围观的正藏和阿静大吃一惊，原来，这份竟是用纳豆做成的冰激凌。

"福久，你来尝尝。"

一直紧张地盯着冰激凌的福久，终于把汤匙插进了圆圆的小山中。她咬上了一口，慢慢地回味，然后又咬上一口，随后，她的眉头轻轻地皱了起来。

"更喜欢昨天的冰激凌?"

"……不。"

"太好了,如果你觉得昨天的更好吃,那我真是太不甘心了。"芽衣子终于松了一口气。

福久盯着手里的冰激凌,露出一副若有所思的神情:"……原来,这就叫好吃吗?我不知道什么才叫好吃。爷爷说的那种好吃,我不知道是什么味道。"

福久的发言,让全家人都呆住了,泰介第一个反应过来,他试探性地问道:

"那个、就是、你没吃过那种、难吃的东西吗?"

"昨天的冰激凌,味道很奇怪。"

"难道姐姐你……从来没去朋友家吃过饭吗?也没在外面买过东西来吃?也没跟同学交换过便当拌菜吗?"

福久点了点头。阿静恍然大悟道:"哎呀,原来是这么一回事啊。"只有芽衣子依然一头雾水。

"也就是说,因为福久从小到大只吃过你做的料理,就是你自己觉得好吃的,才做给孩子们吃的那些料理。所以,福久从来没有吃过觉得难吃的东西。当别人说这个东西好吃,她也不明白是什么意思。"

"如果这就是好吃的话,那母亲做的料理一直都很好吃。"福久有些困惑地说道。

芽衣子突然之间泄了气,发出了深深的叹息。

"不过，好吃这种事情，不知不觉当中也能体会到吧。"

"福久是个较真的孩子，如果自己没有搞明白，是不会轻易点头的吧。"

正藏感慨地注视着自己的孙女，芽衣子依然有些呆滞。

"……真、真是麻烦的性格呢。"

就在这时，真田忽然从玄关闯了进来，带来了悠太郎在工地现场受伤的消息。

在医院接受了治疗，头部被层层绷带包住的悠太郎，对眼前的状况有些疑惑。当然，他疑惑的不是脑袋受伤这件事。

"已经可以了，小悠。"

眼前面带微笑着帮他处理伤口的医生，正是他的青梅竹马亚贵子。

"虽然出血较多但是伤口并不深，问题应该不大。只是伤到了头部，还是要注意一点。"

大阪南综合病院位于地铁工地的附近，亚贵子上个月才被分配到这里工作。

她一点都没变，笑起来依然美丽动人。

一名护士走进屋内，称亚贵子为"松田医生"，听见这个姓，悠太郎不禁脸色一变。

"伤者的夫人已经到医院了。"

面对悠太郎投过来的带着困惑的视线，亚贵子微微一笑，恢复了医生的态度。

"止痛药已经开了，到前台拿吧。今天要好好休息，明天要来复诊哦。"

悠太郎被同事池本搀扶着，来到了医院大厅，芽衣子见状，十分担心地迎了上来："悠太郎，你没事吧？！"

"啊……虽然包得挺严实，其实并没有大碍。"

悠太郎有些心不在焉地应付着，后来他不顾池本和芽衣子的担心，毅然决定回去工地现场。

"哎呀！你不要太勉强自己啊！"

劝不住丈夫，芽衣子只得悻然地回到了家中。

因为晚归尚在进食的希子，正听着嫂子的抱怨。"不是吧，大哥他受了伤还要继续工作吗？"

"真是的，他到底有多喜欢工作啊。"

"总比沉迷女色好吧。有好多人，年纪轻轻就不务正业呢。"

白天，希子在街上遇到了源太，他带着一名体态丰腴、婀娜多姿的女性游玩，依然是那副浪荡不羁的样子。希子的身边，则跟着昨天自告奋勇的护花使者，虽然婉拒了好几次，但是川久保还是坚持要送她。

"你是因为什么理由，才下定决心跟大哥在一起的？"

"我觉得他很帅气。虽然经常惹人生气，但是他朝着梦想努力拼搏的样子，让我非常感动。"

"这样啊。那他现在不还是那样子吗？"

"……说得没错。他那个人啊，几乎没有什么改变呢。"

很久之后芽衣子才明白，这样的性格，不一定完全是好事。

第1章 / 冰激凌的力量

等悠太郎他们回去后，发现工地上正陷入混乱的状况。原来因为停水，排水泵停止了运作，地下水因此不断地倒灌出来，大家都在手忙脚乱地进行抢救。等危机终于缓解之后，已经是半夜时分了。辛苦了一整天的工人们聚起来，喝起了小酒。

悠太郎带着一身泥水和汗水，坐到了石川的隔壁，就之前的事向他道歉。

"是我说得太过分了，还一副高高在上的口气，真的很抱歉。"

石川对悠太郎原本就有些歉意，刚才又看到他用水桶努力排水，对他的印象改观了很多。

"……我明白你的意思。其实我也有朋友因为开发而背井离乡。为了不辜负他们，我们是应该把工程做得尽善尽美。"

每一个站台都装了形色各异的装饰枝形吊灯和瓷砖。竹元设计的地铁站明亮又华丽，其实石川也很喜欢这种风格。

"但是，当看到工人们的脸，我就知道他们已经忍到极限了。如果有报酬的话倒还好，现在可是指手画脚地要他们无偿劳动啊。"

石川猛地灌下一杯酒，问道："必须全部调整吗？"

"必须做成二重构造的墙面只有一部分，其他的可以用导水管来处理。这样一来，不必大幅度缩减空间，工人修缮起来也容易得多。"

"我会考虑一下。"石川终于做出了最大的让步。

闻言，悠太郎露出了笑容。

"你一定要好好去医院复诊哦！"

第二天早上，芽衣子把悠太郎送到了玄关，不住地叮嘱他。

"好的。"悠太郎心情复杂地回应着妻子。

昨天夜里悠太郎回到家中，看到芽衣子趴在矮脚桌上已经睡着了。桌上摆着几本女性杂志和料理笔记，看起来她在等自己的期间，一直在找有利于恢复伤口的料理配方。这个画面让悠太郎不由得心生愧疚，一晚上过去了，这份愧疚也没消退，当芽衣子把便当盒递过来的时候，他不由自主地说了一句："啊，谢谢你。"

"……怎么了？这有什么好谢的？"

悠太郎愣了一下，慌忙应付道："偶尔说一下，也没什么吧。"说完，便匆匆地离开了家。

回到客厅的芽衣子，再次坐到了全家人就餐的矮脚桌边上。

"怎么，他今天出门也很早啊。"正藏问道。

"他说想第一个看医生，这样就可以早点去工作了。"

"为了工作，大哥真是太努力了。"希子感慨了一句。

一旁默默吃饭的福久突然抬起头，说道："母亲也很努力啊。母亲用看不见的力量，给我们做了这么多饭菜。"

福久的脑中，浮现出芽衣子专心制作冰激凌的身影。她终于意识到，原来迄今为止在饭桌上吃到的饭菜，都是母亲花费了很多时间和精力才做出来的。

"说得没错，所以，福久你也要努力吃掉哦。"

阿静忍不住逗了福久一句。当芽衣子再次望去时，看到平日里总是拿筷子戳着饭菜的女儿，居然正在大口大口地扒着碗里的饭。不一会儿，福久把最后的腌菜也放进了嘴里。当她放下筷子后，桌前是空空的饭碗和干净的菜碟。

"多、多谢款待。"

"唔……"芽衣子的胸中涌起一股热流，眼泪不争气地掉了下来。

福久慌慌张张地拿起桌上的毛巾，递给了母亲。

"多、多谢。"芽衣子一边擦着眼泪，一边向女儿道谢。

注视着母女两人温馨互动的场景，正藏不由得感慨道："看不见的力量，也会帮助子女的成长呢。"

"真是急性子呢，早早就在医院外面等着。"

亚贵子一边帮悠太郎拆绷带，一边笑着调侃道。

"抱歉，还没上班就来打扰你。"

随着沾满泥土的绷带一层层滑下来，亚贵子的脸也越靠越近。悠太郎莫名有些紧张。

"……亚贵，你怎么用回'松田'这个姓了？"

悠太郎还是忍不住，把昨天在意的事情问了出来。"松田"是亚贵子成为养女之前的姓，也就是她亲生父亲的姓。

"我和光男，还是没有在一起。

"我和他结了婚，但是，他去年去世了。然后，村井家的父母就说，如果你想恢复旧姓那就恢复吧。"

"……你有什么需要帮忙的地方，都可以告诉我。"

亚贵子突然停下动作，望向悠太郎：

"……真的可以说吗？"

两人之间的空气变得有些暧昧起来，悠太郎有些疑惑，还是回道："是啊。"

"……喜欢之情，让我很为难。"亚贵子目不转睛地盯着悠太郎的眼睛。

"一直好喜欢……好喜欢，让我非常为难。"

第 2 章 _____
今天添一碗咖喱饭 _____

看见悠太郎陷入困惑的模样，亚贵子笑着强调："是工作哦。"

就算听见这个回答，悠太郎还是很难释怀，亚贵子马上转移了话题，开始倾诉起人际关系上的烦恼。说自己对外表现得比较冷淡，又没有什么特别的兴趣爱好，又因为家庭情况复杂，所以不太喜欢跟别人深入接触。

"不知不觉，就变得很爱说谎，总是随意敷衍他人。所以，我根本交不到可以真心相交的朋友。偶尔我会想，如果小悠在身边就好了。"

亚贵子一边倾诉着，一边麻利地给悠太郎包扎伤口。

等治疗完毕，悠太郎终于开了口。

"……如果是这个时间，我可以来的。虽然不能悠闲地聊天。"

"……真的吗？"

不经意间看到亚贵子认真的神情，悠太郎的心跳似乎漏了一拍。

这一天，发生了一件让大家震惊不已的事情。竹元出现在工地现场，交出了一份采用了导水管的新设计图。设计图上的导水管呈现出了美丽的条纹，非常具有艺术感。看起来竹元又被什么事物激发出了别具一格的美学意识。说起来，竹元不单沉迷美丽的事物，也钟情于味美的食物，他还是甜品店美味介的忠实粉丝。不管如何，工程上的最大难关终于可以顺利解决了。

"那你从明天开始，都要七点出门了吗？"

悠太郎回到家中时，芽衣子已经为他做好了牛筋咖喱饭，这是他很喜欢的一道料理。

"是的，导水管必须重新设计。"

虽然不是撒谎，但真实情况也非全然如此，悠太郎的语调有些生硬。芽衣子"嗯"了一声，开始打量他头上的绷带，悠太郎的内心越发动摇。

"怎、怎么了？"

"不管多忙，都要好好去医院复查哦。"

芽衣子一边叮嘱着，一边把牛筋咖喱饭端到了悠太郎的面前。芽衣子查阅杂志，了解到牛筋有助于伤口愈合，才特意为悠太郎熬制了这道料理。得知此事后，悠太郎生出了深深的愧疚感，他埋下头，大口大口地吃了起来。

"悠太郎，真是喜欢吃这个呢。今天的牛筋熬得特别软哦。"

"真的，你做的咖喱饭天下第一！"

在这个夫妻和乐融融的幸福时刻，亚贵子的事情也好，心中的愧疚感也好，都似乎消散得无影无踪了。

在那之后很长一段时间里，芽衣子都会毫不知情地将丈夫送出门，而后者以消毒伤口为由说服自己，持续着与亚贵子在医院的见面。

某天晚上，芽衣子和吃着延迟晚饭的希子，谈起了恋爱的话题。

"小希，最近怎么样，有没有喜欢的人？"

"……有一个觉得还不错的,但是,我可能没法和他结婚。"

希子今天也是被川久保护送回来的,走在途中,她又远远地看见了和不同女人搭讪的源太。

和纤瘦的希子不同,这是一名身材丰满的女性。

"小、小希,你不会,喜欢上有妻室的人了吧?"

"不是的!"

希子的话音刚落,说着"我回来了"的悠太郎就从玄关走了进来。

"小希,不能当第三者哦!"

"真的不是!我只是觉得那个人,不太合适结婚而已。"

"不管之前有多喜欢,结婚之后还花心的话……"

芽衣子和希子的对话,仿佛每一句都像在指责悠太郎。感觉芒刺在背的悠太郎努力稳住了心神,装出若无其事的样子,把在百货商店购买的点心交给了芽衣子。

"同事推荐的,他们说非常好吃。"

"哇哦,谢谢!是奶油蛋糕呢,得在今天吃完。"

看见妻子雀跃的表情,悠太郎心里越发内疚,他轻轻地叹了一口气。

(——既然这么有罪恶感的话,那不去不就行了吗?)

但是,亚贵子那句"交不上真心相交的朋友,如果小悠在身边就好了",让悠太郎实在无法不闻不问。

(啊,原来是这样吗?不管是哪边,你都抱有罪恶感是吗?因为你让原本就无依无靠的亚贵子,再次变成了孤身一人。——算了,罪恶感什么的,还真是个好用的借口呢。)

从厨房的方向，不断传来阿虎对悠太郎的抱怨之声。

而另一边，悠太郎的疑似出轨的行径，意外地被樱子知晓了。室井带着手指受伤的女儿去大阪南综合病院治疗，正巧撞见了亚贵子给悠太郎包扎伤口的一幕。

"你从悠太郎那里听说什么没有？比如遇到了什么人？"

芽衣子正准备去工地送慰问品，却被樱子拦了下来，连珠炮似的提了一堆问题。看到好友一无所知的样子，樱子有了一股不妙的预感。

果不其然，当芽衣子从工地现场回来之后，整个人都陷入了愁云惨雾的状态。没错，她终于知道了这件事。

据芽衣子说，当她在工地发放慰问品时，竟然看到了亚贵子的身影。她一打听，原来悠太郎今天把便当盒落在治疗室，所以亚贵子事后给送到工地来了。

悠太郎正好因事外出，芽衣子从池本的嘴里得知了亚贵子就是丈夫的治疗医师这个事实，她心中的震撼实在难以言表。

"……每天、每天大清早就跑去治疗室，嘴上说是为了治疗，但是，那个时候连个护士都没有啊！"

芽衣子面前的餐桌排满了各种甜点，有马介做的炒冰、牛奶蛋糊，还有鳢鱼糕……在她的风卷残云之下，只剩下一堆空盘子。

"哎呀，小悠也真想得出呢。"

"是吧，清晨的治疗室。"

源太和室井嬉皮笑脸地一唱一和，樱子狠狠地朝两人瞪了过去。

"但是，现在的情况是，他只是每天早上去了医院吧。你就当他想'早点接受治疗'吧？"

"但是，悠太郎撒谎了啊！他对我说，这是为了能早点去上班。如果问心无愧，为什么要对我撒这种谎呢？"

"这也没什么吧，男人偶尔出出轨什么的。"源太有些不悦。

"我也觉得最好别去问。"马介表示了赞同，"如果问了，就意味着一定要把事情搞得黑白分明，那就不好收场了。"

但是，芽衣子站在妻子的立场，要如何把高高抬起的拳头又若无其事地放下来呢。

芽衣子闷闷不乐地回到家中，泰介正好带着一群小伙伴走进了厨房。

"阿姨！今天是什么点心？！"

"……都回去。今天什么也没有。"

"什么都没有的话，那就做杂物烧吧！"

孩子们口中的杂物烧不同于一般意义上的章鱼烧，是芽衣子用剩余的食材做成的特制烤饼，是非常受孩子们欢迎的一道小吃。

"今天没有！"

被双手叉腰的芽衣子吼了之后，点心小队的孩子们便一哄作鸟兽散。

悠太郎从池本那里得知了妻子已经察觉到了自己的事情，他一路忐忑不安地回到了家中。

"稳住、稳住……"

芽衣子肯定很生气。不过自己一定要保持镇静，坚持声称自己并没有做违心的事。

但是出乎意料的是，前来迎接自己的芽衣子却一脸泰然。

"你回来了呀！"

在家等候的期间，芽衣子也烦恼了好久，最后终于决定——今天还是当作无事发生吧。

在这种诡异的气氛下，悠太郎笑容满面地坐到了餐桌边。今天的烤鱼盐放多了，他却对此赞口不绝，还狼吞虎咽地吃了下去。芽衣子则保持着微笑，一直注视着用餐的丈夫……

"……不行！我忍不住了！"

芽衣子突然从悠太郎手里夺走了碗筷，趁对方还没反应过来，她连拉带扯地把人拖进了仓库里，随后又麻利地拉上了房门。

芽衣子转过头，冷冷地对悠太郎说："这样就不会吵到孩子们了。"

这一刻终于来临了……悠太郎用破罐子破摔的心态，向芽衣子解释了所有的事情经过。

"你就一边接受治疗，一边听对方积压已久的心里话？你们一直在干这种事？"

芽衣子努力压制着自己的怒火，悠太郎则坚持道："只有这些，绝对没有做出其他事情。"

"既然如此，为什么不肯如实告诉我呢？"

"没有这个必要吧。你跟阿亚只见过一面而已，就是单纯的外人。"悠太郎理直气壮地说。

"阿亚……"

"不行吗？我从小就是这么叫的！你不也是，一直'小源''小源'地喊着吗？"

"……我和小源，还在这——么小的时候就认识了！……说起来，你们到底什么关系？你以前说过吧，不能跟她有更进一步的发展。"

"……这个，不是我能说的。"

"为什么不能说？为什么要这么保密？"

"因为亚贵子决定了，不能告诉任何人。"

听到这句话，芽衣子气得脸都鼓起来了，悠太郎完全不敢对上她的眼睛。

"就、就算是我拜托你，你也不能说吗？就算我这么难过，你也坚持不说吗——"

"你想想，如果是樱子拜托你务必保密的事，我来求你的话，你就会说吗？总而言之，既然你这么介意，那我以后就不去了。这样你就能消气了吗？"

悠太郎说拆线就去其他医院处理。芽衣子虽然有些难以释怀，但也没有其他法子了。

她从以前开始，就很介意两人之间的关系。现在，这个关系竟然变成了两人之间的秘密。这个秘密就像一个无法跨越的高墙，巍峨地耸立在自己面前。

悠太郎钻进被窝之后，就像跟芽衣子赌气一样，故意转过身背对着她。

——既然你要这样的话，哼！芽衣子也愤愤地背过身去。

从那之后，芽衣子阴阳怪气的态度也一直没有好转。购物之后去美味介小歇时，她话里话外也充满了对丈夫的抱怨。

"悠太郎不是说了不去吗，你为什么还愤愤不平啊？"

也不怪源太难以理解，都过去一周了，芽衣子却越来越暴躁。

"以前我说了多少次吃饭不要看报纸，他从来不听，现在居然乖乖照办了。早上跟孩子们一起上课不说，居然还每天准时下班了。"

"这不是挺好的嘛，说明他在好好反省了。"

"这不正说明他心里有鬼吗？如果他真的问心无愧，为什么这么老实？"

现在不管谁帮悠太郎说话，芽衣子都会劈头盖脸地驳回去。

"算了吧，芽衣子，你这样真吓人。"樱子也看不下去了。

"啊啊，反正我就是大块头！大块头的蛮横女人！"

"你要是再不收敛的话，真的会被对方讨厌哦。"源太好心提醒。

"不是正好吗！反正我这个人一点都不可爱！"

此刻的芽衣子，就像长了角的女鬼，对着谁都张牙舞爪。

芽衣子的态度让悠太郎十分困扰，但是他今天依然提前结束了工作，打算按时回家。

刚走到执勤房门口，他就看到了亚贵子伫立的身影。

"好久不见了。"对方注意到了悠太郎，一边打着招呼一边走了过来。

"你好好拆线了吗？我有点放心不下。"

第2章 / 今天添一碗咖喱饭

"……你是为了问这个，才特意赶来的吗？"

因对方找上门感到困扰的悠太郎，生出了几分愧疚之意，同时又为亚贵子的体贴而感动。

"因为有些病人懒得去医院拆线，导致了伤口化脓。既然你去其他医院拆了，那就没问题了。"

"……亚贵、那个……"

虽然每次亚贵子都会巧妙地岔开话题，但经过这段时日的接触，悠太郎再怎么迟钝，也察觉出对方对自己的感情非常微妙。

"没事，我也多多少少感觉到了。我们跟以前已经不一样了，是我任性了。请代我对芽衣子说声抱歉。好了，我走了。"

亚贵子微微一笑，转身离开了现场。看着她急促离开的背影，悠太郎生出了几分寂寞的情绪。

经此一事，悠太郎回家的步伐变得越发沉重。他仰着头，在自家门口站了好一阵子。最后他挥了挥手，像是给自己打气一般："好了，进去吧！"

"我回来了！"

"你回来了。"芽衣子没有出门迎接，只是敷衍地回了一句。她正用菜刀奋力地剁着肉酱，咚咚作响的案板，代表了她此刻怒火澎湃的内心。

"便当盒我放在这里了。今天的便当很好吃。"悠太郎在心中暗暗叹气。

他正准备转身离开时，芽衣子出声叫住了他。

"为什么剩下来了?我记得悠太郎是吃虾尾的吧。"她指着打开的便当盒,不满地问道。

"……其实,因为没什么胃口,就给同事吃了。"

"是吗?我做的便当让你没有胃口啊。"芽衣子冷冷地回了一句,转身又剁起了肉酱。

"我没有说过这种话!"

"看吧,其实是跟什么人约好了,到外面共进午餐了吧。"

面对芽衣子的一味刁难,一直默默忍耐的悠太郎终于爆发了。

"我说过的话,就一定会好好遵守的!你也差不多得了吧。你到底想让我怎么办?"

芽衣子对此充耳不闻,继续剁她的肉酱。悠太郎实在是忍无可忍,伸手将对方的身体掰了过来:"你听到我说话没有!"

就在争吵一触即发的时候,孩子们玩耍的纸飞机从两人的空隙中飞了过去,仿佛在熊熊怒火上浇上了一盆冷水。最后,这场吵架就这么莫名其妙地偃旗息鼓了。

其实芽衣子也不是故意找碴,她自己也清楚这样下去是不行的。

做完家事之后,愁眉不展的芽衣子又揉起了米糠。就在这时,正藏走进了厨房。

"芽衣子,真的很抱歉!"正藏突然向芽衣子跪了下来。

"请您不要这样,父亲!"

"悠太郎他,肯定做了什么对不起你的事吧。"

"……不是他做了什么，而是……事情本来就是那样的。"

芽衣子把所有的事情都告诉了正藏。因为悠太郎有一位共享秘密的青梅竹马，所以被排斥在外的自己一直感到焦躁不安。

"……我觉得悠太郎他，大概，很喜欢这个人。如果不是一些原因导致他们不能在一起，他是肯定不会选择我的……"

已经是三个孩子的母亲了，还像女学生一样斤斤计较，芽衣子觉得这样的自己十分讨人嫌。

"原来你是这样想的吗？我不清楚对方是什么样的人，也不好说什么。但是，我第一次见到你的时候就觉得'啊啊，这就是悠太郎选的人啊，真是太好了'。对于一直艰难度日的他来说，你就像一道光芒一样。我完全明白他为什么会被你吸引。"

正藏的一番肺腑之言，让芽衣子的心里好受了很多。她来到孩子们的睡房，凝视着他们的睡脸，她意识到如果自己一直闹别扭，就会波及无辜的人。为孩子们盖上被子之后，芽衣子深深地反省了一番。

这样下去可不行。芽衣子下定决心，来到了已经入睡的悠太郎的床边。她对着丈夫轻轻唤道："悠太郎……悠太郎，我们可以谈一下吗？"

悠太郎的嘴角动了一下，似乎在念叨着什么，芽衣子不由靠了上去，仔细倾听起来。

"亚贵……对不起……"

说完，悠太郎忽然翻了个身，宛如让芽衣子死心一般，又清楚地念了一声"亚贵……"

多谢款待 2

芽衣子面无表情地注视着悠太郎,过了一会儿,然后像想起什么似的,起身走向柜子,拿起了上面的料理笔记。

第二天,西门家的餐桌上摆满了丰盛的美味佳肴。"哇,一大早就这么多好吃的!"活男兴奋地跑了过来。

这些料理全都是悠太郎喜欢吃的。更重要的是,芽衣子看起来一副安然自若的模样。见此情景,悠太郎不由得松了一口气。与他一同放下心来的,还有父亲正藏。

悠太郎开心地坐了下来,把桌上的料理一扫而空。

"多谢款待!哎呀,今天的早餐太好吃了。"

"是吗?因为是最后一顿了,所以我非常努力地去做了。"

说完,面无表情的芽衣子把准备好的包裹塞到了悠太郎的手里。

"……你能离开这个家吗?"

"哎?"悠太郎不由呆住了,"离开?为什么?"

"……为什么?"芽衣子一副蓄势待发的模样。

察觉到事态不妙的正藏叫了起来:"阿、阿静!孩子们!赶紧去仓库!"随后他和阿静、希子带着孩子们匆匆忙忙地逃离了即将爆发的现场。

"还问我为什么?不就是因为你出轨了吗?"

"我没有出轨!"

"好,那你说,为什么最近不看报纸了?!为什么工作这么忙还要按时回家?!不是因为你心中有愧,才会做这些事情吗?!"

"就因为你最近心情不好,一直对我冷言冷语挑三拣四的,为了让你好受一些,我才努力这样做的!"

两人在言语上针锋相对,现场的火药味越发浓重。

"'对不起,亚贵',这句话是什么意思?!"芽衣子终于扔下一枚重磅炸弹,"你到底有哪里对不起她了!因为娶了一个母老虎的妻子,没法跟她私会吗?因为被赶鸭子上架结了婚,没法跟她在一起吗?你觉得愧对一直等候自己的青梅竹马,是不是?!"

"你胡说八道什么——"

"是你自己说的梦话!"芽衣子眼圈一红,溢出了晶莹的眼泪。

"很烦恼吧!被人听到了梦话!你也没办法控制吧!不过,正因为如此,这些都是真心话吧?!你不必再勉强自己了!"

面对咄咄逼人的芽衣子,悠太郎一句反驳也说不出口,陷入了久久的沉默。

第二天,购物完毕的芽衣子来到了美味介,向大家汇报了将悠太郎赶出家门一事。室井露出了饶有兴趣的表情,源太则完全惊呆了。

"喂喂,你到底想干啥?不就是个啥也没做的见面吗?"

"那不是见面,那是他的真心!"为掩饰自己的心虚,芽衣子下意识地吼了起来。

"他连做梦都喊着'亚贵,对不起'!什么嘛,到底梦到了什么啊,我在梦里到底有多坏啊!实在是忍不下去了!"

芽衣子的声音有些颤抖,她举起杯子,一口气喝完了剩余的果汁。

"就这样,我要报告的就是这些!"她猛地站起来,头也不回地走出了甜品店。

走着走着,她终于放下了张牙舞爪的姿态,整个人都颓废了起来。就在这时,后面传来了樱子的呼唤声。

"芽衣子!"樱子追了上来,认真说,"我们一起去找亚贵子吧!找本人问清楚,他们之间到底是什么关系!"

"……不用了,我已经无所谓了。"芽衣子不想被再次伤害,说出了违心的话。

"你已经讨厌悠太郎了吗?你真的觉得这样就行了吗?"

"……没错。"

"看吧,又来了。你这遇事就逃避的毛病。"被樱子一针见血地指出问题后,芽衣子再也没法找借口推托。

与此同时,正藏只身来到工地找到了悠太郎,打算跟儿子好好地谈一谈。

"你曾经想跟她在一起过吗?……这到底是怎么回事。"

"……有一段时期,我们是彼此心中的唯一。"

"现在呢?"

"从现实上来说,我们之间是完全不可能的。但是,你要问我喜欢还是讨厌,虽然有了喜欢芽衣子的契机,但是我也不可能讨厌亚贵子的。"

"……你还真是老实呢。"

"既然她都逼问到那个程度了,我也没必要再说谎了。"

回到家中,正藏向阿静汇报了情况。本来打算哪怕用绳子捆着也要把儿子拖回来，但是，与真心相许的初恋情人再次相遇，作为一个男人，内心肯定会有所动摇，正藏也不是不能理解。所以，现在的他只能期盼两人重燃的火焰，能够慢慢熄灭下来。

"……算了，只要你想回来，什么时候回来都可以。到时候，我会陪着你一起赔罪的。"留下这句话之后，正藏离开了工地。

樱子被留在了治疗室外面，芽衣子一个人走了进去，跟亚贵子展开了正面交锋。

"请问，你跟我的丈夫是什么关系呢？"

必须拿出作为妻子的气势，芽衣子努力挺直了腰杆。

"和小悠吗？我觉得我们是普通朋友。"

这种话就能打发人的话，她就不会鼓起勇气来到这里了。

"那……你能告诉我，以前，你们之间发生过什么事吗？"

"……为什么我必须告诉你？"

"因、因为我有这种权利！我、我是他的妻子！"

"……算了，就告诉你吧。"

亚贵子接下来陈述的事情，令芽衣子感到十分震撼。在火灾中失去双亲的亚贵子，只得去投奔了亲戚。但是，由于亲戚家并不富裕，无法让一心想学医的亚贵子去读书。就在她陷入左右为难的困境时，村井家的人站了出来，表示愿意收养她为养女，帮她支付学医的一切费用。但是作为唯一的交换条件，亚贵子在学成之后，必须嫁给村井家唯一的儿子。

"我接受了这个条件，因为我没有其他路可以选。不过，光男……

也是火灾的受害者，脸上和身体都有严重烧伤……我知道，仅凭外貌评价一个人是不对的……但是，小悠也有小悠的难处。他的父亲娶了新妻子之后，家里也是闹得鸡飞狗跳的。所以，两个想逃避现实的孩子，就一起跑了出来。"

"——你们私奔了吗？"虽然是过去发生的事，芽衣子还是吃惊不已。

"虽然听起来很帅，但是在现实面前是那么的不堪一击。今后要怎么生活下去，今后要怎么实现自己的梦想，讨论到最后，我们终于明白自己是多么的无力。所以，我们踌躇满志的新旅程，到车站的站台就结束了。——但是，那个时候，小悠却为我哭了。"

深夜的路边，两人默默地坐在长凳上。

"为什么？我、我只是个小孩子呢。"悠太郎流下了委屈的眼泪，"如果我不是小孩子，而是三四十岁的男子汉，那就一定能保护亚贵了。我会让亚贵不做那些事情，也能实现自己的梦想。"

不管之后经历了什么事，亚贵子都不会忘记悠太郎那时流下的眼泪。

"真的好开心。我不再是孤单一人，这个世界上，还有悠太郎这个人会为了我哭泣。在那之后，我就有了觉悟，不再逃避现实。我去村井家当了养女，小悠也回到了家中。我们之间什么都没有发生。每当有了什么心事，我们就去找对方聊一聊。说到底，我们只是这样的交情而已。"

就算亚贵子强调两人只是"普通朋友"，但是芽衣子依然无法释怀。

"……说了这么多，你满意了吗？"

"请问、其实……亚贵子小姐一直都喜欢悠太郎吧。"

"……你知道吗？我的忍耐也是有限度的。"

芽衣子不知所措的模样，让亚贵子的怒火噌噌地往上蹿。

"你以妻子的权利相威胁，逼着我说了这么多不想提及的过去。"

"因为，我是……"

"因为你是小悠的妻子？！我就必须对你有问必答知无不言？！"

亚贵子终于爆发出来。和喜欢的人结婚生子，过着幸福的家庭生活，身在福中不知福的芽衣子，对她来说是一个非常刺眼的存在。

"对我来说，你才是横插一脚的第三者！小悠是我在这个世上唯一真心相许的人，但是你这个后来者，却把他从我身边抢走了！"

原来，我才是那个横刀夺爱的人吗？

仔细想想，亚贵子的说法其实有些强词夺理。但是芽衣子就觉得自己处处不如人，这番争执下来，更是被亚贵子打得溃不成军。

打发了樱子之后，芽衣子失魂落魄地回到了家里。进了卧室之后，她便锁上房门，一动不动地发起了呆。

阿静担心芽衣子的情况，叫孩子们赶紧过去看看。但无论孩子们怎么敲门和叫唤，屋内没有传来任何回应。阿静又让孩子们在门前摆上味噌鸡肉饭团，试图用芽衣子最爱的食物引诱她出门，但是依然没有丝毫效果。

晚饭过后，三名大人交头接耳地议论起年轻夫妇的吵架危机。

"不会吧，大哥今天不回来了吗？"希子露出难以置信的表情。

"这人明明说要把人带回来的，结果却摆出一副为难的模样，两手空空地回来了。"

每次一提到这件事，阿静都忍不住要念叨正藏。

"我觉得在这种状态下，就算把人强拉回来了，也只会让芽衣子更加痛苦。"正藏垂头丧气地说。

"如果对出轨的男人放任不管，那他只会往一个地方跑啊，这怎么能行？"

正如阿静所说的那样，被赶出家门的悠太郎，此刻正忐忑不安地走进亚贵子的房间。

两人在以前经常就餐的咖喱餐馆前偶然相遇，亚贵子邀请他来家里吃饭，悠太郎就这么顺水推舟地去了。

亚贵子的咖喱做得就像汤汁一样顺滑，她自豪地表示这是照着"卷心菜夫人"的做法熬制的。悠太郎第一次吃到亚贵子做的料理，没想到她的厨艺竟然如此高超。

"光男因为不能外出，所以一起吃饭是我们最快乐的时候。味道怎么样？"

"很好吃，不过，味道有点淡呢。"

悠太郎一边吃着，一边不经意地抬起头，结果，他看见亚贵子捂住了眼角。

"亚贵……怎么了？"

"抱歉，请等一下。"亚贵子想挤出笑容，但是眼泪怎么也止不住，"抱歉，我……我没想到，自己还能和别人一起，在家里共度晚餐。"

悠太郎没有什么非分之想，但是曾经爱慕的女性在自己眼前哭得梨花带雨，就在下一个瞬间，他紧紧地抱住了对方。

第二天早上,看见芽衣子门前的碟子已经空了,正藏和阿静总算松了一口气。

"……但是,这样就能治好母亲的病吗?只要放上饭团,母亲就会出来吗?"

泰介喃喃自语道,聪明的他已经察觉到事情没有爷爷奶奶说的这么简单。只有单纯的活男还在吭哧吭哧地扒着饭,完全不知道发生了什么事。

怎么才能让母亲从房间里出来呢?——善于思索的泰介在学校里陷入了沉思,他将右手放在嘴边,又将左手叉在腰上,摆出了跟父亲悠太郎一模一样的姿势。

就在这时,小伙伴们纷纷围了上来,兴冲冲地问:"阿姨今天做小吃吗?"

"既然如此……"

芽衣子就像躲进天岩户的天照大神[①],对外界的一切关心都视若无睹。现在的她就如同电源用尽的电池,整个人筋疲力尽地横躺在榻榻米上。

她不经意间瞄到了衣架上的西装,"你才是横刀夺爱的那个人!"亚贵子的声音在脑海中响起来。

"……像我这种人,不存在就好了。"

忽然,拉门被人用力地摇动起来,门外响起了点心小队的声音:"阿

[①] 日本神话中负责农业和织布的女神天照大神因故生气之后,把自己关进了天岩户,使得天地日月无光。其他众神用尽了各种手段,终于通过载歌载舞的方式吸引了天照大神的注意,把她从天岩户里拉了出来。

姨！点心！""还要等多久啊！""阿姨，我们肚子饿了！"芽衣子慌慌张张起身顶住拉门，对门外大声说道："回去！你们都回去！"

"母亲，做杂物烧吧！"活男的声音从门那边传了过来，"我想吃母亲做的杂物烧！"

这是他用尽全身的力气吼出来的一句话。

"……小活。"想起次男吃饭时狼吞虎咽的模样，芽衣子压住拉门的双手，忽然脱了力。

"杂物——烧！"泰介趁机拍起了手，其他孩子也跟着一起喊了起来，"杂物——烧、杂物——烧！好吃的杂物烧！"走廊上响起了连绵不绝的吆喝声和掌声。

听着孩子们的呼唤，芽衣子不由得眼眶发热，自己不是天照女神，就算不在了，世界也不会陷入黑暗，但是，能把这些孩子的肚子填得饱饱的，就只有自己了。

"杂物——烧、杂物——烧！好吃的杂物烧！"

芽衣子猛地推开了房门，从"天岩户"中走了出来。她麻利地穿上围裙，迅速进入了作战状态。

"阿姨我啊，今天心情非常不好。所以你们必须拼命地吃，统统都给我吃掉！"

闻言，孩子们爆发出热烈的欢呼声。

芽衣子把烤具加热，缓缓地倒入面糊，又撒上了各式各样的佐料。

"阿姨！我还要！"

"你直接吞下去了吧！认真咀嚼啊，笨蛋！"

阿静和正藏也加入了制作的队伍，因为孩子们狼吞虎咽的，吃的速度实在太快了。不久之后，福久也放学归来，西门家的厨房一时间变得热闹非凡。

担心好友的樱子远远见此情景，转头对室井一笑："看来，这块肉不用送了。"

"说得没错。"室井也笑了起来。为了给芽衣子打气，他们带来了胜过千言万语的牛肉作为礼物。但是，现在看来，还是孩子们一句"多谢款待"更能打动芽衣子的心。

这天晚上，加上樱子和室井，西门家召开了一场没有悠太郎的酒宴。

"我说，你和亚贵子都谈了什么？"

樱子一边吃着小菜，一边向好友问道。芽衣子知道大家都很关心这个问题，但这是悠太郎和亚贵子发誓守护的秘密，她犹豫着自己一个外人该不该说出来。

"你现在还讲什么义气啊，你的男人都被抢走了。"

室井因为这句没心没肺的发言，被樱子用盘子敲了脑袋。

"不过，我觉得大哥会回来的。"希子忽然开了口，"每天一起生活，这是很强大的羁绊。"

"不过，今后你打算怎么办呢？要去接悠太郎回来吗？"阿静小心翼翼地问道。

芽衣子平静地回答："……我等他回来。"

"人心是没法束缚的，由悠太郎自己决定吧。不过，不管发生任何事，我都不会离开这个家的，可以吗？"

"啊！当然可以！你可不能离开这个家啊！"正藏用力点了点头。

"就是啊，真有那一天，就把悠太郎从户籍里除掉好了。"阿静一本正经地帮腔。

室井跟阿静一唱一和，说什么对孩子们来说还是母亲更重要，悠太郎只要定时打钱过来就行了，听得芽衣子苦笑不已。还是樱子用盘子再次敲打了室井的头，才结束了这番嬉闹。

芽衣子不经意地回头一望，却发现悠太郎正一脸阴郁地站在门前，也不知道待了多久。

两人来到檐廊下，双双坐了下来，开始了有些生硬的交谈。

"亚贵子小姐那边……"

"……我只去了一次。"

就算有了心理准备，听见回答的芽衣子还是心中一痛。

"她招待我去家里吃咖喱，就结果而言……我被她甩了。"

"……被、被甩了？"芽衣子大吃一惊。

"是的，我被甩了。我原本是不想说的，但是既然你连我的梦都看穿了，就让我从头到尾解释清楚吧！"

"好吧……"

"这样……"悠太郎做出了一个环抱的动作，"我们做到了这一步。"

亚贵子倚在悠太郎的怀里，静静地注视着桌上夹着光男照片的相框，缓缓地开启了回忆的大门。

"光男他……自从我们在一起之后，不管回来得多晚，他都会等我一起吃饭……他会用安静的声音问：'今天医院怎么样？来了怎样的患者？'"

虽然评价他是个好人，但那只是敷衍之词罢了。亚贵子一直觉得他是个活死人，不知活着有什么意义。现在回想起来，那种想法真的很过分。光男在临终之前，还轻轻地握住自己手说："你可以自由了。"

"啊啊，原来他一直都知道……他一直都很痛苦吧，一直都想让我解脱吧……但是他把这些都深埋心底，每天对我笑脸相迎。"

不知不觉中，亚贵子已经离开了悠太郎的怀抱。

"……小悠，我啊，像这样和你共进晚餐，是我长久以来的梦想。但是，事到如今……我刚刚心里想的竟然是'为什么在这里的人不是光男呢'。"

亚贵子双眼含泪，深深地向悠太郎鞠了一躬："……对不起。"

看着这样的青梅竹马，悠太郎什么话也说不出来。

"……所以，真就是被人给甩了啊！然后，你就这样灰溜溜地回来了？！"

悠太郎的过分坦诚让芽衣子火都发不出来，只能呆若木鸡地望着对方。

"我也没有办法啊！我能回来的地方，就只有这里啊！说起来，这不是很过分吗？为什么我要被赶出家门啊？"

而且这一行为，还得到了全家人的支持。

"因为我不想看到悠太郎勉强自己的样子。你强迫自己做那些事情,我看在眼里烦在心里,最后实在是忍无可忍,才……把你赶出去了。"

"既然如此,那就请你不要再勉强我了!"

悠太郎气势汹汹地吼道,芽衣子一下闭了嘴。

"……亚贵做的咖喱虽然也很好吃,但是,不行,只要吃过了你做的咖喱,我就无法真心赞美亚贵做的咖喱!"

如果说完全不难过,那是不可能的。对自己而言,亚贵永远是不可动摇的重要存在。但是,随着岁月的流逝,两人已经找到了属于自己的居所,悠太郎终于清楚地认识到了这一点。

其实,当他吃下那勺清淡的咖喱时,身体就比内心更早一步意识到这件事了。

"大概,无论今后吃到什么样的咖喱,我都会想起你做的咖喱。"

悠太郎抬起头,向芽衣子投去了真诚的目光。

"不管我去了什么地方,最后都一定会回到你的身边。所以,把我赶出家门之类的无用功,请不要再做了,好吗……"

芽衣子的眼泪,终于从脸颊上慢慢滑落下来。

"真是好哄的女人。结果,一顿咖喱饭就把你搞定了。"

源太一边念叨着,一边把一堆牛筋递给了芽衣子。

"……小源,我想着,总有一天我能真心感激亚贵子就好了。如果不是和她相遇,悠太郎就不会成为现在的悠太郎。所以,作为悠太郎的人生基石,我希望有一天,自己能平心静气地感谢她的存在。"

第 2 章 / 今天添一碗咖喱饭

就像牛筋咖喱一样，切好肉块和食材，倒入咖喱中，花上很多时间慢慢地熬制，只有踏踏实实地做好这些工序，最后才能做出美味的咖喱料理。夫妻本是陌路人，只有这样不断地磨合，才能相互接受，一同走到最后。

"是吗？"源太冷漠地应着，芽衣子苦笑道："现在还做不到啦。"

这天晚上，悠太郎把竹元带到西门家来吃晚饭。他对芽衣子的牛筋咖喱赞不绝口，甚至说出了"来当我家媳妇吧"这种自认为最高级别的赞美。竹元回去之后，悠太郎又添了好几碗饭，吃得腰肥肚圆，最后只得平躺在客厅的榻榻米上慢慢消食。

"我给你拿点消食片来。"

擦完灶台后，含笑的芽衣子正准备起身，却被悠太郎一把抓住了手腕。

"真的很好吃。"悠太郎仰着头，深情凝视着妻子，"多谢款待。"

"……知道了。"芽衣子露出了羞涩的笑容。

两人对视了一会儿，气氛渐渐变得有些旖旎，最终，两人靠在了一起。

第 3 章
终栖之家

解决了夫妇危机，西门家再度回归了平稳的日子。秋意渐浓，转眼来到了 10 月下旬的某一天——

"到了这把年纪了，就会考虑很多跟自然相关的事情呢。"

正藏刚打算洗摘下来的柿子，却突然昏倒在了井边。医生来诊断过之后向家人表示，如果再次发作，就要做好心理准备了。

正藏七十岁了，已是半截身子埋黄土的年纪，什么时候去见阎王爷都不奇怪。不过，正藏醒过来之后却意外地精神，他一直嚷着肚子饿了。狼吞虎咽地吃下芽衣子煮的杂烩粥之后，正藏感慨道："不咸不淡的高汤刚刚好。"

"你真是能吃啊。"担心不已的阿静，总算是松了一口气。正藏却理直气壮地说："昏倒也是非常消耗体力的。"

芽衣子向医生咨询病人的饮食安排，得到了"开心就好"的回答。总而言之，就是尽量给病人吃他觉得好吃的食物。询问了正藏之后，对方却尽说一些比如"鹤肉""熊掌"之类的珍贵食材。

"熊掌！会、会是什么味道呢？"芽衣子一边舔着舌头，一边在笔记本上记录。

阿静表示难以理解："这样的东西吃了，身体会扛不住的。没有更加普通的食物吗？"

第 3 章 / 终栖之家

正藏思考了一会儿，忽然，他像想起什么似的，说话也变得含混起来。阿静追问了好几遍，他却不愿正面回答。

这天夜里，阿静突然睁开双眼，发现隔壁的床铺空空如也。这人是去上厕所了吗？还是又昏倒在了什么地方？阿静担忧地四处寻找，最终在佛龛前找到了正藏。只见他双眼紧闭双手合十，虔诚地悼念着死去的妻子。

"你之前想到的，就是前妻做的料理吧。"

听到阿静的声音，正藏有些惊慌失措，他连忙反驳："没、没有的事。"

"你就实话实说吧，我不会生气的。她是一位厨艺高超的女性吧，看到和枝就明白了。"

当阿静一再表示不会跟死人怄气之后，正藏终于坦言自己想吃"柿叶寿司"。

"正藏过世的妻子，每到这个季节，就会准备很多寿司，带着全家人一起出去游玩。那是我还没进这个家之前，他们一家子和乐融融的时候。怎么样，能做出来吗？芽衣子。"

所谓柿叶寿司，就是用柿子的树叶包裹着的寿司。一般会选用青花鱼、鲑鱼、鲷鱼或者蛋黄来作馅。了解做法之后，芽衣子便选了比较便宜的青花鱼。

包好寿司之后，将其放入木桶里，再压上石头等重物，放置一天，就大功告成了。

当晚上的饭桌上摆出柿叶寿司之后，正藏的双眼顿时变得炯炯有神，阿静笑道："你真的这么喜欢啊。"

芽衣子端上了一碗汤:"这是西门家的酱汁。我觉得应该很搭寿司。"

"是呢,这样应该很不错。好了,我们开动吧。"

"我开动了——"齐声念完之后,大家争先恐后地从木桶里拿起了寿司。

"嗯,味道不错。"阿静第一个表达意见。

"嗯、嗯。好吃。就是这个味道。"正藏也点了点头。

大家的反应看起来有些勉强,芽衣子不禁有些担心。悠太郎和希子回来之后,她又让两兄妹来试吃,最后得到了比如"味道不够温和""醋味有点重了"和"米饭不太香"等意见。

为了让正藏吃上真心喜欢的料理,芽衣子对柿叶寿司进行了反复的调试。如果醋放少了,鱼肉就会有点腥;放多的话,米饭的甜味又盖住了。放置时间的长短,也会影响到最终的味道。柿叶寿司做起来简单,但是要把各种味道把握好,却不是一件容易的事。

"父亲,今天的怎么样?"

"啊!啊啊!很好吃!已经够了,我觉得。"

从那之后,芽衣子每天都会端上不同的柿叶寿司让正藏品尝,虽然他每次都会默默地吃下去,但是终于有些受不了了。

芽衣子也觉得有些愧疚——这样只是不停地试吃而已,根本不会让人觉得开心。

就在芽衣子跟寿司斗争的期间,悠太郎做出了去正藏工作过的矿山了解情况的决定。

"那里现在变成什么样子了,我想亲眼看一下。如果有什么改善的话,他也会开心一点吧。"

既然如此,芽衣子也萌生了拜访和枝的想法。

"去世的母亲制作柿叶寿司的方法,大姐她一定很清楚吧?"

"但、但是,她会坦然地告诉你吗?"希子一脸担忧。

"啊,应该会吧,说几句话而已,又不要她花钱。总而言之先去试试吧。"

下定决心后,芽衣子便只身一人朝着和枝下嫁的农家出发了。

手持着米糠坛子的芽衣子,此刻正忐忑不安地站立在一栋日式豪宅的大门前。原来和枝下嫁的人家,居然是当地颇有地位的豪门。

宽广的庭院中,长着一株高大的柿子树,茂密的枝叶高高在上地俯瞰着芽衣子。

"嫌我碍事,把我从家里赶出来。居然还恬不知耻地跑来问这种问题。我为什么一定要告诉你,最爱的母亲擅长的料理?你真是让我笑掉大牙!"

芽衣子揣测着和枝的反应,心里越发没底。就在这时,一个背着背篓的村妇从她眼前走了过去。

"啊,请留步,我想打听一个事。"

"什么?"村妇闻声转过身来,竟然露出了和枝的面容。

芽衣子着实被吓得不轻,准备好的说辞统统抛在脑后,一时间连招呼都不会打了。

直到被带进豪华的客厅，喝着女佣端上来的茶，芽衣子仍处于茫然无措的状态中。

"说到农家，以为是只有一个围炉的穷酸小屋，没想到居然还是个豪宅。"

被说中心事的芽衣子手上一颤，差点将茶碗摔了下去。和枝不知何时换上了精致的和服，慢步走到了她的跟前。

"你还是这么容易看穿啊。"

你也还是这么尖酸刻薄啊。芽衣子一边想着，一边把米糠坛子递了过去。

"哎呀，你真是没有吸取教训呢。"和枝毫不客气地调侃道。

芽衣子做好了米糠再次被扔掉的心理准备，但她并不想跟对方计较，便说起了正事。

"我……我这次来……其实是因为父亲之前病倒了。医生说，如果再发作就危险了。所以，所以我想向你讨教柿叶寿司的做法……"

听到正藏病倒，和枝的眼中闪过一丝惊慌之色，然后就一直板着个脸，一句话也不说。芽衣子结结巴巴地说着，心里越来越紧张，脑子乱成了一堆糨糊。

"听说去世的母亲非常擅长制作柿叶寿司。因为父亲说很想吃这个，所以，我特意上门拜访，希望大姐能在百忙之中，抽空教导我一番……"

芽衣子偷偷地瞄了一眼和枝，发现她竟然露出了和蔼的笑容！难道和枝就像激流中的石头，经过长年累月的打磨，也变得圆滑起来了吗——芽衣子不由得暗暗期待起来。

第 3 章 / 终栖之家

"被当头浇了一盆冷水呢。"

回到西门家,芽衣子愁眉苦脸地揉着肿起来的脸颊,阿静则在一旁捧腹大笑。

"我还以为脸要被撕裂了呢。"回想起当时的情形,芽衣子还是有些后怕。

和枝一边"哈哈哈"地笑着,一边慢慢地向她靠了过来,然后用手用力地把自己的脸颊向左右两边拉扯开来。

"我没想到,你居然能这么厚颜无耻。凭什么我要把最爱的母亲的料理做法告诉你,让你去满足那个糟老头子的口腹之欲?啊啊,拉开,给我拉开。"

什么变得圆滑了,根本就是变得更加坏心眼了。结果,芽衣子这一趟完全是徒劳无功。

这天晚上,西门家降临了一件意外的喜事。

"不好意思,请把您的女儿交给我吧,虽然、有一点事出突然……"

希子把同事川久保带回来,介绍给了家里的人。

"不过,对我而言,并不是突然决定的事情。我们已经认真了解过彼此的人品,所以才做出了这样的决定……"

在川久保护送自己回家的这段时日,希子渐渐把自己的目光从源太转移到了这位同事身上。虽然川久保性格懦弱,害怕争执,看起来不太可靠,但是希子渐渐意识到,其实他是一个内心强大又温柔的男人,待人接物的态度也十分有趣。就这样,希子对这位护花使者产生了爱慕之情。而从一开始就暗恋希子的川久保，终于通过自己的努力和坚持，赢得了对方的芳心。

"你，不怕结婚了吗？"正藏忍不住打趣女儿。

芽衣子和正藏聊起当年两人千方百计破坏相亲的往事，令在座的大家笑作一团。

"……这次，应该不用我出面捣乱了。"

"是的，这次请您不要捣乱。"

看见公公欣喜的模样，芽衣子不由得感慨万千。

"啊，原来我不在的期间，家里发生了这样的大事啊。"

第二天，当悠太郎从矿山回来之后，希子向他汇报了要结婚的事情。

"是啊。我还考虑了一下，想请小姐姐帮我制作婚服。"

芽衣子还收着从娘家带来的婚礼和服，希子表示想借来一用之后，她自然是满口答应。

芽衣子将婚服从衣柜里取出来，认真检查是否脱线或者有被虫咬的痕迹："能让人穿在身上，母亲也会很开心吧。"

这件和服是母亲阿郁为了女儿的婚礼而精心准备的。

"还有，虽然和一般习俗相反，但我想在家里举行婚礼。父亲的身体不太好，在家里办婚礼会方便很多。"

希子这么急地想举行婚礼，看来还是为了病危的正藏。而川久保那边的家人，似乎对这个提案也没有什么异议。不过作为西门家的当家，芽衣子有些焦虑不安。

"那个……婚礼的步骤、还有料理什么的,全部由我来操办吗?"

"看起来给小姐姐带来了很多麻烦。"希子向芽衣子郑重地鞠了一躬,"但是,拜托你了。"

芽衣子当然不是嫌麻烦,而是突然被委以重任,实在没法拍着胸口说没问题。

"我们,还没举行过婚礼呢。"悠太郎突然开了口。

"是啊,西门家的婚礼肯定有很多讲究和步骤。"

"那我们不如趁此机会,预先练习一遍?"

"不行!"芽衣子急急地打断了丈夫,"绝对不行,不是说好了不举行婚礼吗?"

"你还真是顽固呢。"

"别说了。事到如今,我已经不想再翻旧账了。"

希子离开房间之后,悠太郎谈起了矿山的事情。

"那里什么都没变,被污染的土地仍然保持着原样。"悠太郎深深地叹了一口气。

"唉,希望有什么契机,能让那里的情况有所改变……不过,我现在有些理解老爹的生存方式了。他这么重视处理废弃的食材,应该跟被污染的土地有关系吧,他也许想通过这种方式对破坏大自然一事赎罪。"

理解了父亲的想法之后,悠太郎开始思考另一个问题。

"他对我的工作,到底是怎么想的呢?"

一个亲近自然保护自然的人,对于建设地铁这种强行破坏地下空间的工程，真的能毫无芥蒂地感到开心吗……作为正藏的儿子，悠太郎对父亲的答案如何有些耿耿于怀。

这一天，正藏觉得身体状态还不错，便坐在檐廊下，一边沐浴着温暖的阳光，一边与活男一同制作干柿子。

"这么一来，就可以吃啦。小活，只要肯下功夫，什么东西都能变成食物呢。"

这时，芽衣子手捧着料理笔记，朝爷孙俩走了过来。

"父亲，西门家婚礼有什么惯例，一般吃什么料理，可以教教我吗？"

"开开心心地做就好了，这是相亲相爱的年轻人的婚礼嘛。"

"我想像大姐那样操办，如果是她的话，肯定非常重视这场婚礼吧。"

和枝曾经说过，能让小妹拥有一段美好姻缘，就是她生存的价值。虽然任务艰巨，但是作为和枝的代理人，芽衣子想尽可能地为希子办好这场婚礼。

"如果大姐在这里，一定会举办一场盛大的婚礼，非常慎重地把希子嫁出去。"

芽衣子的决心感染了正藏，他露出慈祥的笑容，给对方讲述了西门家婚礼的习俗。

婚礼当日的料理一般会采用整条鲷鱼做菜，还有常见的蛤蜊汤和红米饭。另外，西门家还有一道必不可缺的特制料理，名叫圆满红烧菜。

"就是把胡萝卜、芋头、白薯等各种各样的蔬菜全部削成圆球，再煮成蔬菜汤。因为西门家的先祖是酿酒的，所以这道菜特意模仿了杉玉的形状。"

"杉玉，就是挂在屋檐上的那个球吗？"

"是啊，杉玉一开始是绿色的，随着时间的流逝，就会渐渐变成茶色。外人可以通过观察杉玉的颜色变化，来了解酿酒的进度……颜色变化是其一，圆形也蕴含了夫妇圆满之意，先祖把这个寓意融入料理中，当作对新婚夫妇的祝福。"

"哎呀，真是有情调呢。"

"然后就是酒腌鱼。使用什么鱼来腌制，其实非常考验当家的才智呢。是不是精通人情世故、是否拥有高雅的品位，有没有临机应变的能力，都可以通过这道菜观察出来。"

"啊啊，我要是没打听这些就好了。"

还没开始准备，芽衣子就被种种规矩压得透不过气来。

而另一边，悠太郎带着希子，在美味介约见了西门家的恩人仓田先生。虽然他之前给希子介绍的那场相亲被闹得不欢而散，但是本人并不介意，反而很痛快地答应了出席婚礼。

"婚礼准备得怎么样了？"

"西门家这边的亲戚比较爽快，分了很多婚礼用的酒和腌料给我们。"

"那问题就是姐姐们了吧。"仓田露出苦笑，"其实没必要吧？认真算起来，她们也算是外人了。"

悠太郎也是这样的想法，但是希子却不肯让步，坚持要让父亲看到兄弟姐妹们会聚一堂的场面。

三人商议一番得出了结论，看来其他人能不能出席婚礼的关键，还是在于大姐和枝。

"你们去过和枝那里了吗？"

"明天，我们打算亲自登门拜访……"希子目不转睛地盯着仓田。

"哎？我也一起？"

禁不住兄妹俩再三请求，仓田只好随着他们去了和枝下嫁的农家。

芽衣子虽然也想去，却被兄妹俩给拦下了，无可奈何的她只得回到了厨房。

正藏正带着活男做干柿子，见芽衣子回来，便问她婚礼料理准备得如何。

"红烧菜倒是想得差不多了，但是腌菜完全没有头绪。腌得好吃的鱼，来来去去都是常见的那几种。"

"……说到才能，不单单指味道啊。婚礼，是两人接受亲友的祝福，同时向亲友们介绍自己的场合，还包含着向祖先汇报的意义。在这样的场合，当家想通过料理向众人表达什么的想法，我觉得这一点更加重要。"

传达什么想法……正藏新颖的说法，让芽衣子茅塞顿开。

这天夜里，从和枝家拜访归来的希子，把谈话的结果告诉了芽衣子。无论如何也想自己出席婚礼的话，就把芽衣子赶出西门家。

"和枝，依然健在呢。"

"从某种意义上来说，已经完全复活了呢。"

比起生气，阿静和悠太郎还是感慨更多一些。

"我真心想让父亲看到兄妹们同聚一堂的场景，就连天上的母亲，如果能看到这样的婚礼，也会感到欣慰的吧。"

希子依然在努力说服大家，阿静嘲讽道："你还会用人情世故当借口呢。"

"……我、我说，其实婚礼当天，我只要不出席就行了吧。"芽衣子吞吞吐吐地说。

阿静恨恨地瞪了她一眼："我们不是这个意思！你啊！"

"没错，自从大姐离开之后，一直支撑着西门家的人可是你啊。"

悠太郎也赶紧站在妻子一边，不管怎么说，芽衣子刚入门时可是被当作女佣使唤了好久。

"但是，在那之前一直守护着这个家的，可是大姐啊。虽然发生了很多事，但是小希是由她一手抚养长大的。反正我对办婚礼一窍不通，料理也准备得一塌糊涂，我不介意让大姐来操办。"

"你为了让和枝服气，到现在都没举行婚礼。你真不用理会她的无理要求。"

"我也这么觉得，现在你才是这个家的当家啊。"

"但是，我真的不介意啊。"

"那就这样决定了，可以吗？"希子干脆地接了话。

虽然是自己提议的，但对方的态度还是让芽衣子有些吃惊。

"小希，你怎么能说出这种话来？"阿静不禁皱起眉头。

"我真的很想让大姐出席婚礼，这也是为了父亲。"

"为了让她出席，你竟然做到这个份上，我不觉得你只是为了父亲。"

悠太郎毫不客气地说。

"也许大哥很难理解，大姐对我来说，是就像母亲一样的存在，她才是把我养育成人的亲人。"

"……好了，就这样吧。没什么大不了的，就是些名分而已。"

芽衣子爽快地答应了和枝的要求，虽然不能代替对方好好操办这场婚礼，但这样一来自己就能在厨房专心制作料理了。这场变动，也让她因祸得福想出了腌鱼的选材。

和枝万万没想到，芽衣子居然想出婚礼当天不出厨房的对策，她捧着仓田带来的书信，向庭院中的柿子树望了过去。第二天，西门家拿到的回信上，写着这么一句不可思议的话——"如果到那天柿子叶还没掉光，我就出席婚礼。"

"这是什么意思啊，'柿子叶还没掉光'？"希子露出疑惑的神色。

"她自己也在迷惑吧。所以，就把决定权交给了落叶，就是听天由命的意思吧。"

仓田也知道西门家柿叶寿司的由来，之前便借此劝说了和枝一番，最后终于让这个顽固的女人做出了让步。

希子愤愤不平地写信过去，斥责和枝说话不算话，但这封信却宛如石沉大海一般，从此，西门家再也没有收到过和枝的回信。

随着大喜之日的临近，芽衣子和阿静每天都为了婚礼忙前忙后，当事人希子则因为等不来和枝的回信，越发地焦虑不安。

"母亲，婚礼当日的料理我们已经准备好了，请务必让大姐来出席婚礼！平日那么乖巧的希子，都气成那样了……好可怕啊。"

芽衣子往佛龛放上供品，然后双手合十，默默地祈祷。

到了婚礼之日，西门家的亲戚们纷纷前来庆贺。正藏和阿静在门口招呼客人，悠太郎和孩子们把他们领进客厅，芽衣子则在厨房里热火朝天地准备着料理。

市场的多根也过来帮芽衣子打下手，银次和源太向邻居们借了灶台，把烧好的鲷鱼源源不断地送到西门家来。就在大家忙得不可开交的时候，一个陌生的男人出现在厨房门口，他高喊着"送货"，随后把一个包装精美的礼盒搬了进来。

"啊，谢谢你！请问这是谁送来的？"

当芽衣子看清礼笺之后，顿时瞪圆了双眼，上面竟然写着和枝的名字。她满心疑惑地打开了盖子，里面整整齐齐地摆满了新鲜的柿叶寿司。

"这、这就是她的出席？"

芽衣子差点以为这是和枝这辈子最大的使坏，而在下一刻，她知道自己错了。只见和枝带着姐妹四人，浩浩荡荡地出现在了西门家的门口。

芽衣子连忙登上二楼，把在房中等候的希子带了下来。不知为何，她仍然穿着普通的和服。阿静随着正藏，悠太郎带着孩子们，全家人百感交集地迎接出嫁后第一次回娘家的姐姐们。

"看来柿子叶没有掉光嘛，母亲代理人。"和枝面无表情地说。

"今年不知道怎么回事，柿子树的叶子黄得很慢，有片树叶怎么也掉不下来。我觉得这是母亲的意思，她告诉我必须过来参加婚礼。"

仓田暗自一笑，虽说听天由命有点儿戏，但是结果还是皆大欢喜的。

"寿司是今天早上做的，放到明天再吃。"

和枝嘱咐完芽衣子，就带着妹妹们盛气凌人地走进了屋子里。

"仓田先生，这次真是太感谢您了。"

希子朝着对方深深地鞠了一躬，仓田笑道："要谢，就谢你的母亲吧。"

就这样，西门家的兄弟姐妹终于久违地重聚一堂。虽然是自己的亲生女儿，正藏却一直躲在门外探头探脑，怎么也不敢进去打招呼。分别时都还是小女孩，现在却已经成为有模有样的持家妇人了，姐妹几人并排坐在一起，更增添了几分威严。

"你要说的只有两句话，一句是'今天多谢远道而来'，另一句是'以前真的很抱歉'。"

阿静使劲把正藏往屋里推，见他畏畏缩缩的模样，便连声叹气。

西门家的亲戚差不多都到齐了，但是川久保那边却一个人都没有来。

"川久保家的人，怎么还没来？"

就在阿静向悠太郎悄声询问时，身着普通和服的希子和川久保从大客厅走了进来。在众人疑惑的目光下，两人肩并肩地站立在会场的末座上，缓缓地扫视了四周一圈。

"各位，非常感谢你们能在百忙之中抽空来到这里。其实，我和川久保有一个不情之请。"

为了平息心中的紧张，希子深吸了一口气，坦然地说道：

"我们调整了计划，今天，我们要在这个会场，为大哥和大嫂举行婚礼！"

一时间，会场中喧哗声四起，众人皆吃惊不已。不要说悠太郎，就连正藏和阿静也是第一次听说。突如其来的变故令和枝和姐妹们惊怒交加。

"大姐，请听我说！"

希子拦住了怒气冲冲走向大门的和枝。

"戏弄大人也该有个限度吧！就是因为你百般哀求，我才忍气吞声地来参加婚礼！结果你居然这样——"

"请听我说！"希子突然提高了音量，和枝被对方的气势镇住，一时合上了嘴。

"……小姐姐她，本来可以举办婚礼的，却一直拖着没有办。因为她觉得，如果得不到大姐的承认，那婚礼就是没有意义的。所以，不管是谁劝她举办婚礼，她都一直不肯松口。她觉得自己把大姐赶出了这个家，所以没有举办婚礼的资格……我在见到小姐姐之前，一直觉得自己是个毫无长处，什么都做不到的人。我以为自己就要这么卑微地活一辈子，所以每天都过得郁郁寡欢。但是，自从小姐姐来了之后，托她的福，我知道了自己也有可取之处，就连说话的声音都比以前大了不少。"

当说话的声音变大之后，希子也渐渐学会了表达自己的意见。听着希子的陈述，悠太郎和正藏夫妇，都不由得回想起希子这些年的成长变化。

"在那之后，我的人生就像做梦一样顺利起来。结识了很多温柔的人，又得到了自己喜欢的工作。现在的我，禁不住产生了让别人也变得幸福的想法。"

坐在远处的源太和马介，也不知不觉地听得入了神。

"我希望，小姐姐也能获得幸福的人生！"希子含着泪，用颤抖的声音说道。

"大姐把我养育成人，小姐姐则给了我幸福的人生。你们两个都是我最喜欢，也是最重要的人。所以，我希望大姐能够承认小姐姐。也希望父亲能亲眼见证这一幕。"

说完，希子突然朝和枝跪了下来，川久保见状，也跟着跪了下去。其他姐妹连忙起身阻止，"不要这样子""搞得我们像坏人一样"，但希子充耳不闻，依然态度坚决地跪在地上。

"怎么骂我都没关系！但是……请你答应我！只有这件事，请你务必要答应我！"

希子和川久保不管不顾地将额头伏在地面上，被两人感染的悠太郎，也朝姐姐们做出了正坐的姿势。

"等一下，快住手！"

姐姐们惊慌失措地说道，悠太郎却毅然地低头一拜："请你们答应！"

泰介也学着父亲的样子，按着弟弟活男的头，一同向和枝她们低头鞠躬。

"怎么连孩子们也这样！太卑鄙了吧！"姐姐们的悲鸣在屋里此起彼伏。

接下来，正藏和仓田也跪了下去，最后竟然连外人的源太、多根和马介等人也都纷纷加入了其中。

竟然闹成这个样子……和枝深深地叹了一口气。

就在这时，福久的声音飘了过来："倒下来了吗？"

"看不见的力量，让大家都倒下来了吗？"

"是啊，就是这么一回事。"阿静笑着回道，注意到和枝扫过来的视线之后,她也乖巧地跪了下去。

"算了,跪下的人反而觉得更可怜呢。"

"大家,都把头抬起来吧!"和枝露出了无可奈何的表情,"我已经是外人了,没有对这个家指手画脚的资格了。你们想怎么做就怎么做吧。"

当和枝再次回到座位上时,希子忽然走上前将她紧紧地抱住了。

"……谢谢你!大姐,真的太谢谢你了!"

"……像什么样子,别这样。"

希子摇了摇头,依然搂着和枝不肯放手。和枝对这个亲手养大的幺妹,其实是十分疼爱的。悠太郎对着姐妹两人,再一次深深地鞠了一躬。

芽衣子站在井边,用井水狠狠地冲洗着脸颊。就在刚才,她从好友的嘴里得知了希子的计划,而樱子也是这个计划的协助者。

"就是因为你一直赌气,不愿意举办婚礼。所以小希才千方百计想把和枝叫来。她费了这么大的劲儿,撒了这么多谎,都是为了你啊。"

现在回想起来,希子之前一反常态的举动都有了解释。

——我希望,小姐姐能获得幸福的人生。

希子坚毅的声音,从二楼传出来,钻入了芽衣子的耳中。

芽衣子洗了很久,脸上的眼泪还是不住地流下来,她捧起一把井水,再次用力地洗了起来。

前来寻找新娘的悠太郎,看到这样的背影,禁不住露出了微笑,默默地等候对方。

"接下来，新郎新娘入场！"

希子话音刚落，拉门就被缓缓推开，门后出现了身着婚礼和服的芽衣子和悠太郎的身姿。因为身材高大，走进会场时，芽衣子的头盖布撞到了房檐边上。

"好大一只！"源太小声嫌弃了一句，但是望着芽衣子的眼睛却闪闪发亮。

"真是人靠衣装呢。"阿静感叹道，就连正藏也按捺不住地惊叹："真是太合适了。"

就在这时，另一侧传来了一阵阵的抽泣声。原来是刚从东京千辛万苦赶来的大五，他此刻抽动着肩头，不顾形象地号啕大哭起来。坐在他左右的阿郁和照生，只得一边安抚大五，一边朝众人苦笑。

请卯野家的人出席这场婚礼，自然也是希子的坚持之一。

阿郁注视着女儿，开心地说："很漂亮呢。"芽衣子不由得热泪盈眶，虽然经历了不少风雨，但是终于能让父母看到自己身穿婚礼和服的模样。她擦了擦眼角，挺直了腰杆，像个新娘一样规规矩矩地坐好。

两人端坐在上座之后，悠太郎向众人行了一礼，开始陈述全新的婚礼贺词。

"自我们两个大块头结为夫妇以来，已经是第九年了。在这期间，我们磕磕碰碰经历了很多事情，给各位添了不少的麻烦。与此同时，也得到了各位的细心教导和大力支持。今天，我们能够迎来这样的生活，仅凭自己的微薄之力是做不到的。我们打心底感谢各位长久以来对我们的热情相待。所以，借着这个场合，我们想用一句话来表达心中的谢意。"

说完，悠太郎和芽衣子带着三个孩子，一同向在场众人深深鞠了一躬。

"多谢款待！"

会场中先是传出一阵欢笑声，随后响起了此起彼伏的掌声。

芽衣子垂下头，合上双眼，静静地品味着这份迟来的幸福。

夫妇二人一一接受过众人的祝福之后，婚礼终于进入到饮酒进食的环节。就在芽衣子端起碗正准备开吃的时候，耳边响起了和枝尖锐的声音："这是什么？！居然是杂鱼！"

桌上摆放的鱼熏菜，不单鱼肉切得很大块，连鱼的种类也乱七八糟的，看起来不怎么赏心悦目。

"但是，虽然有点小吧，我也放了鲷鱼进去的。其他的，虽然是些杂鱼，也很好吃的。"

虽然有点语无伦次，但芽衣子还是努力向和枝说明自己的意图。

"不一定要拘泥于寓意、叫法这些东西，味道鲜美才是最重要的。不要被表面的东西所迷惑，一定要选择对自己重要的东西，这就是我想向希子传达的想法。"

"就算作为西门家的媳妇不被我承认，你也依然过得很幸福，你想表达的就是这个吗？你这个人，生来就是为了跟我作对的吧！"

看着争论不休的两人，众人露出了会心的微笑。

大五他们为了参加这次婚礼，让西餐厅临时休业了。跟难得一见的孙子孙女们依依惜别之后，几人又踏上了返回东京的路程。大五因为过于兴奋灌了不少的酒，连步子都有些不稳了，他被阿郁和照生一前一后地拥着，三人摇摇晃晃地向着车站走去。

芽衣子站在门前，默默目送着家人的背影消失在远方。

婚礼的第二天，在西门家的饭桌上，端上了和枝送来的柿叶寿司。

"就是这个味道！对吧！"悠太郎一边咂着嘴，一边征求芽衣子的意见。

"真好吃！没有什么鱼腥味，醋的浓淡也正好。寿司渗入了柿子叶的清香，米饭也很松软！"

正藏吃了一个又一个，禁不住连连称赞。阿静和孩子们也吃得十分尽兴，然而只有芽衣子一个人，露出了很不甘心的表情。知道缘由的悠太郎，苦笑着向大家解释："这个人，在不知情的情况下，被大姐持续作弄了好几年呢。大姐这些年一直在向广播电台投稿，被采用了很多次呢。"

原来被芽衣子一直视为劲敌的"卷心菜夫人"，就是和枝本人。

"听好了，今后你就多多参考'卷心菜夫人'的菜谱吧。那可是我长年智慧的结晶，是为了夫家长年卧床的病人研究出来的。"

和枝临走前趾高气昂的一席话，让芽衣子愣了几秒之后，当场大叫起来。

"……咦咦咦咦咦咦！"

"连你那些虚有其表的糟糕料理都可以被采用，那我就更不在话下了。结果……哎呀，虽然投稿数量比你少，但是采用数量却是你的两倍呢。"

"啊哈，两倍、两倍！"无视呆若木鸡的芽衣子，和枝大笑着扬长而去。

"我真是，怎么都赢不了大姐啊，不管是才智还是料理。"

真是一败涂地啊。芽衣子垂头丧气地拿起一个柿叶寿司。

"……但是，今天真像做梦一样啊，不仅看到了你们的婚礼，连和枝也回来了，甚至还吃到了柿叶寿司。"

正藏满心欢喜地说着，但是就下一刻，他却因为旧病复发，再度倒在了地上。

"以后请尽量对他好一些。"

被前来就诊的医生这样叮嘱之后，全家人为了让正藏开心，开始各自力所能及地努力起来。

"小希，你能抄写一份'卷心菜夫人'的料理食谱给我吗？我想，应该很对父亲的胃口。"

"……嗯，我这就去抄写。"

放学归来的泰介，手握着满分的考卷，兴冲冲地跑进正藏休息的房间。

"好厉害呢，泰介！"

正藏温柔地抚摸孙子的头，泰介露出了开心的笑容。活男对此十分羡慕，他捧起干柿子，邀宠似的围了上去，"爷爷！干柿子可以吃啦！"

"我也要一起。"福久也不甘落后，把自己的小饭桌端了进来，坐在正藏的床头认真地吃了起来。

"爷爷我啊，也必须加油呢。"

希子把料理老师介绍的养生书籍带回了家，芽衣子参考书上的食谱为正藏熬制药膳，而阿静则是昼夜不分地照顾着卧床的正藏。

源太每次来家里探望,都会把正藏逗得开怀大笑。

"亲生父亲临终前,我没有好好尽孝道。"源太一边说着,一边掏出了昂贵的药材硬塞给了芽衣子。

然而,作为亲生儿子的悠太郎,却不知道自己能为正藏做些什么。他深感自己的无能,接连数日都处于焦虑之中。

某一天,竹元忽然出现在办公室,劈头盖脸向悠太郎问道:"喂!听说令尊病倒了?就在不知为何没有邀请我的那场婚礼之后?"

"原来您想参加吗?"

"谁说我想参加了!我只是在阐述'没有邀请我'这个事实而已。话说回来,你把令尊带来工地参观吧。他的身体可能等不到地铁启动那天了,你就先带他过来参观内部吧。"

"为、为什么?"

"'我那个一根筋的大块头儿子,到底有没有好好工作啊'——令尊可是很担心你的。"

之前竹元拜访西门家的时候,正藏向他询问过悠太郎的工作情况。正藏很担心儿子死板的性格会让他在工作上四处碰壁。虽然悠太郎不能理解自己的审美,每次跟他叫板时都只会强调"安全性",但竹元还是给出了"很感谢他的存在"的评价。对于这个回答,正藏露出了欣慰的笑容,表示放心了不少。

但是,悠太郎还是有些犹豫不决。

"虽然他嘴上什么都不说,但是我觉得地铁开发这种工作,父亲不会毫无芥蒂地接受的。"

"到时候直接问他的看法不就行了？对你这个不争气的儿子，他应该还有很多话想说吧。像你这样平庸的人类，对于我这样的圣人之言，应该心怀感激地照办才对。"

"……您换个说法，我就会欣然接受的。"

虽说如此，悠太郎还是坦诚地听取了竹元的建议。趁着某天工地休息，悠太郎让正藏坐上了从医院借来的轮椅，又带上了芽衣子准备的便当和水壶，准备妥当之后，两人就朝着工地出发了。

"好怀恋啊。我以前也戴过。"

在无人的施工现场，悠太郎给正藏递去一个铁质头盔，后者接过来之后，不由微微一笑。

"父亲，请您直接告诉我，来到这个地方，您心里会不会五味杂陈？"

悠太郎把心中的疑惑坦诚地问了出来。

"虽然我没有资格这样说……正是因为不知道这里何时会塌陷，所以不管是搞开发的还是搞技术的，最重要的，就是要能真正对得起自己的良心。我把曾经扔掉的良心，转移到了自己的饮食生活上，但是，如果能够开发出新的技术来替代……就好了……"

苍老的声音中，透出了深深的悔意。一旁倾听的悠太郎也禁不住难过起来。

"我其实并不是讨厌开发啊、新技术什么的，倒不如说，只有新的技术才能拯救旧技术带来的失败，我非常期待这一天的来到……能带我去看看吗？"

正藏用力抓着悠太郎,缓缓地站了起来。

"……小心脚下。"

悠太郎扶着比自己整整小了一圈的父亲,小心翼翼走到了楼梯口。两人站在楼梯上,俯视着广阔又坚实的地铁内部,正藏感觉到一股雄壮的气势扑面而来。

"我会建造更多坚实的建筑来守护大家,我会补偿你破坏的那些事物,我一定会努力的……所以,不准逃,你一定要在我身边好好看着!"

悠太郎的怒吼,再次响彻在正藏的脑海中。在悠太郎的搀扶下,他缓缓地走下了楼梯。身边的儿子不会知道,此刻,在正藏的心中,充溢着无与伦比的幸福感。

"不知为何,看了这些,身上忽然就有了力气。如果不能坐上地铁,我真是死也不瞑目啊。"

回到家中,正藏的兴奋仍未消退,他滔滔不绝地向家人讲述地铁的宏伟。

晚餐是参考希子的食谱熬制的一整只鸡,里面放入了不少源太送来的高级药材。正藏似乎非常中意,津津有味地喝下了一碗又一碗。

芽衣子和悠太郎对视了一眼,正藏精神矍铄的样子让他们十分欢喜。这样看来,说不定父亲还能多活一些时日。然而,两人的希望很快就破灭了,就在第二天早上,正藏停止了呼吸,永远地离开了人世。

这天早上,当全家人赶过来的时候,阿静已端端正正地坐在正藏的枕边了。

悠太郎和希子一边喊着"父亲",一边不可置信地靠了过来。

芽衣子呆呆地立在门边,握紧了牵着福久和活男的手。泰介一个人默默地忍耐着,维持长男的风范。

不行,我必须坚强——当芽衣子咽住眼泪,正准备开口之时,阿静的声音突然传了过来。

"今天的早餐,是什么来着?"

"……白芝麻拌豆腐和酱菜,还有清酒海带熬的酱汤。"

"这样啊……"阿静看着正藏,徐徐地说起了昨晚发生的事情——

"……我说,阿静。我居然这样幸福,真的没问题吗?像我这样的糟老头子,为什么最近遇到的尽是些好事情呢。"

正藏平躺在床铺上,阿静正在为他按摩脚部,他一时间感慨万千。

"以前遭遇了很多坏事情,这算是扯平了吧,你啊,不管好事还是坏事,都痛痛快快地体验了一把呢。"

"……是啊,真是多谢款待的人生呢。"

正藏露出了开怀的笑容,满足地叹了一口气。

"……今天的晚饭,真好吃啊。明天,是什么呢……"

这是正藏给阿静留下的最后一句话。

"早上起来之后,他就去了那个世界。"

阿静转过身来,面朝悠太郎他们,她努力挤出了笑颜,向他们一一鞠躬行礼。

"小希,让他看到这么美好的婚礼,谢谢你。小活,送来干柿子,谢谢你。小泰，考试一百分，谢谢你。福久，陪他吃饭，谢谢你。悠太郎，带他参观了宏伟的地铁，谢谢你。芽衣子，每日都是美味佳肴，真的，非常谢谢你。托你们之福，他才能心满意足地，带着多谢款待的心情，离开了人世。"

"他是寿终正寝，"阿静颤抖的声音听起来有些悲伤，但她努力挤出了一个微笑，"没有比这个更圆满的，寿终正寝了！"

听完这番话，含着眼泪的众人也纷纷露出了笑容。像是看见了眼前的景象一样，去世的正藏的脸上，也和大家一样挂着幸福而满足的微笑。

正藏的葬礼结束之后，悠太郎心神恍惚地坐在檐廊边上。芽衣子走了过来，将一个干柿子递到他的手上。

"啊，谢谢。"悠太郎调整了一下心情，对妻子说，"我觉得，父亲的最后一程真是太圆满了。直到最后的一刻，他还在思考第二天的早饭。我到了临终的时候，你也能让我如此圆满吗……"

闻言，芽衣子模仿悠太郎摆出了思考的姿势。

"……不要。你得比我活得长才行。"

悠太郎也做出了同样的姿势。

"……我没这个自信呢。你怎么看都很长寿的样子。"

西门家的佛龛上摆上了鲜花和干柿子，还有一张婚礼时拍摄的西门家的全家福。

第 4 章
奢侈的牛排

正藏寿终正寝之后，宏伟的车站建成完工，地铁也顺利开通了。

另一方面，1937年（昭和十二年）爆发的卢沟桥事件，拉开了之后旷日持久的战争序幕。为了应战，日本开始了经济管制，将纤维、金属和煤气等物资划分为军需物资。在这股风潮中，政府再次要求民众自发地控制大米的用量。

1940年（昭和十五年），5月。

"土豆也要削了！"

三十五岁的芽衣子，已经是一名精力充沛的大妈了。

"今天就拿这个做饭！"

摆上饭桌的食物，是在大米中混入土豆碎块和油炸物切丝的杂烩饭，加了一点酱油来调味。

杂烩饭散发出一股诱人的清香，但是阿静一脸的不乐意："怎么又是省米料理。"

"因为我们不能铺张浪费呀。"

"我这把老骨头不知什么时候就会翘辫子了，每天都豁出性命在战斗呢，就给我吃这个。"

随着年纪的增长，阿静渐渐有了老年痴呆的迹象。芽衣子要么奉承几句，要么若无其事嘲讽回去。这是她在西门家做了十五年家庭主妇之后，积累下来的待人处事的经验。而年满四十岁的悠太郎,已经完全是一副一家之主的派头了,他如今就职于市政府的高速地铁部门。希子和川久保结婚之后感情和睦,选择继续住在西门家,两人依然是广播电台的职员。

"我开动了。"两个男孩说完之后,便如饿虎扑食一般吃起了早餐。十五岁的泰介已经升上了高中,参加了学校的棒球部。十三岁的活男依然是个好吃鬼,已经可以动手做一些简单的料理了。

在大家吵吵嚷嚷地吃着早餐时,只有福久一个人不为所动,一直拿着铅笔在草稿本上解答着物理习题。福久今年十六岁,在高等女子学校上学。本应该是花季少女的她,现在却全身心地沉浸在数学公式中。芽衣子提醒了好几次,她都没有任何回应。

"福久,吃饭了!"芽衣子在桌上狠狠地敲了一下,"吃饭的时候就好好吃饭!"

明明笑起来很可爱的五官,现在却皱在一起,福久瞪了母亲一眼,冷漠地端了饭碗,一边心不在焉地扒着饭菜,一边继续在纸上写写画画。

"真没规矩。"芽衣子才说了一句,她就放下碗筷,不愿意再吃了。

这种争执每天早上都会发生,芽衣子对女儿又是生气又是无奈。

这天早上,芽衣子送走了丈夫和孩子们,便匆忙跑去参加妇女会举行的活动。妇女会的成员们统一着装,外面穿着白色的烹饪围裙,肩上斜挂着写着标语的带子。

活动结束后,她捧着一堆"千人针"的布料来到了甜品店"美味介"。

"又来了?"樱子露出嫌弃的表情。

第 4 章 / 奢侈的牛排

"妇女会的工作,我也没办法啊。就缝一针,就一针,好不好?"

持续的战争也影响到了美味介这个小甜品店,不单咖啡豆被限制进口了,政府收取的税金也提高了,今年还能不能继续做炒冰都成了问题。

"啊呀,小源?"

芽衣子在店里遇到了源太,本以为他是工作之余来喝咖啡的,没想到他竟然在店里进行交易,在店铺门前,他偷偷摸摸地将一包牛肉塞给了一位妇人。

"你在想什么啊!今天,不是无肉日吗?!"

从这一年的 4 月开始,政府规定每个月有两天既不能吃肉也不能贩卖肉制品。

"你管太多了吧,真啰唆。"

源太一点反省之意都没有,就这样扬长而去。

"……好帅气呢,源太。不管遇到什么事情,都能保持自我。"

"和他一比啊……"樱子瞟了一眼放置在店铺一角的几册书籍,那是室井编写的《关东煮战记》。

"不是卖得挺好的吗?"

"……太糟糕了。每一页都会写上'为了国家',真的是,好烦啊。"

樱子指桑骂槐的态度,让芽衣子也很郁闷。

"但是,现在就得这样。大家必须齐心合力啊。"

"啊,芽衣子,我想拜托你一件事,能帮我找一下咖啡豆的代替品吗?"

察觉到两人一触即发的气氛,马介赶紧见缝插针地打了圆场。

晚上，在希子夫妇和悠太郎吃着延迟的晚饭时，芽衣子顺口提到了这件事。结果，竟然是路过客厅的福久给出了建议："做咖啡的话，好像蒲公英也可以。"芽衣子奇怪女儿是怎么知道这件事的，对方只是淡淡回了一句"听朋友说的"。比起蒲公英居然可以做咖啡这种事，福久有朋友这件事更加令芽衣子感到惊讶。

"不知道做出来是什么味道呢。不过，虽说是代替品，也不能让客人觉得太寒酸吧？！而且，蒲公英的话，周围的草地里也长了不少吧！"

面对积极向上的芽衣子，希子和川久保不由得苦笑起来。悠太郎一边吃饭一边听着讨论，露出了一副若有所思的样子。

"……如果钢筋也有替代品就好了。"

英美限制了物资的出口，国内的金属必须抽出 20% 来作为军需。可采购的钢筋数量远远达不到预计目标，竹元还因此把他们怒骂了一顿："你们究竟要让我妥协到什么地步？！"

第二天，忧心忡忡的悠太郎刚走进办公室，就被分别多年的前同事藤井给叫住了。

"哎呀，金属管制吗？现在真是不得了啊。"

藤井辞掉市政府的工作之后，就去开了一家建筑公司，这次回来是处理一点私事。

"设计也是，改了一次又一次。"

"不过，我想起以前好像也有过类似的情况吧。就是修建小学那会儿，大家彻夜不眠地修改设计，还说下次说不定就会通过什么的。"

第 4 章 / 奢侈的牛排

"你说得没错,藤井先生!"悠太郎忽然灵光一闪,想到了一个对策,"真是太感谢你了。"

送走藤井后,他赶紧翻出了各种记录本和相关资料,把部下真田和相泽叫了过来。

"军需,因为军需而犯愁的可不止我们一家。应该有不少被迫停工,或者是中途搁浅的工程。"

"啊!我们从那些地方要钢筋吗?"

"官方也好民间也好,总而言之,赶紧去多方打听一下。"

就在悠太郎看到希望之光时,芽衣子却在美味介的调理台前闷闷不乐地清洗着刚找来的蒲公英。

"源太,轮到你了吗?"马介的声音有些无力。

"……好像是的。"

就在刚才,芽衣子路过牛乐商店时,顺便朝屋内探望了一眼,发现店主夫妇脸色苍白地站在一旁,源太则死死地盯着桌上的红信封①。

"哎呀,也是没办法的啦,肯定会这样的。像我这种没有老婆也没有孩子的男人……肯定是上战场的最佳人选啦。没事的,我这个人,一向运气都很好的,肯定没事的。"为了安抚像双亲一般长年照顾自己的店主夫妇,源太故作轻松地说道。

芽衣子不知道该说什么,只得一个人默默地来到了美味介。

对着这样的芽衣子,樱子表示难以理解。

"……是啊。反正我就是这么任性,一直以来,都是我把大家送走,

---

① 战时,日本用于通知征兵或者死亡信息的信件会套上红色信封。

但是，轮到小源之后，我却反复在想：'为什么会是小源呢？'但是，每一个人都在拼命地忍耐啊。这也是没有办法的事啊。"

芽衣子嘴上说得理直气壮，心里却依然耿耿于怀，回家的途中，她又绕道去了牛乐商店。刚走到门口，就迎面撞上了走出来的源太。对方竖着小指，得意扬扬地对芽衣子说："我要见见她们。"

"小源……那个……祝贺你。"

"……哦。谢了。"

"你想吃点什么吗？作为出征庆祝。不管什么我都给你做。"

参军安排在一周之后，源太留下一句"那我考虑下"，就转身离开了。

悠太郎还没有回来，芽衣子把源太参军一事告诉了其他人。桌上的气氛一下子沉寂下来，谁也不愿意开口说话。

"啊——真是的，我已经受够了！这种破仗，就不能不打吗？"阿静忽然叫了起来。

"吃不上像样的饭菜，人也越来越少，最近就没有一件开心的事。"

"就是为了早日结束战争，所以大家都在努力啊！"

福久忽然站了起来，转身离开了饭桌，桌上的饭菜都没吃上几口。

"母亲这些话，我都听腻了。"

女儿直白的话语，深深地刺痛了芽衣子的心。

第二天，芽衣子和马介正在调理台试饮刚做出来的蒲公英咖啡，牛乐商店的松尾和银次面无血色地冲了进来。

"芽衣子，你看到源太了吗？那家伙，到现在都还没回来！"

/第4章/ 奢侈的牛排

芽衣子吞了一口唾液："……怎、怎么回事？"

"逃、逃跑了！"室井口无遮拦地叫了出来，银次急忙地捂住了他的嘴。

芽衣子和室井也跟他们一起在大街上小巷里到处寻找源太，但是终究是无功而返。

"这可不得了，逃兵役可是重罪啊。哎呀，真是件麻烦事呢。"

室井嘴里说着担心的话，眼中却闪烁着兴奋的光芒，芽衣子没有理他，继续一个人在街上慢慢寻找。当她路过洋装店时，看见了一幕难以置信的场景。

"福久！"

身着洋装的福久和竹元肩并肩地走了出来，无论怎么看，两人都像是在约会。

芽衣子按下心中的震惊，把福久带到了美味介。毫无关系的室井兴致勃勃地坐在了他们旁边，但芽衣子已经没有精力顾虑他了。

"请、请问……你们两人是什么关系？"该问的还是要问。

"……我爱这个孩子。"

闻言，芽衣子脑中变得一片空白，这就是所谓的"奇人之爱"吗？

"啊呀呀呀呀！"室井阴阳怪气地叫了起来，结果被一脸漠然的竹元狠狠地踩了一脚。

"我爱这个孩子的才能！她在物理上有着非凡的才能。你明白了吗？"

"啊、她从小就只有算术和理科比较好……"

"这样就够了！天才就是这样的存在！那些愚蠢的教育者，不要说理解了，他们简直就像脚踩虫子一样践踏着这些天才！"

前段时间，福久被老师发现在义务劳动的时间里学习，便被叫去指导室狠狠地教育了一番。福久完全不能理解，便反问对方为什么在学校不能学习。

"义务劳动是后方人民的义务！"

福久针锋相对地说："既然女性的义务是结婚生子，那学校也没有存在的必要了吧。""大家都是这样忍耐的！"老师粗暴地做出了结论。

"因为大家都在忍耐，所以我就要忍耐吗？"

福久一而再再而三的反驳激怒了对方，最后被长长的戒尺抽打了脸部。

"这种事情发生了好几次……我越来越讨厌学校，后来在街上闲逛时遇见了竹元先生，他问我要不要去他那边学习。"

芽衣子忽然意识到，蒲公英可以做咖啡这件事应该是竹元告诉福久的。

"你身为家长，怎么不多替孩子想想。对她来说，去学校是一件多么痛苦的事情，你能设身处地地想想吗？"

"就算你这么说，也不能让她不去读书啊。"

为了福久能上高等女子师范学校，芽衣子还专门存了一些钱。

"你是想说不去学校就没法学习吗？你这家伙，除了料理什么都不懂，就是个蠢货！那个石头和你这个蠢货，也能生出福久这么聪明的孩子？！"

竹元口无遮拦地发了一通脾气。但是作为母亲，芽衣子却不能不管。

"在事情没有闹大之前，你赶紧回学校吧。"回家的路途上，芽衣子语重心长地说。

福久一会儿说想退学去竹元那里学习，一会儿说竹元说要介绍大学的老师给她，对母亲的劝说油盐不进。

最后芽衣子只得以生病为由，让福久暂时从女子高等学校休学，打算以后走一步算一步。

"……竹元，可能是在福久身上看到了过去的自己。好像他以前也被迫做了不少难以适应的事情。'别人都在忍耐，我也必须忍耐'，这种事，并不是每个人都能做到的。"

"……就是耍性子。"屋漏偏逢连夜雨，芽衣子忍不住连连叹气。

第二天，芽衣子从美味介得知源太还是没有找到。

"……真是，小源到底在想什么啊。"

担心不已的芽衣子，却在回家的路上跟源太本人撞了个满怀。

"你、你这几天都到哪里去了！"

"哎？我不是说过吗，去女人那里了。"

源太的解释让芽衣子目瞪口呆，原来他按着认识的顺序，把所有交往过的女人都拜访了一遍。

"还有些人携家带口搬到很远的地方去了呢。"

芽衣子一时间怒上心头，一把揪住了比自己矮上几公分的源太的衣领。

"为什么不说清楚,谁知道你要去见所有的相好啊!大家都以为你逃了兵役,你知道松尾先生有多担心你吗?"

"……抱歉。"源太诚恳地道了歉。

源太无事归来之后,大家决定在美味介举办宴会。宴会的料理由牛乐商店的店主夫妇,还有银次和定吉这些商店街的熟人来筹备,芽衣子没有什么出力的机会。

"小源,你还有什么想吃的东西吗?"

"都说得差不多了啊。"源太想了一下,脸上忽然焕发出光彩,"啊,草莓!"

"对了,你就去买草莓吧!草莓,那个时候的草莓,你该还给我了吧!"

令人怀念的孩提时代的回忆,在两人的脑海中复苏过来。

芽衣子马不停蹄跑去商店街,却被水果店的多根告知没货。因为草莓种植很费功夫,又不能填饱肚子,是一种很奢侈的水果。因此很多种草莓的农家都改种了其他农作物。芽衣子不死心,打算去田地里找寻,被源太苦笑着拦了下来。

"算了算了,不过就是酒饱饭足之后拿来调味的玩意嘛。"

"……啊!那就草莓酱吧!"

"你以前怎么都不肯给我呢。"想起往事,源太不由有些感慨。

"所以,我现在就给你!"

"算了,比起这个,记得把西门家的人都叫来。我想好好地庆祝一场。

告别会嘛,那就得所有人都整整齐齐的,一个都不少!"

源太看起来不太介意,但芽衣子却难以释怀。

回到家中,她一边揉着米糠,一边回想着自己第一次在寺庙看到草莓的情景。

(是啊。那个时候,草莓还是很稀罕的水果呢。后来,草莓便渐渐成为大家都能吃上的水果。但是不知不觉之中,又从日常生活中消失了呢。)

芽衣子喃喃自语道:"要怎么办呢……"

与此同时,在空无一人的店里,源太正奋力地洗着案板。

当刀也洗完之后,他默默环视着一尘不染的店内,这个牛乐商店,是他成长和自立的场所。

"承蒙照顾了。"他深深低下头,与这个生活多年的场所做了告别。

到了告别会这一天,跟源太交好的各路人马都来到了美味介,一时间店里变得热闹非凡。

阿静带着一群真正的艺伎来到了店里,笑着说:"这是我的饯别之礼。"

不知为何福久也混在其中,穿着漂亮和服,化着美丽妆容,整个人都焕然一新。她给源太带来了一份送别礼物:"不开心的时候,只要背诵这个,就会忘记了。"一张写着圆周率的纸条递到了源太的手里,后者道了一声谢,十分慎重地揣进了怀中。

"源太叔……其实,你是真的想过逃兵役吧?"

"我是有想过,但是,我也无处可去啊。"

福久第一次感受到,大人的世界也同样充满了无奈。

马介和希子夫妇给源太共同送上了一首祝福的曲子。希子用美妙的歌喉高声地吟唱，川久保伴唱，马介在一旁用简单的乐器伴奏，店里回荡起动人的旋律，众人都情不自禁地沉浸在其中。

听着听着，芽衣子的眼眶红了起来。那一天，为了让外婆阿虎吃上草莓，自己四处奔走却不小心迷了路，浑身泥浆的源太出现在家门口，手里还拿着一颗鲜红的草莓。嫁到大阪之后，被和枝欺负得只能在菜市场埋头痛哭，吃了源太给的草莓之后，自己才重新鼓起了勇气……

源太强忍着眼泪，一杯又一杯地灌着酒。之后又一边吃东西，一边唱起了曲子，好一阵折腾之后，醉倒在了美味介的门前。

"没事吧，小源。明天还要出发呢。"

担心源太的芽衣子端着水走了过来，却被对方突然握住了手腕。

"我不想去……"源太喃喃自语道，不知道是醉话，还是酒后吐真言。

他又嘀咕了一句不想去，然后握着芽衣子的手，沉沉地睡了过去。

自己从源太那里得到了数不清的东西，现在却什么都回报不了。凝视着重要的青梅竹马的睡脸，芽衣子心中涌出一股深深的无力感。

当悠太郎结束工作赶到美味介的时候，看到的就是两人相拥的景象。他站在远处眺望着两人，不知为何生出些畏缩之意。"告别会啊……"他一边低吟着，一边悄然无息地离开了现场。

第二天，宿醉的源太揉着涨痛的脑袋，喝起了美味介新开发的蒲公英咖啡。

这也许是最后一次了——看穿了源太心思，马介便说："你回来之后，味道会更好的。"

闻言,源太会心一笑,他抬头望了一眼时钟,快到出发的时刻了。就在这时,店铺大门突然被推开,芽衣子气喘吁吁地闯了进来,将一个小盒子交到了源太手上。

"小源,快来,用这个填一下肚子!"

源太一脸迷茫地打开盒盖,只见盒里装着几个草莓。定睛一看,原来这是用西红柿、米饭和鸡蛋制作的草莓形状的饭团。

在一旁的樱子不由感慨:"哇,做得真好,还能这样啊。"

"吃吧,虽然只是个代替品。"

昨天晚上,没有出席源太出征宴的悠太郎,幽幽地对着芽衣子说:"也许,我只是源太的代替品。"芽衣子虽然听得一头雾水,但是"代替品"这个词却激发了她的灵感。

"……这样啊,那我开动了。"源太拿起草莓饭团,一口咬了下去。在嘴里渐渐扩散的味道,和当初在开明轩,与芽衣子一同享用的煎鸡蛋卷拌西红柿米饭的味道一模一样。

"……是你家的味道呢。"

"……嗯。赶紧吃了吧。"不知为何,芽衣子忽然转过身背对着源太。

"啊、芽衣子,多谢——"

"不行!"芽衣子突然高声大叫,"你还有很多东西没有吃吧!你要全部都吃过之后,才能对我说'多谢款待'。"

她忍住眼泪,对着源太露出了一个笑容,然后匆匆忙忙地走出了美味介。

望着对方远去的背影，源太将余下的草莓饭团也塞进了嘴里。

一定要回来，平平安安地回来。他在心中暗暗发誓，为了对芽衣子说"多谢款待"，自己一定要再次回到这片土地上。

自从源太走后，芽衣子整个人都变得无精打采。

"今天也是这么寒酸呢。"

平日被阿静嫌弃之后，芽衣子总要怼上几句，但今天她却心不在焉地说："……啊，是呢。"

最近家里的气氛过于异常，作为丈夫，悠太郎的心情有些复杂。当得知希子以前也曾经爱慕过源太之后，他就再也按捺不住心底的动摇。

"这都是以前的事了。"

"……正因为是以前的事，性质才更加恶劣。"

在芽衣子这边，源太的离开虽然令她情绪低落，但是让她最受打击的，却是在菜市场买不到草莓这件事。就在她莫名地陷入不安的情绪之中时，阿静拿着传阅板①回到了家中。

传阅板上的内容令芽衣子震惊不已——砂糖也要开始配给了。

"……不、不能随便买了？砂糖也要按量分配了？！"

芽衣子急忙赶到菜市场，然而抢购砂糖的人们已在干货店门前排起了长队，最后她只得空手而归。

"这个国家，到底是怎么了？"

来到美味介的芽衣子，俨然变成了"忧国忧民"的大妈。

---

① 传阅板，在日本各住户之间相互传阅的一种通报，夹在板子上挨家挨户传阅，用以通知各种消息、活动等。

第 4 章 / 奢侈的牛排

"你们看，竟然连砂糖都买不到了！草莓也在不知不觉中消失了！这、这不是很可怕的事情吗？！接下来，还会有什么东西会消失？！"

面对情绪高昂的芽衣子，樱子先是给了她一颗糖，然后像驯化动物一样耐心地安抚她。

"我觉得……自己总是被砂糖所拯救。每当难过的时候，都是靠着吃甜食才熬过去的。"

芽衣子难过得双眼发红。

"小源、草莓，还有砂糖，对我十分重要的东西，都在不知不觉中被人夺走了……"

芽衣子垂头丧气地离开了甜品店，马介喝着蒲公英咖啡，感慨道："不至于哭成这样吧……"

"因为那是芽衣子的全部啊。自己吃美味的东西，给别人吃美味的东西，在她的人生中，就只有这两件事最重要。"

不愧是相交多年的好友，樱子推测得一点都没错。因为身边的食物不断消失，芽衣子产生了前所未有的危机感。

芽衣子拖着沉重的步子走在街上，忽然，一张写着"日本人不该奢侈"的标语映入了眼帘。无论怎么看，这句话读起来都怪怪的，会不会是哪里印错了呢？

这时，多江带着一群主妇走了过来，她是国防妇女协会的干部，现在正要往宣传栏上贴新的标语纸条。自从福久在小学误伤了多江儿子的脚之后，芽衣子就有些畏惧这个女人。

"请问……砂糖也是奢侈的东西,所以才要配给吗?"

"那是当然的,砂糖只是调味品。而且砂糖对骨骼发育不好,只会伤害身体。你不知道吗?砂糖百害无而一利,是非常奢侈的东西。"

"但、但是……吃了砂糖就能让人打起精神啊。砂糖并不是百害无一利吧……"

"国家就是这么说的。专门研究国民营养的'营养评价会'刚刚发表了砂糖对人体有害的公告。好了,赶紧贴上去。"

多江一番理直气壮的言论,并没有让芽衣子心服口服。

这天夜里,芽衣子去参加了邻组[①]在集会所举办的聚会。会议结束之后,妇女会的成员被留了下来,要求让她们仔细阅读发下来的传阅板。这次的消息发布者是"妇女会大阪支部"。

"这次,我们妇女会决定大力推广'营养评价会'开发的面包。"

据说这种面包,吃一个就能摄取所有的所需营养,同时还能节约大米,是划时代的新型食物。因此大阪总部传来通知,要求各个支部把这个食谱推广下去。

"本协会决定,制作三百个这种面包送给北天满常规小学。有人愿意协助我们吗?最近,在学校里出现了很多没带便当的学生,偷盗便当的事情也时有发生。这些孩子的身体都很瘦弱,为了这些孩子,现在就是我们贡献微薄之力的时候。"

芽衣子对说砂糖有害的营养评价会的印象不太好,妇女会也不保证提供食材,所以一直犹豫不决。但当她听到"为了孩子们"之后,就一时

---

① 邻组:日本战时体制下的邻保组织,以五至十户人家为一个单位。

心软答应了下来。

"大嫂，你心肠真好。"

川久保露出了苦笑，阿静则一脸的愕然，芽衣子对自己轻率的举动也连连叹气。

"……我真是个笨蛋，明明现在连砂糖都开始配给了。"

看着满腹牢骚的芽衣子，悠太郎促狭地笑了起来：

"这不是挺好的吗？如果孩子们能赞口不绝地吃饱肚子，对你来说就是赚到了吧。"

"……也是，你说得没错。"

这时，原本认真阅读着传阅板内容的活男，突然发出了惊讶的声音：

"母亲，这个菜谱……真的没写错吗？不是什么印刷错误吗？"

大家一同向传阅板望了过去，只见上面罗列着很多意想不到的食材：有作为饲料使用的鱼粉，还有杂鱼干的骨头之类的残羹剩饭。甚至还列着生大豆粉、海藻粉、蔬菜的残渣（白萝卜叶、胡萝卜尖等）这样腥臭的东西。这些材料最后能做成什么样的面包，真是让人难以想象。

"……不行，这样的面包，绝对不行！"

芽衣子惊恐不已，她一整夜都没睡好，第二天大清早就跑去集会所向多江提出了质疑。

"这个面包肯定很难吃。既然要使用这些材料，那不如做点其他的？把小麦粉、鱼粉和蔬菜搅拌在一起，再加上鸡蛋，就可以做出味道不错的煎饼了。"

"加鸡蛋的话,那就毫无意义了。最重要的就是用便宜的材料做出营养充足的食物。说起来,'想吃美味的食物'本身就是一种十分奢侈的想法了。"

多江的慷慨陈词令芽衣子哑口无言。她带着满心的困惑回到了家中,硬着头皮照着食谱做了起来。休学在家的福久看到母亲闷闷不乐地碾着杂鱼干,感到十分不解:

"为什么还要做呢?这么讨厌的话,就别做了吧。"

"这跟你在学校可不一样。很多时候,别人做什么事自己也要跟着一起做,就算觉得奇怪的事,也必须要去做!"

"但是,如果大家都这样做的话,就没人敢对奇怪的事情发表真实感想了。"

"这、这种事情,跟我没有关系!"

因为无法回答女儿的问题,芽衣子像逃避什么似的用力地碾着杂鱼干。

过了一会儿,热腾腾的面包终于蒸好了,先不说颜色,散发出来的气味就实在不敢恭维。在惋惜食材的同时,芽衣子有些担心,这种东西真的可以拿给孩子们吃吗?

芽衣子闷闷不乐地把面包送了过去。因为懒得换衣服,回到家后她依然维持着妇女会的装扮。制作面包消耗了很多食材,都得自己掏腰包补回来,芽衣子默默写起了购物清单。阿静在一旁不停地抱怨,说宝贵的砂糖都用掉了不少,这使得芽衣子越发消沉。

这时，屋外响起了叫声："西门太太，在吗？"原来是附近的主妇甲田美祢来了。

"这个，你收回去吧。"

甲田在玄关处将一个提兜交给了芽衣子，打开一看，里面竟然塞着送过去的面包。

"学校把送去的面包都打回来了，妇女会让我们自己解决。他们说没想到面包这么难吃，如果被学生们扔掉的话，节约食物的教育就不好展开了。"

"真是灾难啊。"美祢一边抱怨着，一边提着自己做的提兜离开了西门家。

阿静小心翼翼地尝了一口之后，立刻捂着嘴向洗漱台跑了过去。

"这、这根本不是人吃的东西，这是喂家畜的饲料啊！"

"……够了，请不要再说了。我会拿去做庭院的肥料的。"

真是奢侈的肥料啊，但是芽衣子想不到其他的解决办法了。她打开口袋，把面包掏了出来，一个一个地慢慢捏碎，就在这时，耳边忽然传来一个声音。

"到底是哪个家伙，把我们做成了肥料！"

被捏碎的杂鱼干发出了怨恨的尖叫。当然，这个声音只有芽衣子才能听到。

"我明明可以做成鲜美的高汤的！笨蛋！"

接下来，面包里的食材此起彼伏地抱怨起来，"明明海带和大豆、胡萝卜可以做成五目豆""小麦粉和砂糖也可以做成美味的面包"。它们对自己被做成难吃的面包十分不满,齐声高喊道:"普通地、普通地、普通地烹制就好了。"

"我们明明可以做成美味的饭菜的!"

为了掩盖住争吵声,芽衣子将面包慌慌张张地塞进了嘴里——不能把它们当作肥料!

然而把这些食材做成了难吃的面包的人,正是她自己。

芽衣子大口地啃着面包,艰难地吞下去,然后继续张开嘴又咬了下去。福久走下二楼,和阿静一同目瞪口呆地看着客厅里发生的这一幕。

领会到母亲的意图之后,福久伸出手去拿面包,却被芽衣子一掌拍了下来。

"不能吃!这种东西不是人吃的!你不能吃!"

一年三百六十五天,每天都让家人吃上美味的饭菜,这是芽衣子的工作。她将剩余的面包塞进了嘴里,强忍着眼泪,狠狠地咀嚼起来。

小时候,每次吃到父亲精心制作的料理,心中都充满了幸福感。读书的时候,第一次听到悠太郎对自己说"多谢款待",心中是那样的欣喜。第一次努力捏出来的寿司、特意为汇聚一堂的家人准备的年菜,令正藏赞口不绝的鲜汤、让孩子们狼吞虎咽的点心——吞咽着根本不配称为食物的面包,芽衣子不断地回顾着自己充满美食的人生。

当提兜里终于变空之后,芽衣子早已两眼发直,胃就像要撑破似的非常难受。像苦行一样的疯狂举动结束之后,芽衣子带着无处发泄的满腔怒气,回到了自己的原点。

第 4 章 / 奢侈的牛排

在阿静和孩子们关注的眼神中，芽衣子仰面朝天地躺在了客厅的地板上。到了傍晚，她突然一蹦而起，一边嚷着"我去买点东西"，一边跑出了家门。

说是"买点东西"，芽衣子竟然买下了牛乐商店的镇店之物——一整块巨大无比的牛肉。芽衣子一个人抬不动，松尾就来搭了一把手，两人将牛肉用竹竿架着，一前一后地走出了店铺。因为这种阵仗难得一见，等芽衣子把牛肉抬到家中时，身后竟然尾随了十多个看热闹的路人。

下班回家后，看到这番情形的希子和川久保都瞪大了双眼。"肇事者"芽衣子却对外界的骚动视若无睹，她默默地把肉块搁置在案板上，从菜篮子里掏出大蒜，交给了前来打下手的活男。她凝视了一会儿从松尾那里借来的专用菜刀，然后手起刀落，十分利索地切起了牛肉。

将猪油倒入煎锅烧化，放入活男切好的大蒜，等香味溢出，再把用盐巴、胡椒腌制的牛肉块放进锅里，一时间，厨房里响起了肉块被煎炸得嗞嗞作响的声音。

西门家的玄关前，围观的路人们正在交头接耳，"好香啊！""会不会分给我们啊？""应该会吧，不然怎么吃得完呢。"闻到烤牛肉的香味之后，他们一个两个垂涎不已。

芽衣子把煎好的牛肉放在泰介和川久保的面前。

"请从煎肉的边缘开始吃。刚煎好的肉是最好吃的。"

当芽衣子再度返回厨房煎牛肉时，悠太郎带着一脸困惑的表情回到了家中。

"那个、外面……好像出大事了。"

原来在路人的七嘴八舌之下，芽衣子的惊人之举被传成了"要招待大家吃肉"。结果，越来越多街坊邻居们围聚在了西门家的门口。

"喂喂，这里在做什么！"

气势汹汹地冲进厨房的，正是多江和她的丈夫胜治。西门家其他人不由得暗暗担心，唯有芽衣子不为所动地继续烤着牛肉。

"……这么大块肉，你居然就这么扛回来了，再没常识也该有个限度吧！"

"没常识的人是你们才对吧，"悠太郎摆出了思考的姿势，"不管怎么看你们都很失礼吧，一句招呼都不打就闯进别人家里。"

"不要岔开话题！在大家都在辛苦忍耐的时候，你却在做这样铺张浪费的事！"

"这也没什么吧，又不是什么触犯法律的行为。"

"我说的是精神上的问题！是作为一个日本人的心……"

"我啊……"芽衣子突然开口打断了对方，所有人的视线一下子集中在她身上。

"我从小就是在美食环绕的环境中长大的。我很喜欢吃东西，喜欢得不得了，喜欢到脑子里整天就只有吃东西这件事。长大成人之后，我认识到让别人品尝美食也是一件非常开心的事。吃好吃的东西，让别人吃好吃的东西，我迄今为止的人生，就是由这两件事组成的。"

"我想让家人、朋友还有孩子们，可以一直吃到我做出的美食，可以一直开心地对我说'多谢款待'——这就是我的心，是我的全部。所以，我不能再做那种连狗都不吃的面包！"悔恨之情在心中复苏，芽衣子忍了忍眼泪，继续说道：

"不管别人怎么说，不管这个世间变成什么样，不能做的东西就是不能做！做好吃的东西，让别人吃好吃的东西，如果连这些都做不到，那我活着还有什么意思！"

说完，芽衣子把一份刚煎好的牛肉，送到了胜治的跟前。

"请吧，来尝一口。"

胜治的喉咙里发出了吞口水的声音，这肉实在煎得太绝妙了。

"不、不行。绝对不行，奢侈是敌人……"

多江紧紧地抓着丈夫的袖子，但是她的目光也被牛肉吸引了过去，不自觉地吞了一下口水。

"奢侈是美好的事情！"阿静像唱歌一样插了进来，"买上好的食材，做成美味的料理，一点不剩地处理掉，这就是世间最美妙的奢侈。居然说奢侈是敌人，被称为'浪花之子'的大阪人可是会哭泣的哦。"

满面笑容的阿静侃侃而谈，每一句话都说到了众人心坎上。胜治终于败下阵来，一边念着"没、没错，这是处理"，一边接过筷子夹起了盘中的牛肉。在场的所有人都无法抵抗美食的诱惑，就连多江和妇女会的其他人，也随着屋外的众人一同兴高采烈地吃上了烤肉。

看到这个温暖人心的场面，芽衣子露出了会心的笑容，继续用心煎着她的牛肉。

"你的母亲，还真是大胆呢。"

川久保微笑着把一盘牛肉递给了福久。

"如果没有栖身之所，那就自己建一个，还有这样的办法呢。"

见福久一直若有所思地盯着盘子，川久保笑道："快吃吧，要冷了。"

这天夜里，芽衣子满脸愁苦地叹了一口气。

"明天，会不会有事啊。怎么办，一定会被其他人排挤的。"

"你这个人啊，真不知道有气度还是没气度。"悠太郎不由笑了起来，"没问题的。牛肉的味道一流，母亲的支援也非常绝妙。"

"不愧是母亲，对付这种场面真有一套。"芽衣子跟着夸了一句，突然提高了语速，"那、那个，悠太郎，那个肉，有、有点贵。对不起，晚安。"

看着匆匆拉上被子，背朝着自己的妻子，悠太郎发出了尖锐的声音："有点贵是多贵？"

芽衣子一声不吭，悠太郎便有些着急，靠上前又问了一遍："是多少？"

见对方依然纹丝不动，悠太郎将芽衣子盖到头部的被子掀了起来："到底是多少？！"

无处可逃的芽衣子只得说了一个数字，悠太郎惊得半天没合拢嘴。

虽然花了一大笔钱，但也发生了一件好事。

第二天早上，福久穿着女子学校的校服出现在客厅。

"你要去学校了吗？"芽衣子有些惊讶。

"嗯。我也想像母亲那样努力一下。"

"……哎，这样啊。"

不再理会一脸迷茫的母亲，福久像往常一样翻开了草稿，开始了问

第 4 章 / 奢侈的牛排

答题的计算。

悠太郎心中一暖，微笑着注视着这对母女。

虽然芽衣子担心会被妇女会的人排挤，但是在街道上遇到多江时，对方却一脸殷勤地过来搭话："我们要制作慰问袋，帮忙想一下用哪种食物吧。"后来据美祢说，因为芽衣子招待众人吃牛肉时挂着妇女会的带子，很多人就误以为是妇女会举办的活动，对妇女会的评价也提高了不少，这让多江的心情非常愉快。

就在芽衣子松了一口气的时候，一位昨夜吃过牛肉的大叔出声叫住了她，把一袋砂糖递了过来：

"哟，你在啊，'多谢款待太太'，昨天多谢了，这个给你。"

"咦？咦！真的可以吗？"

"那当然，以后也请多多照顾啦，'多谢款待太太'。"

"'多谢款待太太'……这是在叫我吗？"

原来因为昨夜的招待众人一事，让芽衣子获得了"多谢款待太太"这一爱称。

"'多谢款待太太'吗？"虽然听起来有点怪，但芽衣子心里很是喜欢。

复学后，福久向学校表示，为了报效国家，她想去研发可以最大限度减少调理时使用燃料的方法。上面接受了她的申请，同意她在学校里进行学习和研究。就这样，福久也找到了自己的目标。

另一方面，悠太郎通过艰苦的努力，终于补上了约八成的钢筋需求，竹元也在他的一番劝说下，勉强同意了调整设计图。这样一来，搁浅已久的工程终于又重新启动了。

西门家恢复了往日的平和生活,但是在之后不久,国家宣布将火柴、木炭、牛奶粉等很多食品和生活必需品都纳入了配发的范围。

然后,1941年(昭和十六年)4月,大米也被划分为配发物资。

第5章
乳汁的教导

1941年（昭和十六年），在这一年的4月，日本开始实行大米配发制度，在长长的领米队伍中，出现了捧着配发手册的芽衣子的身影。

"哎……西门家有八个人，六十岁以上的老人有一位，十天的分量就是一斗八升二合。"

工作人员粗暴地把大米倒进口袋里，芽衣子立刻发出了抗议：

"洒出来了吧！刚才，洒了不少出来吧！有这么多！"

她立刻用手舀了满满一掌大米，非要对方给自己补上。在这个粮食紧缺的世道，如果不这么斤斤计较，是没有办法照顾好一大家子人的。不单是大米，就连酒水和木炭也被划为配发物资。虽然家禽、鱼类等肉类和蔬菜还可以自由买卖，但是供货量都很少，种类也很稀缺。

往日热闹非凡的牛乐商店，如今连吆喝声都听不到了。松尾和富美两人无精打采地守着店面，店内摆的货品屈指可数，源太的身影依然没有出现。

芽衣子扛着大米和蔬菜回到了家中，门口聚集了一堆嘴馋的孩子，看到她一出现，就纷纷围了上来。

"今天吃什么啊？！多谢款待太太！"

"你们又来了啊，真是的！"芽衣子嘴上虽然骂骂咧咧，脸上却露出了开心的表情。

/ 多谢款待 2/

自从被叫作"多谢款待太太"之后，芽衣子整天就被附近的孩子们骗吃骗喝。

晚饭是惯例的节米料理和味噌汤。为了用便宜的食材做出美味的饭菜，芽衣子每天都绞尽了脑汁。做出来的料理十分赏心悦目，差点让希子误以为使用了奢侈的食材。

"这个啊，是把卷心菜切成丝，放入小麦粉调制的面糊，再双面煎烤，就大功告成了。"

和母亲一样，好吃鬼的活男已经成为精通料理的小行家，给芽衣子打起了下手。

"还不是天天被附近的小鬼缠着要点心，就变得会在卖相上下功夫了。"

芽衣子并不介意阿静的抱怨，反而自豪地挺起了胸膛。

"没办法啊，谁让我是'多谢款待太太'呢。"

就在这时，泰介带着棒球部的前辈诸冈弘士回到了家中。

"失礼了！今天也沾了泰介的光，厚颜无耻地来打扰贵府了。"

"请进！"芽衣子笑了起来，诸冈每次来家里都会一本正经地打招呼。

"那就承蒙您的好意了！"

这名彬彬有礼的青年，是泰介中学的前辈，在棒球队担任投手一职。泰介作为球队的接球手和他交情甚好，经常邀请他来西门家吃饭。

悠太郎和川久保一同回到家后，饭桌顿时变得热闹起来。正处于生长期的泰介和诸冈双手合十，齐声高喊"我开动了"，然后狼吞虎咽地吃了起来。

芽衣子心满意足地看着两人,当听说他们的球队有可能打进甲子园之后,不由得大喊了一声:

"这么重要的事情,为什么不告诉我!"

早点知道的话,就会准备更能补充体力的料理了。芽衣子拉长了脸,表示心中强烈的不满。

"他们能去甲子园的话,你就会精心准备,他们去不了的话,你就不准备了吗?这种做法也太现实了吧。"

"……话是这么说。"芽衣子被悠太郎说得哑口无言。

"母、母亲的好意,我们已经充分感受到了。"

泰介慌慌张张出来打圆场,芽衣子却对悠太郎不依不饶:

"但是,也许会有那种吃一顿就能充满精力的料理呢?"

"说不定会撑坏肚子走不动路呢。"

"你、刚才,是不是在鄙视料理的力量?!我一定要让你见识,我的料理,是怎么冲进甲子园的!"

悠太郎笑着说:"请务必让我见识。"

芽衣子猛地转过头,一脸严肃地望着泰介和诸冈:

"……你们,不管怎么样,一定要打进甲子园!"

事已至此,谁也无法阻止芽衣子的一意孤行了。

"我的母亲啊,是个不知道'过犹不及'的人。"

二楼房间中,泰介一边修补着破破烂烂的棒球手套,一边向诸冈解释家里的情况。

果不其然,第二天一大早,芽衣子递给泰介一个大得离谱的食盒:"吃不下就分给同学吧。"

料理里加入了恢复疲劳的梅子果脯，还有橘子皮做的蜜饯。

泰介完全可以料想到，这个食盒今后肯定会变得越来越夸张。

"谢、谢谢母亲！"泰介抱起巨大的食盒，忙不迭地走出了家门。

有什么料理可以让孩子们打进甲子园呢？现在的芽衣子，满脑子想的都是这件事。

她去牛乐商店采购食材，却被告知牛肉要下周才会进货。松尾向她推荐了另一个提升体力的食材——海豹鞭。芽衣子对这类物品并不抗拒，自己也十分有兴趣，但问题是，如何让其他人也毫无芥蒂地吃下去呢？为了达成目的，芽衣子与松尾商议起了晚餐的烹制方法。

"是咖喱——！"打完招呼的诸冈看到了晚餐，不由得高呼起来。

"要敞开肚子吃哦。"

"今天的咖喱没有馅吗？"悠太郎盯着盘中黏糊的汤汁问道。

"为了充分吸收营养，我把蔬菜和肉都剁成了肉酱，吃了之后一定精神百倍的！"芽衣子面不改色地说。

泰介和诸冈风卷残云一般干掉了咖喱饭，其他人也吃得津津有味。看着赞口不绝的众人，芽衣子在内心暗暗窃喜。

"怎么回事，这个咖喱饭，吃了之后就浑身有了力气！啊，不，浑身都热了起来！"

这是当然的，用咖喱味盖住了腥臭味——里面可是放了不少海豹鞭呢。

第 5 章 / 乳汁的教导

吃完晚饭之后，诸冈和泰介在家门口开始了投球练习。诸冈用如同野兽一般的力道扔出了棒球，泰介牢牢地接了下来。棒球撞入棒球手套内的清脆声响，连屋内也听得一清二楚。

"这就是料理的力量！"

芽衣子得意扬扬地向悠太郎炫耀。

"母亲，有碎布和线头吗？"

这天夜里，泰介走下二楼，向芽衣子表示自己想修补一下棒球手套。

"你一直用着这样的手套吗？"

泰介接球的手变得又红又肿，虽然他也考虑买个新的，但现在到处都买不到了。

知道这件事的悠太郎将棒球手套要了过来，回到卧室之后，他便拿出针线认真缝了起来。

"好意外，你还挺会缝的嘛。"

芽衣子一边缝补着泰介的球衣，一边打量着悠太郎的动作。

"连这点手工活都做不到的话，还怎么修建各种建筑啊。你啊，都一把年纪了还这么肤浅，一眼就看透了。"

"我啊，从小到大都讨厌被满口大道理的人说教。"

两人互瞪了一会儿，然后双双笑了起来。

夫妻之间的点点滴滴，就是人生中盛开的花朵啊。

悠太郎的工作再次迎来了难题。之前预订的钢筋无法按时到货，就连大阪地铁所需的钢筋都是短缺的状态，整个地铁工程陷入了停工的危机。

悠太郎带着部下真田和相泽，与建设公司的木崎一同来到了竹元的事务所，就工程停滞一事向他低头赔罪。在播放着优雅音乐的房间里，竹元对战战兢兢的众人视若无睹，慢悠悠地擦着手中的皮鞋。

"我知道您一定很生气，但是，还是请您考虑一下重新设计花园町——"

竹元一把打开盖子，把鞋油盒塞到了真田的手里，冷冷地说："吃了！全部吃下去，我就更改设计图纸。"

"会死的！这种东西吃了会死的！"相泽高声叫了起来。

"因为你们的无能，我已经吃了很多次'大便'了！"

竹元怒上心头，顺手抓起一只擦得锃亮的鞋子，狠狠地向众人砸了过去。

"你的工作，不就是保护我的设计吗！"他朝悠太郎吼道。

"保护部下也是我的工作。"

"那就两件事一起做啊！你这个愚蠢的大块头——！"

一直劳苦奔波的木崎终于忍无可忍，对着竹元哭诉起来：

"竹元先生，要不您自己去现场看看？！您就只会在办公室发号施令，什么都是我们在做！您知道每天都在四处奔波的我们，到底有多辛苦吗？您看看我这鞋子！"

木崎的鞋底早已被磨得破破烂烂，不知道反复修补了多少次。但是竹元不吃他那一套。

"哈！无能之辈的杀手锏就是哭天喊地吗？那好，给你！这里的鞋子全都给你们。拼了命也要把钢筋给我弄回来!听到没有,你们这群浪花节[①]蠢货!"

竹元就像烫手的山芋,搞得悠太郎等人焦头烂额。当他拖着疲惫的身体回到家中,泰介正在为新入手的棒球手套雀跃不已。川久保在大学打过棒球,便找队友要了一个状态完好的棒球手套送给了泰介。在全家人都在为泰介感到高兴的时候,只有悠太郎因为疲惫没有给出太多反应。

悠太郎在卧室换衣服的时候,川久保一脸歉意地走了进来:

"抱歉,是我多管闲事了。不过我觉得,那个手套就算修补之后也太过破旧。我本来以为泰介会拒绝的,毕竟适应新手套也需要一段时间。"

"啊!哪里,真是麻烦你了!"悠太郎露出一个自嘲的笑容,"最近因为工作上的事焦头烂额……也没做什么父亲该做的事,真是多谢你了。"

有些话对家里的女眷不好开口,悠太郎便拉着这位好说话的妹夫好生抱怨了一顿。

在一楼的客厅里,芽衣子给泰介他们展示了写在传单背面的淘汰赛阶段表。

"阶段式盖饭制度?"活男一脸不可思议。

"没错!第一局胜利的话,就是蔬菜沙丁鱼盖饭。第二局胜利的话,就是墨鱼盖饭。第三局胜利的话,就是鲸鱼盖饭。就像这样,随着比赛的胜利,盖饭的内容也会越来越豪华。如果打进了准决赛,就给你们准备牛

[①] 浪花节:大阪的别称。

肉盖饭！"

这就是芽衣子灵光一闪所考虑出来的"打进甲子园的魔法料理"。

听完解释，泰介和诸冈欣喜地欢呼起来。对于正在长身体的年轻人来说，牛肉就是最好的美味。

"要赢！一定要赢！倒在准决赛也没关系，我会拼命投球的！"

诸冈猛地抓起泰介的手，十分兴奋地说："西门！我一定会……胜利的！"

比赛当天，西门家门口举行了一场欢送仪式。芽衣子放声高歌了一首自创的打气歌，家里的其他人也并排站在一起，热情洋溢地送泰介出发。这样的情景引得路过的街坊邻居纷纷侧目，因为害羞，泰介的脸红成了大苹果。

好不容易等歌曲唱完，泰介转过身拔腿就跑："我出门了！"

忽然，空中回响起悠太郎洪亮的声音："去吧！泰介！你一定会成功的！"

这样兴奋的悠太郎真是难得一见，大家都惊讶不已。

在艰难坎坷的现实中，泰介的甲子园之梦，成为了大家的梦想。

就像宣誓的那样，诸冈和泰介一路过关斩将，今天终于冲到了第三局比赛。芽衣子为了给他们准备盖饭，兴致勃勃地来到菜场购买食材。然而鱼店的货物非常短缺，摆出来的商品只有墨鱼。

"墨鱼不行吗？"银次问道。

说好了今天做白肉鱼，芽衣子不想让孩子们失望。

"那这个如何？"一只手从背后伸出来，指向鲟鱼。

"鲟鱼也算白肉鱼吗？"

"你应该吐槽'鲟鱼就可以了'①，笨蛋。"

"说得是呢……"听到熟悉的声音，芽衣子不禁一笑，就在下一刻，她突然反应过来。

"我回来了。"

这个人，竟然是源太！芽衣子和银次半信半疑地朝对方看去，源太笑道："我还活着呢！"

芽衣子这才终于回过神来，源太回来了！

来到美味介坐下之后，源太向大家说明了情况。他生了一场病，无法再继续在一线战斗，被分去了伤病队伍，现在是暂时回来养病。

"你身体还好吗？看起来瘦了好多啊。"

"……啊，可能是因为吃得不太好吧。如果能吃上好东西，很快就能恢复了吧。"

马介给源太端上了刚泡好的蒲公英咖啡，但是他只喝了一口就站起来："好了，我走了。"

芽衣子有很多事情想问他，最后只说出了一句"你多保重"。

回到家中，芽衣子和活男开始处理买回来的鲟鱼。她一边切着鱼肉，一边把源太平安回来一事告诉了阿静。就在这时，泰介和诸冈沉默不语地

---

① 鲟鱼在大阪方言里有"可以"的意思。

向厨房走了过来。两人的脸色都不太好，芽衣子以为是比赛输了，但是泰介接下来的话却让她大吃一惊。

"我们赢了……但是，全国大赛被取消了。"

从今年起，全国大赛将会中止五年，甲子园也没有了。

"——咦！咦！为什么突然中止了？这是怎么一回事！"

"我们也不太清楚原因，这是今天比赛结束之后，监督告诉我们的。"

老实的诸冈表示，既然甲子园中止了，就不能继续来蹭饭了，他马上就回去。

"事到如今还说这些干吗，全国大赛之前都可以过来啊。"活男赶紧说道。

"预选赛会一直举办吧？！说不定还会继续比赛呢，来吧，盖浇饭还要继续吃呢！"

芽衣子和活男以饭菜已经准备好为由，一个劲儿地劝说诸冈留下来。

"那……那就厚颜无耻地打扰了！"诸冈深深地鞠了一躬。

悠太郎和川久保回来之后，早一步回来的希子把比赛中止的事情告诉了他们。芽衣子和活男外出了一趟，回来时带了一个新鲜的鸡蛋。

"我好说歹说，才让养鸡的那户人家卖了一个给我，虽然只够两个孩子的份。"

芽衣子把这个鸡蛋做成了蛋黄调味酱：热腾腾的汤汁包着脆嫩的外膜，划开之后是黏糊糊的酱汁。诸冈喝下一口之后，露出了十分感动的神情。

"这……这是什么！这世上，居然有这么好吃的食物！"

第 5 章 / 乳汁的教导

"好吃吧,大口吃吧!泰介也是!"

阿静拍了拍泰介的背,后者痛快淋漓地吃了起来,看着笑容满面的男孩子们,芽衣子总算是松了一口气。

"大家这么努力地为我们打气,我们却进不了甲子园,真的,非常抱歉。"

诸冈的声音有些哽咽,这么珍贵的鸡蛋做成的蛋黄调味酱,只有自己和泰介才能吃上,芽衣子阿姨对此只是说笑一般一笔带过,就是不想让他们有心理负担。

"你、你在说什么啊!"芽衣子的眼圈也红了起来。

"你们什么都没有做错。"阿静坚定地说。

活男笑道:"我也能专心烹制盖浇饭呢。"

希子也安抚道:"我也是,我从你们身上看到了梦想!"

西门家的温暖让诸冈越发感动,明明说过不再颓废,但眼泪还是流个不停。泰介也忍着眼泪,努力地挤出了一个笑容。

"真是的、快吃吧!我的份给你们!"

"我的也给你们!"

芽衣子和阿静情不自禁地把自己的菜碟推到了诸冈和泰介的面前。

悠太郎注意到川久保悄悄地离开了房间,他的眼圈还有些泛红。

晚饭后,悠太郎把川久保叫到二楼的卧室,两人一边喝着小酒,一边聊起刚才的事情。

"难道,你已经知道了吗?今年可能没有全国大赛这件事。"

"……也不是,只是有这个推测而已。"

川久保沉着脸，小心翼翼地对悠太郎说："这件事你可不要告诉别人。"

"最近我的工作，就是在各个地方设置新的广播站。"

"在这种时候增设广播站？"悠太郎想到一个可能性，不由得脸色发青，"……终于，要和英美开战了吗？"

"我只是听从上面的命令而已。但是，这明显就是遭遇空袭时，避免通讯全面中断的预防措施。"

"局势，真的要走到这一步了吗……"悠太郎的脸色越发地暗沉。

外面的时局风云变幻，正处于青春年少的诸冈和泰介，似乎离成年人必须直面的残酷现实还很遥远。此刻他们正在家门口练习投球，毫不吝啬地挥洒着青春的汗水。

当练习快要结束时，不知为何，福久从屋内忽然走了出来。

"诸冈同学，请你不要有什么顾虑，以后也照常过来吧。"

"哎……？"诸冈当场就愣住了。

泰介目不转睛地盯着跟平日判若两人的姐姐。难道福久喜欢上诸冈了？说起来，每次诸冈来家中，姐姐时不时就会投来热烈的视线。

"你们的青春，就是我的青春。"

与此同时，厨房里的芽衣子一边揉着米糠，一边思考着泰介的事情。

（是啊，要怎么才能安慰这个孩子呢。）

泰介从小就是个懂事的孩子，这次的事情，一定也在默默地忍耐着。

（五年之后还会有的！）——都过了能去甲子园的年纪了。

（上了大学之后还可以继续打棒球！）——全国大赛都中止了。

第 5 章 / 乳汁的教导

（说不定明年，战争就结束了！）——这话也太不确定了吧。

纠结到最后，芽衣子只问了对方有没有想吃的东西。

在沉闷的气氛下，西门家迎来了第二天的清晨。

悠太郎担心地问："泰介，是不是还在难过啊？"芽衣子歪着头想了想，她也没法回答这个问题。在两人关心的目光下，泰介从二楼走了下来，他的言行举止都和往常无异，反而是其他人顾虑到他的心情，有些手忙脚乱。

"这孩子，看起来没有大碍呢。"阿静小声说道。

"……他是不想让我们看到软弱的一面吧。"

正如悠太郎所说，泰介比同龄的孩子成熟了很多。芽衣子盯着儿子晒黑的侧颜，心中添了几分落寞的情绪。

这一天，芽衣子抱着配发的小麦粉来到了美味介。只见樱子和室井神色阴郁地围坐在一起，仿佛灵前守夜一般。

室井久违地写了一部面向成年人的小说，出版社也决定出版了，就在大家准备庆贺的时候，却忽然被告知被查出了违禁的内容，无法通过上面的审核，出版一事自然也泡了汤。

"审、审核？！是什么内容有问题吗？"

"这只是一个恋爱故事。但是他们说，不能用砂糖当主角。以盐为生的男子，爱上了以砂糖为生的女子，他们说，这种故事，太奢侈了，是不允许的行为。"

"……仅仅因为……这样的理由？"芽衣子一脸愕然，实在想不出什么话来安慰室井，只能看着他失魂落魄地爬上了二楼。

"这是一部非常棒的小说!只有室井才能想出这么奇妙的设定,但是,啊啊,这才是生存的感觉啊,这才是恋爱的感觉啊。正因为同时存在砂糖和盐,才是真正的人生啊。这是一本只有室井幸斋才能写出来的书!"

樱子两眼含泪,愤愤不平地哭诉着,看着这样的好友,芽衣子不禁想起了泰介。对啊,当追逐的梦想忽然破灭时,一般人是会生气、会哭泣的。泰介果然在强颜欢笑吧……

在回家的路上,芽衣子一直都在考虑着这件事。路过牛乐商店时,店里忽然传来松尾的惊呼:"喂喂!怎么了?!"紧接着,出现了让芽衣子极为震惊的画面:源太紧握着切肉的菜刀,一脸惊恐地从屋里冲了出来。

"小源?你怎么了?"

芽衣子小心翼翼地上前搭话,对方却突然转过来,对着自己狂乱地挥动菜刀。芽衣子被吓得不轻,当后者反应过来之后,脸色比她还要难看。

刚才在店里,源太本想切牛肉,但是不知为何迟迟无法下手。他擦了一把脸上的汗水,就像在抗拒什么似的用力地摇头:"不行……我做不到!"

说完之后,他就在街上直挺挺地倒了下去。

芽衣子其实想错了。泰介并没在强颜欢笑,他也不是诸冈说的那种很快就能放下的人。他只是觉得,不管自己选择哪条道路,满了二十岁都要被强制参军,所以他一开始就不如诸冈那样全身心地投入。

这天晚上,当泰介从学校回来之后,看到家门口不知为何聚集了一堆人。他快步上前一看,只见松尾和银次正推着板车往家里走,上面躺着昏迷不醒的源太。

"忽然就昏倒了，找医生看过之后，说是最近没有好好吃饭，才变成这样了。"

在现场围观的芽衣子，考虑到源太一个人租房不太方便，就决定把他接到家里来照顾。

原本充满活力的源太，现在竟然瘦得像竹竿一样，脸色也十分苍白。泰介第一次面对这样残酷的现实，震撼之余，心中的空虚感也进一步加重了。

芽衣子完全没有注意到儿子的心事，她绞尽脑汁考虑着可以充分摄取营养的饭菜。厨房里堆满了各种肉类、蔬菜和干货，都是市场的人为了源太特意送过来的。虽然不是什么高级货，但在物资紧缺的当下，已经是他们手上最好的东西了。

"不过，到底是怎么一回事啊？"阿静露出了不解的神色，"在那边不能好好吃东西，那回来之后也没好好吃吗？"

"……也不太清楚。总之，让他吃点有营养的东西就可以了。"

医生说只要好好吃饭一个星期左右就可以恢复了，芽衣子对此深信不疑。

就在这时，悠太郎非常难得地一人来到了美味介。

他喝了一口蒲公英咖啡，感慨道："……这个，是代替品吧。"

这段时间以来，连竹元都开始为了弄到钢筋建材而到处奔走了。虽然大家早已疲惫不堪，但得知竹元的努力之后，谁也无法轻易放弃。就在这时，藤井向悠太郎提出了用竹筋代替钢筋的建议。虽然对方强调一些修桥工程也采用了竹筋，但是悠太郎还是觉得不太妥当，这毕竟是竹子啊。

"如果采用竹筋的话，就不用更改原来的设计了。但是，这未免也太……"

"我啊，最喜欢那些没用的东西了。"马介忽然说道。

"比如咖啡，人不喝也不会死嘛。这种东西又黑又苦，怎么会有人觉得好喝呢。说它没用，的确是无用之物，但是我就是喜欢这种无用之物，就算是代替品也喜欢。"

"无、无用之物，就是文化啊！"室井兴致勃勃地插了进来。

"室井的小说就是啊！"马介看似调侃，其实是在夸奖对方，"穷其一生去写那些无用的小说，不是很有意思吗？"

"没错！我……我就是这个世间最无聊的生物！"

悠太郎的脑中，忽然浮现出竹元神采飞扬地讨论着弓形天顶的模样。

"……这些，也是我应该守护的事物啊。"想到这里，他的心底越发纠结。

芽衣子端着蔬菜汤走进了客房。源太被安排在这里休息，泰介在一旁细心地照顾他。

芽衣子试着唤了几声，对方完全没有反应。

"小源——"她一边喊着，一边轻轻地抬起对方的手指。就在这时，源太突然睁开双眼，猛地坐了起来，接着反射性地向后挪动了好几步。

"啊、抱歉……我、我……"

"你因为营养失调昏过去了,虽然没啥好东西,我做了容易消化的杂烩粥。"

源太死死地盯着营养丰富的杂烩粥,脸上露出了紧张的神情。

"啊、你自己能吃吗?"

"嗯……我开动了。"

源太用汤匙舀了一勺粥,慢慢地送到了嘴边,看起来有些勉强的样子。吃下去的时候,表情也有些痛苦,但他也没说味道好不好,就这样一口一口地都吃完了。

"多谢款待。"源太一副如获重释的样子。

他刚准备躺下,胃部却涌起一阵强烈的不适。他赶紧掀开被子站了起来,急匆匆跑到了窗边,把刚才吃的菜粥全部吐了出来。

"小源!你没事吧?!小源?!"

芽衣子一边拍着源太的背部,一边给他喂下了白开水。好不容易吃下了一些东西,却都吐出来了,源太的脸色也越来越差。

"是不是要更加清爽的食物啊?"

就算询问对方呕吐的理由,也只得到"也许被狐狸附身了"这种莫名其妙的回答。

让疲惫不堪的源太睡下之后,芽衣子走出了房间。

在客厅中,悠太郎一脸郁闷地翻阅着竹筋的资料。

"源太叔,好像是养身体的这段时间暂住在我们家。"

自认为作为男人不该这么小气,但是悠太郎还是皱起了眉头。

"我又不会抱怨什么,最起码,先和我商量一下吧。"

"因为你一直在忙工作啊。我想你应该不会反对的。"

"我是不会反对……但是……"

没有察觉到丈夫的不满，芽衣子风风火火地回到了厨房，又开始熬起了海带高汤。

两天过去了，源太依然吃不下任何东西。就算找医生来看，也是同样的结论：多吃些有营养的东西，再好好静养就行了。无论吃下任何东西，他都会立刻吐出来，源太的身体日渐一日地虚弱下去。

"芽衣子，抱歉……"

听见源太细弱的声音，芽衣子不由红了眼眶，她挤出一个笑容："你说什么啊，这么见外。"

但是这样下去，源太会因为营养失调而撑不下去的。

虽然有些别扭，但芽衣子能想到的求助对象只有医术高明的亚贵子了。她以膝盖受伤为借口，去大阪南综合病院挂了亚贵子的号。

"总而言之，让他多少吃点东西下去就可以了吧。"

"我就是做不到，才来这里找你啊。我是个门外汉，什么都不懂，就想着，你也许会有什么锦囊妙计呢？"

"……你这是强人所难。"

"……对不起。"芽衣子愧疚地垂下了头，她也实在是没办法了，才会这样病急乱投医。

杂烩粥、蔬菜汤、清炖肉汤、高汤、味噌汤、干货汤……但凡能想到的养生膳食，芽衣子都试了一遍。甚至连消暑的冰镇南瓜粥也考虑到了，但是一切都无功而返。也许是粥汤的水分太多，才导致容易呕吐。想到这一点，芽衣子又开始烹制肉冻之类的料理。

看不过眼的阿静提议道："要不，给他驱驱邪吧？不是说被狐狸缠身了吗？"

"其实我也有在考虑这件事。"

就在芽衣子真心打算为源太驱邪时，泰介却突然开了口：

"不管怎么样都要逼他吃东西吗？如果身体恢复了，又要被送回军队，然后派去各地打仗吧？这样一来，不就等于让他去送死吗？如果恢复之后要遭受这么痛苦的事情，还不如安静地躺在家里养病呢。"

芽衣子目瞪口呆地看着儿子，完全不理解他到底在说什么。

"……小源他，并没有说过这种话吧？"她压着声音说道。

"但是，你不就在做这种事吗？为了让他去送死，拼命地让他吃东西。"

"只要是人，谁都会死！"芽衣子的怒火终于爆发出来，"死亡本来就是件理所当然的事！不管是你还是我！不要说得好像只有小源会死一样，你到底明白不明白，不管是你还是我，说不定明天就死了！"

悲伤之情在胸中扩散，芽衣子的眼中盈满了泪水。

"如果觉得'反正都要死'，我为什么还要像白痴一样拼命做饭呢！"

"不好意思，这么晚了还来打扰你们。"这时，门外传来的声音，中止了母子的争执。

芽衣子匆忙走出去，十分意外地看到抱着医疗箱的亚贵子站在门口。

"能让我看看吗？不过，没有什么锦囊妙计哦。"她对着芽衣子微微一笑。

"小姐姐，你居然能毫不介意地跟她相处呢。"

芽衣子和希子在客厅等候着检查的结果，对邀请亚贵子一事，希子有些不解。

"也不是毫不介意啦。只是，怎么说呢……又不会被她杀死，就、就这样了吧。"

闻言，阿静不由笑道："你啊，已经是个老太婆了。"话糙理不糙，说不定就是这样。

过了一阵子，亚贵子终于从屋里走出来。表示要跟芽衣子单独谈一下。然后两人就一同来到了厨房。

"……从结论上说，我认为他对吃东西这件事有抗拒感。"

做了一番身体检查之后，亚贵子便试着打探了一下，问源太是不是知道自己变成这样的原因。

"我是医生，会给你保密的。连芽衣子也不会说。但是，如果你什么也不说，我是帮不上忙的。"

听完亚贵子的劝告，源太露出了一丝苦笑。

"……食物，会变成尸体……就是战场上的……那些尸体。"

亚贵子遵守承诺，并未将这些话原封不动地告诉芽衣子。

"他觉得吃东西，就是在剥夺生命，肉类、鸡鸭和蔬菜都是一样的。"

"……他大概是感到迷惑吧，对把有生命的东西作为食物这件事。"

第 5 章 / 乳汁的教导

芽衣子诚恳地道了谢，将亚贵子送出了家门。随后她回到厨房，一边揉着米糠，一边思考着源太的事情。

这种想法也不是不能理解，但对于一般人来说，就算对食物有感谢之情，也不会难受到吃不下去——

"小源到底怎么了……"芽衣子喃喃自语，忽然，她像是察觉什么事，一下停住了手上的动作。

就在这时，悠太郎回到了家里。其实他早就回来了，但是妻子和亚贵子对坐相谈的情形过于诡异，他绕到附近的神社躲了半天，等亚贵子回去之后才敢现身。

"我回来了。"他故作平静地向屋内喊道。不知为何，芽衣子却有些心不在焉。

"小源……"她愣愣地说，"小源他，是不是……战场……尸体……"

"没办法，那是战场啊……"

悠太郎对源太的处境表示了理解。芽衣子沉默了一会儿，嘴唇轻轻颤抖起来。

"我觉得，这不是对错的问题……"她的泪水从眼眶流了出来，"……一定很难受吧，源太。"

虽然嘴上不饶人，但是很体贴人，和谁都可以很快打成一片，这样的源太，却遭遇了这些事情。

悠太郎来到妻子的身边，等她哭得差不多了，便开口说道：

"……虽然情况不太一样，但是，我觉得父亲也有着同样的痛苦。"

闻言，芽衣子忽然愣住了，她想起了正藏曾经就职于引起矿山污染的开发公司。"

"所以他才会对处理食物这么执着。他想对那些毁在他手下的生命，做出一些补偿吧……"

食物，就是生命——芽衣子擦了一把泪水。

第二天一早，芽衣子带上水壶奔去菜市场。为了找到适合源太的料理，她开始了新一轮的探索。

把芽衣子送走之后，悠太郎正打算回屋，就在这时，玄关处传来了开门的声响。

"早上好。"

看清面容之后，悠太郎愣在了原地，来客竟然是亚贵子。还未等他开口，脸色大变的泰介从屋里跑出来，大喊："不好了，源太叔的样子很奇怪！"

亚贵子当机立断地冲进了屋里，悠太郎让泰介去叫母亲，自己也快步跟了上去。

源太已经是心跳停止的状态了，亚贵子让悠太郎抬起病人的腿，迅速做起了心脏按摩。

"快醒过来！"汗水从额头滴落下来，她高声喊道，"……快醒过来啊！"

其他人也守在病床周围，心中默默地祈祷着。

过了一会儿，脸色发白的芽衣子气喘吁吁地跑了进来。

"小源！"

第 5 章 / 乳汁的教导

"快说点什么！芽衣子！"悠太郎大吼道，"把他唤醒，快说点什么！"在丈夫急切的催促下，芽衣子却完全呆住了。

"想想只有你才能说的话，快啊！源太，他快不行了！"

可是，到底要说什么才好呢？此时亚贵子整个人都骑在源太的身上，正在拼命地给他做心脏按摩。

下一个瞬间，芽衣子的脑海中浮现出孩提时期的光景。

"……还、还给我，把草莓酱还给我。"她的声音有些颤抖，就算其他人不明白，源太也一定能听懂。

芽衣子上前几步，靠在源太的耳边大声喊道："还给我！那个时候的草莓酱！赶紧还给我！"

小时候，我们在水池边争执，最后将草莓酱打落进池中。这件事，我可不准你忘了！说起来，你出征时吃了我做的草莓饭团，还没对我说"多谢款待"呢！

"草莓酱也不还给我，吃了便当也不道谢，小源，你不应该是这种人啊！"

下一刻，源太慢慢地睁开了双眼。亚贵子欣喜地点头："成功了。"

"……小源。"

源太醒后看到的第一个画面，就是芽衣子那张又哭又笑的脸。

源太的情况稳定下来之后，芽衣子得到亚贵子的许可，来到他的枕边坐了下来。

"小源，我想跟你谈一下，可以吗？"

有一件事，无论如何也想让源太知道。在市场找到的那件东西，也一定能让源太恢复精神。

"小源，我啊，偶尔会听到食物发出来的声音。鲷鱼也好，干货也好，还有小麦粉，它们都会对我说话。但是，就算听到声音，我也不会多加理会，只能继续切菜、炒菜、煮饭、熬粥，然后像饿鬼一样吃掉它们。"

芽衣子轻轻地吸了一口气，然后紧紧地盯着源太的眼睛。

"……对我来说，活下去这件事，就需要不断地得到食物的生命……但是，我不会停手的。因为不这样做，我就活不下去。所以，至少我希望把这种如坐针毡的情绪，转化为对食物的感谢之情。就像师父他老人家做的那样。"

源太的眼中闪烁着光芒，芽衣子的话，很显然已经传递到了他的内心。

芽衣子微笑着对源太点了点头，对方的眼眶有些红："……你说得没错。"

"不过，偶尔也会有例外呢。有一样东西，我从来没有听到过声音。"芽衣子递出一个小小的杯子。

"这个，没有任何声音。因为乳汁，是不会让母亲或者奶牛死掉的。所以我觉得，应该没有问题。"

乳汁，抚育了我们的生命。

芽衣子抱起源太的上半身，把杯子端在他的嘴边，让对方慢慢地喝下了温热的牛乳。

看着这样的两人，泰介的内心被深深地震撼了。

"……像那样温柔地被养育长大，却要像行尸走肉一样活着，这就是上天的惩罚吗？"

他走出房间，和悠太郎并排走在一起，十分感慨地说："不管以什么形式，我……我一定要打进甲子园。"

"……父亲，会给我加油打气吧。"

随后，他露出了一个困惑的表情："唱歌就算了。"

悠太郎不由得笑了起来，这时，他忽然想起前些日子大村说的一些话。

"如果是大村先生，你会怎么办？这可能是竹元设计的最后一个车站了。"

在大村即将离开大阪去九州之前，悠太郎向他询问了关于采用竹筋的看法。

"竹元先生不可能不知道竹筋的存在的。他既然不主动提起，那应该是尊重你们的做法。"

"那我应该怎么办呢？"

"你就从现实的角度来考虑吧，既不是你的想法，也不是竹元的想法，现在摆在你眼前最重要的东西是什么，你只要考虑这一点就好了。"

这个世间最重要的东西——悠太郎仰起头，看向无边无际的晴空。

"亚贵子小姐，居然已经结婚了！结婚哦！还是一位身高一米九，毕业于柏林大学，十分擅长烹饪的军医！而且，还比她小很多岁！"

这天夜里，芽衣子靠在悠太郎的身边，一边缝补着衣服，一边愤愤不平地抱怨着。虽然是一件值得庆贺的喜事，但是当对方得意扬扬地掏出照片炫耀时，芽衣子不知为何有了一败涂地的感觉。

悠太郎心不在焉地听着，全神贯注地看着手上的照片。梅田、心斋桥、淀屋桥等，全是他亲手拍摄的大阪的各个车站。

"看起来赏心悦目吧。竹元设计的车站，在那时真的很奢侈呢。天井是弓形结构，站台内没有柱子，每个车站的枝形吊灯都形色各异。为了能建出弓形天井，为了能铺满瓷砖，我们查了好多资料，费了好多心血和功夫。"

"这个车站的天井好矮，有些煞风景呢。"

"现在不管是预算还是材料都日益紧张，为了追求经济实用，最后就建成这样了。"

"真是没有梦想的后续呢。"芽衣子叹了一口气。

"如今就是一个梦想被战车碾碎的时代。为了实现梦想，最重要的不是才能也不是毅力，而是活下去。我们就生活在这样的时代……"

凝视着竹元设计的车站，悠太郎觉得自己的心脏也仿如被搅碎一般痛苦。

第6章
人穷志短

"没、没问题吧?"在儿子们屏息静气的关注下,芽衣子小心翼翼地问道。

"……应该、没问题了、吧。"

刚才有一瞬间,反胃的感觉似乎涌了上来,但源太拼命地忍了下去,没有把今天的饭菜吐出来。

"太好了!"泰介和活男一同鼓起了掌。源太向众人抬手一挥:"多谢、多谢!"

源太暂时只能吃蔬菜粥这样的流食,但芽衣子心中的大石总算放了下来。

"对了,母亲,预选赛已经决定重新开始了。"泰介兴奋地说。

"啊呀,那盖浇饭制度也要复活了呢。"

芽衣子对饶有兴趣的源太讲解了奖励制度。得知最后的奖励是牛肉盖浇饭之后,源太表示愿意帮帮忙弄点牛肉过来。

"哎!真的吗?!"

"这些天受你们这么多照顾,这是应该的嘛。"

"啊啊!太感谢你了!小源!"

在芽衣子炙热的目光下,源太有些不好意思地别过眼。作为一个梦想与上千女性交往的风流浪子,眼前的笑容还是让他无法抗拒,真是一辈子都栽进去了。

与此同时,藤井和大村搀扶着烂醉如泥的悠太郎走进了屋内。

泰介和活男把悠太郎送去二楼休息,芽衣子向二人询问了缘由,大村说道:

"因为钢筋不足,他去拜访了竹元,希望对方能够更改设计。"

然而更改后的设计,几乎删除了竹元所有的痕迹。

"然后,生气的竹元就跟他说要断绝关系。总而言之,为了保护民众的性命,只能选择舍弃了竹元的设计。"

因为现在建设的地铁通道有很大可能会改建为防空洞,为了保证建筑的强度,不能使用竹筋作为代替物来实现竹元的设计。这是悠太郎反复思考之后做出的决断。

"不管怎么说,悠太郎是非常仰慕竹元的,所以,他应该很难受吧。"

"他太善良了。"大村他们离开之时,留下了这句话。

当芽衣子端着冷水走进卧室时,悠太郎已经打着鼾进入了梦乡。桌子上还摆放着一排竹元设计的地铁站的照片。

"实现梦想的方法,就是活下去——"当悠太郎说出这句话时,内心应该非常痛苦吧。

"早点结束就好了……这种事情。"凝视着丈夫的睡脸,芽衣子喃喃道。

芽衣子回到客厅之后,源太忽然表示明天就回去了。芽衣子询问他的身体状态,对方却一脸泰然地说:"既然能吃下东西,那应该没有大碍了。"话虽如此,芽衣子还是觉得他是有所顾虑。

"是因为我家人太多了，待着不舒服吗？"

"正相反，是你家住着太舒服了，搞得我都想一直住下去了。"

"小源，你差不多也该考虑成家了吧？你应该不缺结婚对象吧。"

"……笨蛋，我也是个有梦想的人呢！"

成家和梦想有什么关系呢？——芽衣子搞不懂源太的想法。

第二天，宿醉的悠太郎和病恹恹的源太一起走出了家门，结果没走几步，两人就因为身体不适双双倒了下去。

"……你们，都给我好好躺着！"芽衣子板着脸训道。

两人被一同安置在客厅的地铺上，肩并着肩脚靠着脚。一时间，客厅的气氛有些尴尬。

"……如果给我的妻子取外号，你会取什么？"

过了一会儿，悠太郎开口打破了沉默。

"……'牛蒡'。"

"有点过分吧。"

"那你呢，你会取什么？"

"……'钢筋'吧。"

"明明你这个更过分。"

"对我来说，这两者都是必不可缺的。"

"……难道，你刚才是故意牵制我吗？哇哦，还真是纠缠不休呢。不过，我还挺佩服你的。"

本来以为彼此之间无话可说，没想到却越说越来劲儿，到最后，两人天南地北地聊了起来。

夕阳西下，当不告而别的芽衣子回到家中，听到客厅传来了男子们爽朗的笑声。她惊讶不已地推开房门，看见原本应该卧床休息的两人，正兴致高昂地吃着酱菜喝着小酒。

"……你、你们在做什么？！"芽衣子按下心中的怒火，冷冷地问。

"我们在解酒啊！"听见悠太郎迷糊的回答，源太大声笑了起来。

"真的，头痛立刻就治好了呢。"

"我要是早点喝到这个，那早就能大吃大喝啦。"

看着两个醉汉手舞足蹈地胡言乱语，芽衣子头上暴出了青筋。

对此毫无察觉的悠太郎，一边拍手一边笑道："对啊对啊，你也不至于闹成那样了，是吧？"

"滚出去！"芽衣子发出了仿佛从地狱深处而来的怒吼，"给我滚出去！蠢货笨蛋人渣！"

"你说得有点过分哦。"

悠太郎事不关己地评价道，忽然，一个坐垫飞过来砸上了他的脸。

"我！这么担心你！不管了！你这个通天阁！"

芽衣子拿起坐垫，朝仓皇而逃的悠太郎噼噼啪啪地打了过去。看见如此凶神恶煞的芽衣子，源太的酒都醒了不少，他抱起自己的衣物，忙不迭地跑了出去。

不知不觉中，源太又回到了牛乐商店。泰介的学校不断胜利，终于打进了决赛。为了兑现承诺，源太四处奔走弄来了一小块牛肉。虽然只能做成薄薄的牛肉盖浇饭,但是在这个时候,已经非常难得了。

"泰介做了决定,说总有一天要打入甲子园。"

这天夜里,当两人钻进被窝之后,悠太郎把这件事告诉了妻子。

"总有一天,我和竹元也能再度一起工作吧?"

"……也许会吧。"芽衣子含糊其词,"早一点结束就好了,战争。"

然而,她的愿望并未实现,就在这一年的年末,太平洋战争开始了。

1943 年(昭和十八年)2 月。

在太平洋战争早期,日本虽然来势汹汹,但是在同盟国强大的围攻之下,不堪重负的日本节节败退。虽然前线噩耗不断,但是政府依旧持续编造战果欺骗民众,形成了无法回头的恶性循环。国民的生活被不可避免地卷入其中,就连食品、日用品、衣物这样的生活必需品也陆续被纳入配发物资。在店里能够自由购买的物品屈指可数,主妇们为了一家人的生计,今天排大米、明天排蔬菜、后天排食用油,每天都会花上两三个小时去排队领取物资。因为单独行动会耗费大量的时间和精力,所以很多地区展开了以邻组为单位的轮流制,每天都能看到许多人抱着物资到处排队。

在这种时期,芽衣子依然经常给附近的孩子做零食吃,她作为"多谢款待太太",在邻里间的风评越来越好。

"真不愧是'多谢款待太太'呢。"

"现在都这样了,她还坚持给孩子们分东西吃,好厉害啊。"

在冷得缩起身体的冬季,远远飘来的议论让芽衣子蓦地伸直了腰杆。

"怎么又是藤蔓啊,之前不是才吃过吗?"

来烧水灶台取暖的阿静瞄到芽衣子带来的东西后,露出了不满的神情。

"这是分配的物资,没办法挑选的。"

话是这么说,其实是分配时有人拿到劣质品产生了争执,芽衣子挺身而出当了和事佬,把自己分到的那份让给了对方。不过,芽衣子会这么大方也是有理由的。

"母亲……小池先生来了。"活男从侧门探出头来。

芽衣子迅速拉上了家里所有的门窗,在煞有介事的紧张气氛中,一位名叫小池的男子背着包袱,一边苦笑一边走进了屋内:"也不必搞成这样吧。"

"隔墙有耳啊,得处处小心!"

小池解开包袱,掏出了各种各样的食物,芽衣子两眼发光地挑选了起来。在另一个布袋里,则装着无比重要的粮食——大米。

因为配给的物资完全无法满足日常生活,老百姓们想出了各种各样的应对之法。比如谎报家里的人数多拿配发物资,比如偷偷摸摸地找农家采购粮食……也有不少人跟倒卖官用或军用物资的人做交易,芽衣子就是其中一人。

虽然这样做的家庭不在少数,但毕竟是违法的,所以经常有人向警察举报,大家采购时都小心翼翼地避着外人耳目。

"啊,大米的黑市价格又涨了啊?"川久保问。

全家人聚在灯下,吃着用蔬菜和鱼干做的酒糟火锅。

"已经是法定价格的六倍了!砂糖是二十倍!"芽衣子叹了一口气,

"可是现在也顾不了这么多了。"

"抱歉，4月开始，我上高中的学费……"泰介一脸歉意地说。

"说这些干吗。对了，福久，你明年就毕业了，不考虑去学校当老师吗？"

"教别人太麻烦了。"

福久心不在焉地应道，不停地在草稿纸上涂写着图案和公式。

"如果一直在家里无所事事，可是要被叫去义务劳动的哦！希子，你也说说她啊。"

"……工作这件事，有人合适，也有人不合适啊。"不知为何，希子的表情有些凝重。

"那……我就不去读书了吧？！"活男爽朗地提议。

"说了好多次，现在没有任何一个地方收帮厨的学徒！"

怎么又提这件事，芽衣子一脸无奈。

"为什么不让我去东京的祖父那里帮忙呢？"

"那边现在不是可以收留你的情况，你就老老实实在马介那边打下手吧。"

活男对料理的热情日益高涨，芽衣子对此非常头痛。

一件意外的好事降临在西门家——芽衣子可以上杂志了。

"说是妇女会的一个座谈栏目。让'多谢款待太太'去谈一些烹制料理和处理残羹剩饭的方法。"

今天，一位名叫松岛的妇女会高层领导亲自登门，向她们提出了这个请求。一直想当大阪支部部长的多江对此颇有不满,但是会员能被高层看上,也是件有颜面的事。

"真好啊,小姐姐。"希子由衷地感慨,"'多谢款待太太'这种生存方式真是太棒了。为周围的人做好吃的饭菜,让大家感受到幸福,真是一种美好的生存方式……不管在任何时代,这种美好都不会改变。"

最近,自己主持的广播节目充溢着各种煽动战争的内容,希子已经受不了了。

就在这时,门外响起粗暴的敲门声:"西门家的!开门!"随后,数名男子冒冒失失地闯了进来。

"有人举报你们购买了黑市的物资!现在我们要彻底调查!"

"请、请等一下!我家没有……"

芽衣子的脸色一下变得惨白,男子们快步冲进厨房,蛮横地翻找起来。瓦罐被一个个掀开,壁橱也被粗暴拉开。"大米在哪里!"一名男子高声喝道。

"喂!把仓库打开!我们要查看仓库!"

芽衣子纠结了好一会儿,慢慢伸手指向楼梯下方的储物柜,那里放着昨天刚刚购买的黑市大米。

"不管怎么看,这都不是配发的大米吧!"男子抓起一把米,狰狞地说道。

在当时,被没收的物资必须按法定价格支付罚款,再加上购买时支付的高价,这笔账算下来可亏大了。

男子们离开之后,芽衣子呆若木鸡地跪坐在原地,阿静问她到底花

第6章 / 人穷志短

了多少钱,她也提不起力气回答。

随后,大家讨论起了"告密者是谁"这个重要的问题。

"单纯就是太引人注目了吧?现在还给孩子们分零食,说明生活还很游刃有余呢。"泰介冷静地分析道。

当悠太郎回家之后,芽衣子一把抓住他,激动地恳求道:

"孩子他爸,做个地下室吧!做一个绝对不会被发现的地下室!"

芽衣子这个突如其来的要求,是有充分的理由的。原来她在侥幸逃脱搜查的仓库里,藏了大量的食材。推开仓库大门之后,狭窄的空间里密密麻麻地摆满了干货、罐头、小麦粉、调味料还有酒等各类物资。

"自从砂糖被划为配发物资之后,我就有了很不好的预感,所以用了各种手段来囤积食材。"

每天去两趟菜市场,一次是人多的高峰时段,一次是人少的空闲时段。必要的时候还拜托阿静和活男来帮忙,就这样,在不被外人察觉的情况下,芽衣子通过各种途径,积攒了数量众多的珍贵食材。除了阿静和活男之外的人,都被芽衣子这份不知道是本能还是执念的行动力给震惊了。

"……虽然我有察觉到你在囤积食物,但是没想到竟然囤了这么多。"

悠太郎环视四周,对妻子表达了由衷的佩服。闻言,芽衣子瞪圆双眼,直直地盯向对方:

"你在优哉游哉地说什么?!不好好吃东西怎么能活下去!如果家里没了食物,其他人是不会帮助我们的!现在,就是我们家生死一战的时候!你要赌上帝大生之名,给我们家做一个谁也找不到的地下室!"

"地下室的话,有的哦。"

虽然有些残旧，在仓库的下面，竟然还另外隐藏了一个不大不小的空间。

"……怎么不早点告诉我！真是的！"

第二天，在配发木炭的现场，多江递给芽衣子一包七零八碎的残渣。

"贵府不是私下有路子吗？我们的日子都难熬得很，你就像平时那样多担待一点吧。"

多江皮笑肉不笑地说道，周围的不少主妇跟着暗自发笑。虽然美祢帮忙说了几句，但芽衣子还是被气得七窍生烟。

"有人看见你提了一大袋米回家呢。"美祢向芽衣子解释道。

难怪那天走在街上，总感觉有一股奇妙的视线，原来自己早就被盯上了啊。

"……这种事情，大家不是多多少少都有在做吗？"

"一直被人称作'多谢款待太太'，你在这一片可是名声在外呢。有不少人就说，西门家是私下有门路才这么大方的。"

"这不是理所当然的吗？"

"算了算了，'闲言碎语七十五天就会消停了'，在那之前，你就多忍忍。"

"还有两个多月啊……"芽衣子郁结地叹了一口气。

回到家后，芽衣子去查看仓库，发现一些食材微妙地挪动了位置不说，连小麦粉都少了一大半。芽衣子又惊又气，赶紧向家人问起了情况。

结果，犯人很快就水落石出了。是活男擅自把小麦粉拿去美味介做了油炸苹果条。还兴致勃勃地把成品拿回家给芽衣子品尝。

"小活，是你把小麦粉拿走的！"

"嗯！马介叔叔还夸我帮了大忙呢。"

看着一脸得意的儿子，芽衣子的怒火瞬间爆发出来。

这天夜里，悠太郎一边修缮地下室，一边听着妻子喋喋不休的抱怨。

"这不是挺好的吗？"他露出了宽容的笑容，"你不是'多谢款待太太'吗？怎么变得这么小气了。"

"因为，我不想家里的饭菜变得更加寒酸啊！"

"……这就是，'人穷志短'啊。"悠太郎悠悠地说道，"生活上一旦困窘起来，心灵上也会变得越来越狭隘。"

"没办法啊，我必须先保证自家人的生活饮食。"芽衣子愤愤不平地反驳。

"……早知道就不做什么'多谢款待太太'了，处处受排挤，还被人告发。"

"那你这段时间跟她们少打点交道？"

"这怎么能行？如果不传递传阅板，连物资配发的日期都不知道。有些人被邻组的高层记恨之后，甚至连配发物资都拿不到。"

"这么麻烦啊。"悠太郎终于认识到事情的严重性。

"没错。所以，我希望事情早点平息下去！"

两人商议半天，想出了一个让妇女会消气的方法——捐出家里的一只铁锅，提高妇女会贡献金属的成绩。但是芽衣子左挑右选，却一个都舍不得。

"哪个孩子都非常重要！"

在被悠太郎训斥了之后，磨磨蹭蹭的芽衣子才终于选出了一个。

"我们，绝对不会忘记你的！"芽衣子把脸颊靠在锅底，依依不舍地说。

这一天，希子收到了一张明信片，上面写的内容让她深受打击。

希子眼下做着一个名为《少年国民的时间》的广播节目，这张明信片是一名常年收听该节目的中年妇女寄来的。她在明信片中写道："我和儿子一同收听了'为国捐躯，死而无憾'的《肉弹三勇士》的广播剧。广播剧的内容深深打动了我儿子的心，让他产生了为国家贡献一切的决心。现在，他已经志愿加入了童子军。"

"是你们的节目让他获得了勇气，感激不尽。"结尾的一句话，让希子的心情越发沉重。

"不如趁这个机会，申请换一个节目吧？"

回家的道路上，希子向川久保倾诉了自己的苦恼。

"……我一个人无忧无虑地生活，真的好吗？"

回到家之后，不知为何芽衣子和阿静正在厨房里争执不下。

"她也不一定是故意的吧？"

"肯定是故意的！告密的人也肯定是她！她早就看我不顺眼了，没少给我穿小鞋！"

今天白天，芽衣子去参加防空演习，好巧不巧地被多江泼了一桶水，全身都给淋湿了。芽衣子当场就翻了脸,不管不顾地跟多江大闹起来。

"真是的,你完全变成一个大妈了啊。以前,明明是个直率的——"

"能做的事情我全都做了!因为家里有去黑市采购,所以配发物资的时候都尽量忍让。例会和妇女会虽然不是什么大组织,但我也经常做点心给她们带过去。"

结果她们就这样回报我!——一想到这里,芽衣子委屈得眼眶都红了。

"我不做了!招待别人什么的,我再也不做了!"

"那些孩子怎么办?饿着肚子多可怜啊。"活男的提问让芽衣子一时语塞。

"……在那些孩子里,也有那些女人的孩子。但她们却没一个人愿意帮我说句话……只有我一个劲儿地招待他们,简直就像笨蛋一样。"

"你只有这样的觉悟吗?"希子忽然用生硬的语调说道,"做'多谢款待太太',难道不是小姐姐用自己的力量反抗世间的一种方式吗?"

"咦、咦?"希子的话让芽衣子陷入了混乱。

"……抱歉,就这样吧。"

说完,希子转身走出了厨房,连当天的晚饭也没有出来吃。

事后,芽衣子从川久保那里得知,原来希子一直在为工作烦恼。她被要求在少儿节目里反复宣扬"为皇国效命"的军国主义思想,有很多孩子因此受到了影响。

川久保还说了一件极为机密的事,那就是"大本营发表"[①]宣布的战

[①] 大本营是甲午战争到太平洋战争期间日本陆海军的最高统帅机关,能够以大本营命令形式发布天皇敕命,是直属于天皇的最高司令部。

果，都是通过严格的筛选的。

"所有的台本，必须通过情报局的审阅之后才可以播出。希子只需要照着台本去念就可以了，没有必要为此太过操心。"

"但希子是为了传播正确的信息，才去广播电台工作的吧。"阿静反驳道。

"就是这样啊……所以她才觉得嫂子做的事情十分伟大。给饿肚子的孩子们分零食吃，无论在任何时代，都是绝对正确的做法。她觉得这是对世间无言的反抗。"

"对、对世间的反抗？！我吗？！"芽衣子露出了惊讶的表情。

自己吃美食，让别人吃美食，这就是我的全部人生。——原来芽衣子的这句话，让家人觉得她是一个十分具有反抗精神的人。

"那、那只是把心里想的说出来罢了……"

"简单来说，就是你与生俱来的本性，造就了你浑然天成的反抗精神。"

就连悠太郎也说这种莫名其妙的话。收拾完厨房之后，芽衣子一边往罐子里添加米糠，一边暗自叹气。

"其实母亲不是这么想的吧。"在一旁捣米的活男突然开了口。

"母亲只是觉得饿肚子的孩子们很可怜，所以才给他们做吃的，是吧？"

"因为饿着肚子，不是会很难受吗？"芽衣子莫名有点生气，"只是从口袋掏出一颗糖分给别人，这么简单的一件事，为什么被他们说得这么复杂呢……啊，真麻烦。"

第 6 章 / 人穷志短

"你不觉得不太妥当吗?"

第二天,发生了让芽衣子更加不开心的事。她来到美味介,愤愤不平地向马介抱怨起来。多江在被她报复性地泼了水之后,就感冒发烧了。代替她的妇女会成员在配发物资时,让她最好给对方道个歉。但是,明明是对方先故意朝自己泼水……不过认真一想,自己似乎是做得过分了点。

在没有客人的大厅里,抱着原稿纸的室井和樱子争执了起来。

"室井先生又开始写《关东煮战记》了,但是樱子小姐对浮夸的内容似乎不太满意。"

室井无奈地辩解道:"这也是为了生活啊。"樱子则咄咄逼人:"你对自己的作品没有爱吗?"

看着这样的两人,芽衣子下意识地念道:"……人穷志短啊。"

"当生活变得拮据之后,就会变成这个样子呢。"

就在这时,一个蓬头垢面的瘦弱男子走进了店里,表示想品尝一下店里特制的炒冰。

"炒冰只有冬天才提供呢。"

听了樱子的回答,客人露出了半是理解半是惋惜的表情。

"我在整理房间时翻到了这个。"他从怀里掏出了一张纸,竟然是多年前美味介宣传炒冰的传单。芽衣子等人不由感慨万分,真是一张充满回忆的传单啊。

"拿到传单之后,就一直想来品尝一下,结果……"

说着说着,客人露出了难过的神色。

"……这位客人,你明天再来一趟吧?虽然不能保证味道。"

马介的话让芽衣子大吃一惊,这种时期要怎么凑齐炒冰的材料。

"最麻烦的还是冰块,能不能从咖啡店搞一些来。"

源太和活男,再加上文女,为了弄到必需的材料,大家聚在一起纷纷出谋献策。

马介表示愿意拿出自己的鸡蛋做材料,那可是一个月才发一个的珍贵食物。闻言,大家都有些惊讶,但本人却毫不在意地说"我有蛋黄吃就够了"。

咖啡的糖浆用所剩无几的蒲公英咖啡代替,至于梅子酱,芽衣子主动贡献出了自家的藏品。

"那就只剩冰块了!"活男目不转睛地盯着源太。

"……好吧,我去弄!一定尽力!"

"真是太可靠了!源太!"

"想在这个时节吃炒冰,一定有什么深刻的原因。"马介无论如何也想实现客人的心愿。

这天夜里,希子结束工作之后,顶着纷飞的雪花来到了美味介。原定在节目中朗读自己作品的作家因故缺席,她便来拜托室井临时代替一下。

"《关东煮战记》不是挺受欢迎的嘛,选一段来读就可以了。"

"随便哪段都可以吧?反正都是同样的内容,高喊着口号到处打架。"

为两人端上茶水的樱子一脸嫌弃地插了一句,然后扭头走了。

"她啊，骨子里还是个大小姐。根本不知道人间疾苦，我这也是不得已而为之啊。"

"……室井先生，如果写出来的东西跟构想的完全不一样，你会觉得难过吗？"

"这有什么办法呢，随心所欲写的东西根本不让出版，搞不好还会被抓……现在只能委曲求全地过日子啊。"

原来除了自己，其他人也多多少少带着些困惑在现实中挣扎啊。

回到家之后，希子看见芽衣子、阿静，还有活男和福久正在客厅里争论不休。

她向一旁围观的泰介打听，原来是为了让美味介的客人吃上炒冰，他们讨论要不要用外面的积雪做冰块。

"冰激凌是用牛奶和砂糖做的，冰的话，不就是水吗？"

"只要周围的温度达到零度以下的话，水就会结冰。"

"真的吗？"

刚被松岛告知座谈会的事情黄了的时候，芽衣子还有些消沉，不过现在已经全身心地投入在冰块的制作上去了。

"结果，还是跟以前一样嘛。"阿静抖了抖肩。"真的呢。"希子笑了起来。

先把水倒入金属的铁桶中，然后在桶的四周敷上一层厚厚的积雪，最后加入一点盐促进融化。在福久的指导下，芽衣子等人一步一步做出了完美的食用冰块。"完成了！"打开铁桶之后，全家人一同发出了欢呼声。制冰的过程，简直就像理科实验一样。

/ 多谢款待 2/

"料理就是科学啊!"芽衣子对着福久露出了开怀的笑容。

"火灭了之后,请慢慢品尝。这就是美味介的炒冰。"

"谢谢!我、我开动了。"

凝视着冰块上燃烧的火焰,客人的眼中浮出了感动的泪水。

源太还在为没有搞到冰块而垂头丧气,芽衣子和马介捂着自己冰凉的指尖,不由相视一笑。

客人一口一口吃着炒冰,慢慢说起了自己的故事。

"……我的妻子,一直很想吃这个。但是,直到她因病去世,我都没有带她过来。等我去了那边,我会告诉她是什么味道的。"

就在这时,店门被"啪"的一声撞开了,几个眼神凶狠的男人气势汹汹地闯了进来。客人旁若无人地继续吃着,两个男人快步上前,一人伸出一手将他架了起来。这不是特高警察①吗?芽衣子他们暗暗吃惊,这名客人竟然是一名共产党。

"等等!"芽衣子从调理台飞奔而出,对特高警察大喊,"虽然不知道出了什么事,但是他并没有想要逃跑吧。能等他吃完这个炒冰吗?花不了多少时间吧。"

特高警察对芽衣子视若无睹,无情地拖着客人向大门走去。

"等一下!请务必等一下!"

不知何时,马介只身一人挡在了店门口。

"这是大家费尽心血做出来的。我,我想看着这位客人吃完!不是

---

① 特高警察:日本的政治秘密警察组织,在战时用残酷的手段迫害日本共产党及其支持者。

为了他,而是为了我!为了我,请让这位客人吃完吧!求求你们了!"

马介咚的一声跪了下来,向特高警察们狠狠磕起头来,因为力道过大,撞击地面的额头竟然渗出了血丝。

"求求你们了!求求你们了!"他一边磕头一边苦苦哀求,两个男人露出困惑的神色,见状,芽衣子赶紧叫道:"会死的!再磕下去这个人会死的!"

特高警察只得让步,表示只给一分钟,然后先行一步退到了屋外。樱子忙不迭地把之前的炒冰端到了客人面前。

"……店长,多谢款待!"

将炒冰一饮而尽的客人,露出了满足的笑容,然后默默地被特高警察带走了。

关于特高警察残酷的逼问手段,芽衣子等人多少也有耳闻的。在这么冷的天特意过来吃炒冰,还说什么"等我过去那边",看来客人也知道自己今后凶多吉少了。

"欢、欢迎下次惠顾!"马介忍住眼泪,挤出了和煦的笑容。

芽衣子目不转睛地盯着对方,心里百味杂陈。自己算什么"多谢款待太太",马介他,才是真正的款待之人……

回家的路上,孩子们一边喊着"多谢款待太太",一边纷纷围了上来。芽衣子一脸严肃地对他们说:"不要这么叫我。我不是'多谢款待太太',我只是一个……无能的人。"

也许自己不该独占这么多食材,应该让更多人一起分享。

悠太郎今天回来得早，便陪着芽衣子一起将食材搬运到仓库。得知了妻子的想法后，他没有立刻赞同，只是说了一句："如果你觉悟不够，是没法坚持下去的。"

真的无计可施了吗？难道就没有一个在现有条件下，能够合理地继续款待他人的方法吗？

第二天准备饭菜的时候，芽衣子一直在思考这个问题。就在这时，收音机的音量忽然变大了，原来是泰介注意到室井的节目开始了，特意调大了音量。

收音机先是传来希子的介绍："这是室井幸斋先生。"随后响起了室井的朗读声。

"眼前是无限广阔的大海。关东煮的勇士们，搭乘着军舰'土锅丸'，朝着敌国浓汤国前进。"

小说讲述的是关东煮国正与曾有交好的浓汤国带领的同盟国进行战争的故事。室井选读的这一段讲述的是海带介为了营救被敌国逮捕的白天丸，不慎陷入香肠士兵们的陷阱中的情节。

"就在这时，咚咚咚，海底涌出了炙热的岩浆。"

芽衣子停下了手中的动作，活男露出迷惑的神色："哎呀，不是轮到神风吹的登场了吗？"

身处播音室内的希子，也注意到了这个异状。她困惑地注视着兴致高昂的室井，所有播放的内容，都必须按照严格审核之后的台本去执行，但是对方现在念的是台本上没有的东西。

"接下来,竟然升起了通达天顶的水柱!"

希子悄悄地瞟了一眼玻璃的方向,希望对面的工作人员别注意到这件事。在副调控室内,坐着一位情报局的监督人员。他的任务就是现场监督播出的内容是否得当,一旦发现问题就要马上中止播放。话虽如此,他对新闻报道之外的栏目都不太在意。幸运的是,这位监督人员现在正在打瞌睡。

"水柱哗啦哗啦地不断翻腾,竟然把浓汤国的军舰和关东煮国的军舰统统都掀翻了。

"所有的战士都沉入了海中,就算如此,海带介仍然坚持与敌人战斗。因为岩浆不断喷出,海水居然渐渐被加热了,哗啦哗啦、热热呼呼——

"在温暖的水中,关东煮食材的本能渐渐被唤醒了。白天丸情不自禁地说道:'好味道!'章鱼卫门也忍不住手舞足蹈,脸颊都红了一大片。"

就在这时,情报局的监督官忽然睁开了眼睛,希子担心地咽了一下口水。

"然而,真正的问题是海带介。因为这样的环境太过舒服,它竟然,慢慢开始渗出汤汁了!萝卜大臣禁不住大喊:'不行!海带介君!不可以渗出汤汁!如果你继续渗出,大家会变得软炆炆的——'"

"这是什么啊。"活男笑出了声,芽衣子从刚才起就听得一脸严肃。

在副调控室里,对内容感到惊讶的工作人员翻开了台本,想要核对内容。在这千钧一发之时,察觉到希子异样的川久保,匆忙从他人手里抽出台本,装模作样地检查起来。

室井继续讲述着他全新的故事:

"只见可恶的浓汤国的士兵也出现了同样的状况,原本性格刚毅的香肠士兵们,竟然在温水中欢乐地跳起了舞蹈。见此情景,关东煮国的士兵也情不自禁地加入其中,跟着敌人一起跳了起来。"

这时,工作人员终于察觉到事态不妙,纷纷地扑到了玻璃跟前。

"回过神来之后,大家都开心不已地被热腾腾的海水蒸煮着。不管是白天丸、章鱼、萝卜,还是香肠、卷心菜和胡萝卜,大家都在名为'地球'的大锅中被做成了美味的杂烩汤。"

"以上,就是少年国民的时间!"希子匆忙念出了结束语,让整个节目顺利结束。

与此同时,在美味介中,听完广播的樱子等人依然愕然不已。

"海、海带介,竟然渗出了汤汁。""香肠居然在跳舞。"文女和马介面面相觑。

"还变得软炯炯了。"樱子说完后,其他人一同接道:"怎么可能嘛。"

大厅中,响起了众人痛快淋漓的笑声。

听完室井的朗读,有人开怀大笑,有人怒火中烧,还有人震惊不已,观众们纷纷陷入了混乱的情绪中。

然而有一个人,感受到了直击心灵的触动,那就是芽衣子。

她按捺不住心中的激动,不停地念着:"锅,同一口大锅……!"

这天夜里,当室井终于无事归来之后,一直担心不已的樱子总算放下心来。

虽然监督官暴跳如雷,表示"此事绝对不能善了",但是在希子和川久保的努力周旋之下，总算是大事化小，小事化无。

差点就要以反社会的罪名被逮捕入狱的室井，一进门就对着樱子问道："好、好笑吗？"

"咦……？难道说，你是为了让她开心才这么干的？"

"……因为樱子她，哭得很伤心啊。"

室井指的是吃炒冰的客人被特高警察逮捕时的事情。那位客人冒着风雪，忍着饥饿，连性命都不顾，就为了来这里吃上一份炒冰，结果他被抓走时，自己只能在一旁眼睁睁地看着，这种无力感，令樱子流下了悔恨的泪水。为了让妻子开心起来，室井做出了这样疯狂的举动。这份愚蠢又单纯的心意，让樱子眼眶又红了起来。

"啊啊！别哭了！"

望着这样的两人，马介和文女相视一笑。就在这时，芽衣子气喘吁吁地冲了进来。

"马介先生，休息的日子，或是提前关门的日子，能把店里借给我们用一下吗？"

受到异想天开的故事的启发，芽衣子想出了"邻组的大家共用一口锅"的点子，她将其整理成名为"共同烹饪"的方案。

"场所我已经确认过了。如果大家一起煮饭的话，不单可以节约木炭，多出来的食材和不够的食材也可以相互补充。大家一起做出来的饭菜，吃起来肯定特别香。而且这么多人聚在一起的话，也会非常暖和吧。你们觉得怎么样？"

在气氛紧张的夜间聚会上，芽衣子提出了这个方案。众人一开始还有些迟疑不决，但在美祢说了"带什么去都可以吗"之后，其他人陆陆续续加入了讨论，最终这个方案得到了批准。

"哇，要拿出这么多小麦粉吗？"

看到活男从仓库中搬出一大瓶小麦粉，泰介睁圆了双眼。

"无论如何，主食是一定要的吧。也不知其他人会带什么过来，不过，也不知道多少人愿意来……"

"母亲，你们决定好做什么了吗？"活男问道。

"不急，到时候再看吧。"

下班回来的悠太郎走进厨房，把一个包袱交给了芽衣子："这是今天寄到我那里的，没写寄件人名字。"

芽衣子疑惑地解开了包袱布，露出了一个让她十分眼熟的小罐子。

"你对这个有印象吗？"

"这不是……我送给竹元先生的梅子酱的罐子吗？"

"你还送了那种东西过去？"

原来在得知悠太郎和竹元闹不和之后，芽衣子曾经私下拜访过竹元的事务所。

"你们不是吵架了吗？我就想着送点东西过去赔礼道歉。结果他把我赶了出来，只拿走了罐子。对不起，是我自作主张了……"

破损的关系需要时间来修复，梅子酱有延年益寿之用，芽衣子的本意是希望两人能早日和好，但竹元觉得自己被人当作了老头子，还生了好一顿闷气。

"现在他把罐子还回来了,是表示已经消气了吗?还是说他只是不想欠人情,所以现在有借有还?"

"竹元先生的想法,很难捉摸呢。"芽衣子一边说,一边打开了盖子。

"哇……这个,正好可以用在'共同烹饪'上呢。"看着罐子里的东西,芽衣子露出了满意的微笑。

在芽衣子的担忧中,附近的主妇们陆陆续续来到了美味介的厨房。甚至连多江也带来了宝贵的木炭,这真是意外的惊喜。

竹元寄来的咖喱粉,被做成了配料丰盛的咖喱乌冬。随后,大家的家人也纷纷来到店内,冷清的甜品店一时间变得热闹非凡。众人在和乐融融的气氛下吃起了晚饭。

"你这家伙,念了个不得了的故事啊!虽然有点吃惊,但是太好笑了。"

腾治一边拍打室井的肩头,一边哈哈大笑。

"不过,也有不少人觉得十分痛快吧。"

看着急忙帮腔的希子,川久保笑着调侃:"最痛快的人,就是你吧。"

芽衣子一边吸着乌冬面,一边走到了多江的身边,就木炭一事诚恳地向她道了谢。

"就这样,之前的事就一笔勾销。不过我要说清楚,我真的不是故意泼你水,告发你的人也不是我。我才不会做那种会被人报复的事呢。"

"……啊,多江夫人你也……"芽衣子把后半句咽进了嘴里,原来对方也买过黑市的物资,"所以你才会有多余的木炭啊。"

"声音太大了,你这家伙。"

随后,两人在妇女会的座谈栏目上看到了《关于"南区的'多谢款待太太'"》的报道,配图则是之前来过的松岛,芽衣子和多江这才恍然大悟,原来她才是真正的告密者。

看到被一扫而空的大锅,活男情不自禁地问:"这样一来,到底是谁招待了谁,谁要感谢谁呢?"

"哎呀,那大家一起——"腾治开了头,众人一起合掌念道:"多谢款待!"

听了之后,芽衣子露出了久违的爽朗的笑容。

另一方面,战火的硝烟蔓延到了更多地区,市政府的职员或是被派去军队做事,或是被要求参军上战场,最终导致办公室人员严重缺乏。在这样的情况下,政府终于发表了中止地铁修建的公告。

"所有的资源都运不过来了。"

之前就听闻了一些风声,所以悠太郎早已做好了心理准备。

"这样啊……"芽衣子有些迟疑,不知道该怎么安慰对方。说起来,今天的悠太郎也回来得特别早。

"你不必露出那种表情。其实,我觉得中止了也许更好。到了最后,因为没有钢筋和水泥,只能用石头来修建隧道。这样的地铁,是绝对不能造出来。"

芽衣子递给悠太郎一张薄薄的纸片。这是她用完咖喱粉之后,清洗罐子时发现的。纸片贴在盖子的内侧,上面写着竹元想告诉悠太郎的话。

第 6 章 / 人穷志短

"如果今后只能各种妥协,那不如祝福工程早日中止。总之,这个拿去做咖喱!"

看完,悠太郎微微一笑:"……知道了,多谢款待。"

《建筑部防火改建科调动命令》,这一天,当悠太郎接过上司递来的这个调动函之后,心中顿时一沉。

"是筹备市内的防火、防空的相关工作。"上司面无表情地说道。

"……是要拆迁建筑吗?"

修建工作停止之后,接下来却是破坏建筑的工作。

第7章
我的大豆男子

"简单来说,就是遭遇空袭时,从火灾和蔓延的火势之中保护民众性命的工作。"

悠太郎把自己调动到防火改建科一事告知了芽衣子。

"……这也许,是天上的母亲赐予你的工作呢。"

悠太郎已经四十四岁了,头上隐约浮现出了几丝白发,依然精力旺盛地奔走于工作第一线。

"必须全力以赴呢。"芽衣子微笑着为丈夫打气。

几天之后,市政府举办了"建筑拆迁者恳谈会",悠太郎带着部下中西劝说居民们从现有住所迁移出去,换句话说,就是为了改建计划要拆掉他们的房子。听完解说后,居民们义愤填膺地抗议起来。

"变电所的附近必须设置防火带,这是条例中规定的!"

"拆了之后我们要去哪里做生意!你们这是叫我们去死!"

在一旁默默围观的悠太郎,重重地敲了一下桌面,漠然地扔出一句话:

"那么说的话,不管怎么选,都只有死路一条。"

顿了一会儿,他继续说道:"美军如果对本土进行空袭,变电所肯定是首要攻击对象。电压塔会被疯狂扫射,高压线会被切断,电流泄漏之后会引发火灾,你们的住所想必也会被烧得面目全非。"

居民们被悠太郎栩栩如生的描述所震撼,恐惧的情绪在人群中不断蔓延。

"从医学角度来看,全身烧伤而死亡的人,死前会经历十分恐怖的痛苦过程。"

说明会结束之后,中西收到了大量签好名字的承诺书。

"科长,没想到你还挺擅长的嘛。"

"不这样做的话,大家都会死的……"悠太郎一脸苦涩。

1944年(昭和十九年)4月。大阪为了修建预防空袭的防火带,风风火火地进行着建筑物的拆迁工作。而另一方面,在政府"粮食大增产"的要求下,很多街道的道路被改建成田地,种上了白薯等农作物。

留下的人,不管是男女老少,都必须强制参加义务劳动。而操持全家温饱的家庭主妇们,每天都在烦恼着当天的吃饭问题。现在配发的大米减少了一半,余下的一半由杂粮、小麦还有玉米来填充。有时还会加入大豆和不管怎么做都难以下咽的大豆粉。

为此,芽衣子下了一番功夫,把难吃的食材做成了像牛肉饼一样的食物。工序是先把生大豆给碾碎,然后倒入大豆粉掺着小麦粉揉出来的面团,充分揉匀之后,最后晒干就可以了。物资配发结束后,众人来到了集会所,芽衣子把这个方法教给了多江等人。她刚说完,一位妇人便匆匆离开了现场,一打听,原来她的女儿最近要出嫁了。

"她的女儿,才刚满十六岁吧。"

"现在男人越来越少。不早点结婚的话,连孙子都抱不上。"

"……唉,这个世道啊。"

让芽衣子没有想到的是，相亲这种事，竟然也落到了自家女儿头上。

"这是木材商店的次男。怎么样？很有阳刚之气吧。"

急着抱曾孙的阿静，兴致勃勃地掏出一张照片，上面是她不知从哪里找到的相亲对象。无论芽衣子和希子再怎么看，也看不出这男人有什么阳刚之气。

"福久不用出嫁也没关系！"

悠太郎忽然大喊了一声，看起来一副备受打击的模样。

"福久是个热心学习的孩子。如果组建了家庭，不一定有时间和精力专注于学习上。而且这个人，不是马上就要参军了吗！"

福久对家人的争论漠不关心，她咽下最后一口芋团，一声不吭地回了房间。

"你和悠太郎，对福久的将来是怎么考虑的？难道真要让她在家待一辈子吗？"

悠太郎抱着工作资料回到二楼的卧室之后，阿静就将矛头指向了芽衣子。

"……我觉得对方有些可怜。那个孩子，对别人都没什么兴趣。"

"福久她，有没有喜欢的人呢……"希子忽然心里一动。

福久长到二十岁，一直将心思都放在理科学习上，虽然结婚这种事看起来跟她无缘，但是，不能说完全没有可能性。抱着这样的想法，三人兴冲冲地来到了福久的房间。

"福久，你……有没有喜欢的人？"芽衣子直截了当地问道。

"我很喜欢家里的大家啊，美味介的人也很喜欢。"

见福久没有理解问题的本质，芽衣子又补充了一句"那男人呢"。结果，对方却说出了"室井""马介"这样毫无魅力的男人。

"是恋爱！"阿静忍无可忍地插了一句，"福久，你有没有恋爱过？"

"……请问，什么才算恋爱呢？恋爱的必要条件是？"

"你、你强词夺理！就是'啊，忽然，心里小鹿乱撞，就是这个男人了！'的感觉。"阿静急道。

"哎，不是在两人慢慢相处之后，才会感受到吗？"希子提出了疑问。

"在不知不觉当中，就认定了对方？"这是芽衣子的体会。

听着三人截然不同的心得，福久变得越发迷惑了。

"啊！就是那个人不在的时候，会一直惦记着对方过得怎么样……这种人，有吗？"

阿静兴奋地靠了上去，眼巴巴地等着福久的回答。

"……竹元先生？"

"福久。不要说你了，我们也很担心竹元先生的情况呢。"阿静一脸疲惫地离开了房间。

"说起来，那个人，到底跑到哪里去了啊？"芽衣子叹了一口气，许久不见竹元傲慢的嘴脸，还有些怀恋呢。

竹元辞掉了大学的工作，留下一张"我要从这个国家独立"的纸条后就不知所终了。

在京都的高中读二年级的泰介，忽然回到了家中。

"要回来就提前说一声啊，吓我一跳。"

"还有让你更吃惊的事呢。"

泰介的话音刚落，玄关的外侧探出了一个脑袋，来人竟然是诸冈。自从吃了地方预赛的胜利奖励牛肉盖浇饭之后，他就再也没有来过了。一段时间不见，诸冈显得越发成熟稳重了。

"我被母亲教训了，说蹭别人的饭也要有个限度吧。这个，请您收下。"

芽衣子欣喜地接过诸冈递来的素面。福久不知何时来到门前，一脸感动地注视着诸冈和泰介的互动。

"今天怎么过来了？"活男刚从义务劳动的军需工厂回来，见到诸冈也十分开心。

"其实，我……"诸冈向泰介投去意味深长的目光，见此情景，福久的脑中浮出一句台词："我是为了见你才来的。"

不过没过多久，福久就被下一句话拉回了现实。

"前几天，征兵检查结束了，应该很快会安排我出征了。"

闻言，福久愣在了原地，芽衣子和活男也露出了惊讶的神色，他竟然是来告别的。

"之后，为了国家，我就可以像投球那样用尽全力啦！"诸冈故作轻松地调侃道。

压下心头的难过，芽衣子轻轻点了点头。福久面无表情地望着对方，一言不发。

开饭之前，泰介和诸冈像往常一样在家门前的街道进行投球练习。过了一会儿，福久走了出来，静静地注视着街道上的两人。在她清澈的双眸中，映出了诸冈修长的身躯。

/ 第 7 章 / 我的大豆男子

　　福久默默地走到诸冈的身边，目不转睛地看着对方脸上刚毅的线条。

　　"诸冈君，我想复制诸冈君。我想生你的孩子。"

　　诸冈原本傻傻地笑着，当他终于反应过来之后，从喉咙里发出了一阵惨叫："——咦咦咦？！"

　　"你讨厌让我生孩子吗？"

　　"不！没有的事！绝对没有的事！"诸冈红着脸，一个劲地摇头。

　　"那好，让我生吧。"

　　"等、等一下！我马上就要出征了！"

　　"所以，现在不生孩子，也许一辈子都没机会了。"

　　虽然早已习惯姐姐怪诞不经的言行，但泰介也震惊得说不出话来。哗啦——背后传来了物品落地的声响，回头一看，只见悠太郎维持着抱东西的姿势，满脸愕然地僵立在原地。

　　悠太郎让面无表情的福久和惊恐不已的诸冈坐在前方，自己尽力保持冷静的态度，然后慢慢开了口：

　　"光天化日之下，而且还是女性主动求婚，也太不像话了吧？"

　　厨房中的芽衣子停下动作，侧耳倾听外面的情况，听到这句话后，她疑惑地"嗯？"了一声。

　　阿静十分配合地问："听说你当时掉到河里去了？"悠太郎无视两人的对话，继续对着两人说教：

　　"这种事情应该按着顺序一步一步来吧！先交往，确认了彼此的心意之后，才能进行到求婚这一步吧。"

芽衣子又"嗯"了一声,阿静调侃道:"有人梦到纳豆之后,就立刻求婚了呢。"

"不要说些没用的废话!"不厌其烦的悠太郎吼了一句。

"我认识诸冈哥已经三年了,我们经常一起吃饭,我刚才已经确认了自己的心意。我觉得自己是按父亲说的顺序做的。"

福久条理清晰的回答,让悠太郎一时语塞。

"但是,为什么会说到结婚呢?我只是想生孩子而已。"

在全家人惊讶的目光下,福久继续说道:"就算不结婚也没有关系。"

"你、你这孩子——"女儿的发言过于惊世骇俗,让悠太郎支吾了半天。不管怎样,阿静乐于抱曾孙,泰介觉得学长做姐夫也不错,活男是随波逐流派,芽衣子是越听越觉得有戏,其他人都赞同两人的婚事,悠太郎的立场顿时变得孤立无助。

"抱歉,叔叔……"诸冈战战兢兢地开了口,"我是马上要去参军的人,会让对方不幸的婚姻,我是不会考虑的。"

悠太郎忽然想起,很多年以前,自己也对大五说了类似的话。

"既然你明白,那就再好不过了。情况就是这样,福久,你就死心吧。"

"没有孩子的人生,才会不幸福。"福久露出无法接受的表情。

"本人、本人对福久小姐完全没有那种意思,非常抱歉。"

芽衣子觉得对方多半是顾虑到福久的前程,却没想到他拒绝得这么决然。

"这样吗?"就算是独断独行的福久,听到这句话之后也没法坚持下去了。

第 7 章 / 我的大豆男子

明明可以顺利收场了,但女儿被男人拒绝这种事,让悠太郎莫名有些生气。他皱紧了眉头,跟听到女儿被拒绝求婚时的大五一模一样。就算回到卧室,悠太郎依然怒气难平。他在铺着床被的芽衣子身边焦虑地走来走去,然后指责对方对这件事不上心。

"说起来,你怎么就没发现呢?福久的心思。"

"那可是福久啊?!"芽衣子扑哧笑了一声,"谁会想到她会对男人有兴趣呢……"说着说着,她忽然兴奋起来:"对啊,这可是破天荒头一回啊!那个福久竟然对别人有兴趣!这可是千载难逢的机会啊!"

没想到自己的话又挑起了妻子的兴头,悠太郎赶紧说道:"如今这世道连吃饭都成问题啊!福久是个我行我素的人,她真能好好地把孩子抚养长大吗?!总而言之,这件事到此为止了,你不要再去惹是生非了。"

虽然昨夜被悠太郎糊弄过去了,芽衣子还是无法置之不理。先不管诸冈的真心如何,福久的确是被拒绝求婚了,回想起过去被悠太郎拒绝的事,芽衣子越发心疼起女儿来。可以的话,她还是想让女儿跟喜欢的人在一起,这是作为一位母亲的心愿。

跟樱子谈过之后,对方给出了"我觉得没有问题"的回答,芽衣子受到了很大的鼓舞。

"福久这孩子,一旦认定了什么事,别人怎么说都不听的。我觉得既然是她自己做下的决定,应该会很有干劲的。"

"……对啊,她想做的事是绝对不会拱手相让的……"说完,芽衣子陷入了沉默。不知为何,她忽然有了一种很不好的预感。

"那个孩子,说什么不结婚也没关系,能生下孩子就可以……难道她……"

"不会吧，再怎么说也……"樱子的笑容有点僵硬。

像在劝说自己似的，芽衣子急忙应道："说得是呢，不管再怎么说，不会有那样莽撞的女孩子啦。"

这天晚上，忧心不已的芽衣子再度尝试劝说悠太郎。

"我知道你是担心孩子，但我觉得一切都好商量嘛。"

她列出了各种各样的好处，比如两家离得不远，自己可以经常去帮忙；比如诸冈的母亲看起来很容易相处；最重要的是诸冈是一位品学兼优的好青年……

"我不是因为私心才反对这门婚事的！你想清楚没有，他们能够在一起的时间只有短短几个月，诸冈以后还能不能回来都不得而知。如果生下孩子，福久的日子一定会过得非常艰难。不管福久本人怎么想，如果我们真心为她着想，就不能承认这门婚事，否则就是不配为人父母！"

"为人父母……就要罔顾女儿的心思吗？"

"什么心思，不就是诸冈因为突然说要出征，她才一时心血来潮吗？"

就在两人争得面红耳赤时，泰介一边说着"可以打扰一下吗"，一边走进了房间。

"父亲、母亲。我现在要告诉你们一件事。我会把看到的一切都说出来，请你们不要生气，从头到尾听我说完，可以吗？"泰介端正地坐在两人面前，不知为何神情有些微妙。

"我今天，去了诸冈学长的家里。"

昨天夜里，泰介就家姐的鲁莽行为向诸冈道歉，对方则欣慰地表示可以当作出征前的美好回忆。泰介觉得学长也不是完全没有那个心思,今天上门就是想问个清楚。

"然后,姐姐她……"

"福久她……"芽衣子紧张地咽下一口口水。

"她跑去跟诸冈前辈那个啥……"

"……"悠太郎就像被金锤敲了脑袋,一时间眼冒金光。

"真的吗?!"芽衣子露出了兴奋的表情,泰介对她点了点头。

当诸冈的母亲告知两人正在二楼单独相处后,心怀不安的泰介急忙跑了上去,拉开房门之后,眼前是福久一脸漠然地将惊恐不已的诸冈推倒在地的画面,后者的衬衣还被前者扯了个半开。

"你、你在做什么!"

诸冈赶紧向泰介投去了求助的目光,福久不觉得有何不妥,反而盯着泰介问道:"怎么?"

"不管诸冈哥的心意如何,其实我都无所谓。虽然你说对我没那个意思,也算个不安的因素吧。总之,这是一个实验。"福久一边解释,一边企图继续做下去。

无论怎么看,诸冈都是一副非常为难的样子,泰介深深地叹了一口气,不管怎么看,自己的姐姐都做得太过分了。

"姐姐,你为什么要做这些事?你是突然喜欢上诸冈学长了吗?"

面对弟弟真诚的提问,福久露出了迷惑的神情,慢慢地说出了自己的理由:

"……每次,看到你们两人在一起的时候,我都会不由自主地想着男子热烈的友情、女子无法进入的世界之类的……"

"但是，泰介，你去年带其他投手到我们家来了吧。"说到这里，福久微微一笑。

"不管看到什么人来，我都会不由自主地拿诸冈哥去作比较。如果是他，这个时候肯定会狼吞虎咽，如果是他，这个时候肯定会特别讲礼貌。他看到好吃的，眼睛会更加明亮，他投出来的球，速度会更快更有力，他看到泰介受伤的手，一定会担心地问来问去……"

听到这里，泰介意识到福久的确是喜欢上了诸冈。

"听到诸冈哥说要参军之后，我忽然意识到，也许再也见不到这个人了，怎么办，怎么办，我着急得不得了，反复思考的结果，那就是，自己能为他做的只有那一件事。我不知这是不是你们所说的'恋爱'，总之我现在，非常非常想生下诸冈哥的孩子。"

当福久的告白结束之后，一直默默听着的诸冈终于开了口。

"如果你早点……早点告诉我的话，一切会变得截然不同吧。"

诸冈红着眼眶，对福久露出了温柔的笑容，福久的眼中也浮出了泪水。

"今后，一定会出现让你有同样感觉的人，到那个时候，请为对方这么做吧。"

"你愿意和我生孩子吗？"

看着福久的脸颊，诸冈笑着摇了摇头。

"——总之，就是这样。我觉得姐姐是一个纯真的人。她不在乎能不能结婚，只是非常纯粹地喜欢着诸冈学长，所以她想生下诸冈学长的孩子。虽然做法有些粗暴，但是，我觉得她是真心爱着对方的。"

"……然后呢？"

"没有了。"泰介起身站了起来，"之后就交给父亲来处理了。母亲，准备晚饭吧，活男在楼下等不及了。"

说完，泰介便走出了房间。芽衣子也跟着起身站了起来。

走到门口，她忽然转过头，一脸认真地对丈夫说："孩子他爸，虽然养育孩子是件很辛苦的事，我们也是吃了不少苦头才把孩子们拉扯长大的，但是，孩子对我们来说，也是非常重要的心灵支柱啊。"

"所以呢，你想说什么？"

"我想说的就是这些。"芽衣子合上了房门。

……真是拿这些人没办法。独自留在房中的悠太郎，在心中暗暗叹气。

过了一阵子，当悠太郎从二楼走下来时，其他人已经开始吃饭了。与往日不同，福久也老老实实跟大家一同进餐。悠太郎注视着这样的女儿，半晌之后，开始对泰介发问：

"诸冈家，家庭关系和睦吗？"

"啊、啊，阿姨和叔叔的感情好像很不错。"

泰介正觉得奇怪，又被接二连三地问了"他家是做什么的""有多少兄弟姐妹"等问题。

等问得差不多了，悠太郎又望向了福久。

"……福久，养孩子不是一件容易的事情。你知道你母亲为了养育你，这些年吃了多少苦头吗？你做得到吗？"

"我知道，孩子是被父母用看不见的力量养育成人的，我早已做好了心理准备。"

"有了孩子之后,说不定会无法继续学习,这你也愿意吗?"

"只要有学习的决心,什么时候都能学习。这是我自己选择的道路,我不会后悔的。"

福久露出了坚毅的神情,原本天真无邪的面容,突然变得成熟了许多。

"……今天放开肚子吃,等吃饱了,跟我一同上门打招呼。"悠太郎对芽衣子说:"你也是。"

"我知道这样做十分失礼,不过时间不多了,必须尽快办妥。"说完,他拿起了筷子。

"可是,为什么这么着急啊。"改变心意后马上采取行动的悠太郎,真是太少见了。

"你不是想要孩子吗?不急可不行啊。"

听到父亲的回答,福久不由得睁大了双眼。她仿佛听到对方在对自己说,你赶快出嫁吧。

"……真的可以吗?"

"虽然我们同意了,但是对方不一定同意。"悠太郎埋头扒着碗里的饭菜,头也不抬一下。

"……父亲,谢谢!"福久欣喜不已,她端起饭碗,大口大口地吃了起来。

"诸冈的母亲,哭得很厉害呢。"

走在回家的路上,芽衣子一边回想,一边笑着对悠太郎说。

第 7 章 / 我的大豆男子

"看来诸冈这爱哭的性子,是遗传的呢。"

这次谈话非常顺利,两家最后达成了一致,让福久就这样嫁去诸冈家。虽然双方都是有些笨拙的人,但一定可以成为和乐融融的夫妇。

悠太郎同芽衣子并肩走着,一直沉默不语。

"……所以我才说,不用这么急嘛。"

"……我怕过了一个晚上,好不容易下定的决心会动摇。福久,真的能幸福吗?"

"福久是个非常任性的孩子。只做自己觉得开心的事情,如果有了想做的事,就一定马上动手去做。正因为是这样的性格,我觉得一定没有问题的。"

悠太郎轻叹了一口气,同为嫁出女儿的父亲,他突然很想和大五痛饮一场。

福久嫁了出去,泰介也回到了学校,恢复了往日平静的西门家,今天迎来了新的面孔。

"我软磨硬泡了好久,对方终于答应让给我了。"

外出购物的芽衣子,身后背着塞满时令野菜的背篓,胸前抱着大竹笼,兴高采烈地回到了家中。

正在竹笼中上下扑腾的家伙,是她一直十分渴望饲养的母鸡。

芽衣子正与阿静说话,活男一边喊着"母亲",一边满面笑容地冲了进来。

芽衣子已经很久没有见过对方这么精神的模样了。活男最近从早到晚都在军工厂工作，没时间做他最喜欢的烹饪，就连泰介也察觉到弟弟的变化，表示"最近很少看他笑了"。

"我、我想志愿参军！志愿参加海军！今天，工厂来了一位海军的大人物，他说会计部门就有厨师，如果我去参军的话，就可以去那里进修厨艺了！"

满面红光的活男喋喋不休地说着。在前来号召参军的高官热情劝说下，原本心如死水的活男，再次燃起了对料理的强烈渴望。

"好厉害啊！海军料理！从明治初期就做起了全套西餐！像是日本西餐先驱者一样的存在！参军需要父母的同意，所以，拜托了！"

活男兴奋不已地将一张承诺书递给芽衣子。后者默默地接了过来，将其三下两下揉成一团，一口气扔进了鸡笼。

"笨蛋！"芽衣子横眉竖眼地喝道，"你真是大笨蛋！"

然而，平日性子温和的活男这次却十分顽固。从阿静嘴里得知缘由的悠太郎和希子，小心翼翼地从客厅窥视着厨房的情况。芽衣子板着一张脸做起了晚餐，活男围着她团团转，孜孜不倦地劝说对方：

"不用上前线，会计兵的话，只要在厨房做事就行了。"

"如果船沉了，还不是一起没命。"

面对油盐不进的芽衣子，活男只得说出了心里话：

"……还有三年，就算我不愿意，也要被强制参军吧。"

"三年之后，说不定战争就结束了。"

"被招募的话，是做不了会计兵的，必须志愿参军才可以！"

这样的机会，对浑浑噩噩过日子的活男来说，是灰暗人生中唯一的光芒。就快达到招募年纪的泰介,如今在拼命地学习,希望能转为理科生,这样的话就可以免除兵役。活男也被人劝过,不管怎样先去接受理科考试,说不定也能逃过一劫。但是活男跟母亲芽衣子一样,很不擅长学习。既然无论如何都要参军,进海军的话,起码还能继续圆他的厨师梦。

就在这时,屋外传来了防空警报的声音,全家人一下愣住了。

"是避难训练!快走!"

芽衣子招呼家人出了门,随后拿出了临时食物,准备完毕之后,她抱起装着防空洞备用物品的包袱,慌慌张张地跑了出来。大街上,附近的人们蜂拥而出,纷纷朝着指定的防空洞跑了过去。

训练完毕之后,全家人精疲力尽地回到家中,吃上了推迟很久的晚饭。最近,避难训练的次数越来越频繁,大家都被搞得精疲力尽。性格开朗的活男原本是家里的开心果,但他现在几乎都不怎么说话,整个人都无精打采的。

"来,多吃一点。"芽衣子把自己的份分给了活男。

对方闷闷地说:"就算不去战场,空袭的时候,也随时都会丧命吧。"

"……空袭来之前,说不定战争就结束了。"

"父亲是为了不会来的空袭,才去破坏别人的房子吗?叔叔是为了通知不会来的空袭,才整天在公司过夜吗?"

"你这孩子,到底在胡说些什么!"芽衣子不由自主地吼起来。

"你要再长大一点,才好去报效祖国喔。"

"对啊、对啊。"

阿静和希子纷纷上来劝说。

"就是这样,你死心吧。"芽衣子粗暴地结束了这次谈话。悠太郎从头到尾不发一言,活男一人实在招架不住三人的连番攻击。

最后,他只得将心中的不甘随着碗中的饭菜一同咽下肚里。

这天夜里,悠太郎开始修建养鸡小屋,芽衣子蹲在一旁,宛如面对敌人一般狠狠地撕掉了鸡笼里的承诺书。

"……那种防空洞,还不如不进去。"

据悠太郎解释,现有的防空洞缺点很多,空气流通也是大问题,很容易闷死在里面。

"但是制作有效的防空洞,是一件非常麻烦的事情。"

防御空袭的避难所远远不够,物资在这之前就十分短缺了,现在无论是预算还是建材都很难搞到,仅凭个人之力弄到的材料也是杯水车薪。

"……你的意思是,空袭来了的话,无论怎样都难逃一死吗?"

"……当然,还是比战场安全多了。不过,都是概率的问题……"

芽衣子听出了弦外之音,她抬起头,向悠太郎瞪了过去。

"你……是想让活男去参军吗?"

"我不是这个意思。我只是说,也可以用这样的观点来看待事情。"

"既然如此,作为父亲,你也去说他几句啊!你现在的工作不就是预防空袭吗?"

看到对方凝重的神情,芽衣子意识到自己说过火了。向对方道歉之后,她依然对活男的事无法释怀。在这个世上,不会有任何一个母亲会毫无芥蒂地把十七岁的儿子送上战场。

第二天，芽衣子来到了美味介。她一边制作着大豆面饼，一边向马介等人抱怨起来。

"想成为厨师的话，必须要志愿参军才可以呢。不过，就算不这样做，也没法成为专业厨师。"

两年前，国家颁布了义务劳动调整令，规定未满四十岁的男子，如果之前没有相关就业经验，不容许从事厨师或者理发师等行业。

"现在已经不能自由地选择职业了。"室井闷闷不乐地说。

"早知道如此，小学毕业后就应该随便找家餐馆让他去帮厨。"

在忧愁的氛围中，傍晚时分，悠太郎的部下中西来到了美味介。

他告诉芽衣子，活男的工厂发生了事故，悠太郎已经赶去确认状况了。

在奔向医院的途中，脸色铁青的悠太郎遇上了正巧归来的活男。

"小活、没事吧！受伤没有？！"

活男看起来十分憔悴，但万幸只有一点儿擦伤。据悠太郎说，事故发生的时候，活男的班组正好休息，他出去办了点事，正好躲过一劫。

"太好了，太好了！小活……"见到完好的儿子，芽衣子眼眶一红，紧绷的神经终于放松下来。

"……我的朋友，被炸飞了。"活男面无血色地呢喃道。

"从小学就玩得很好的朋友，就这样死掉了……！"

这孩子，一定受到了很大的刺激吧。看着微微颤抖的活男，芽衣子伸出双臂将他紧紧地抱在怀里。

等活男的状态好一些之后,悠太郎便把他带回了家。当芽衣子回到美味介时,她的工作已经被美祢等人分担了。芽衣子感激涕零地收下自家那部分食物,随后匆匆忙忙地赶回了家。

客厅里只有阿静和希子两个女人,活男跟悠太郎去了二楼的卧室。

"……虽然说起来不太好听……这样一来,小活应该清醒了吧。"

三人正说着,父子两人从楼上走了下来。

"小活,肚子饿了吧。先吃点东西吧?"芽衣子对活男笑了笑,忙不迭地跑去了厨房。

活男的反应有些木讷,还是老老实实地吃起了饭。

"好想吃甜食啊,红薯什么的。"活男忽然起身说道,"母亲……我,果然还是想参军。"

"为什么?!"芽衣子仿佛被人狠狠扇了一巴掌,"到底为什么?!为什么?!你今天遇上的事还不够恐怖吗!都这样了,你还不肯放弃吗!"

"小活啊,会计兵也是士兵啊,不可能只让你在厨房里干事的。"

希子在一旁劝道,芽衣子露出"就是如此"的神情,咄咄逼人地注视着活男。

"……我,如果继续干讨厌的工作,然后某一天因为空难而死……与其这样,还不如干喜欢的工作呢。如果继续这样下去,我……我都不知道到底为了什么而活……"

活男的话语,深深地刺痛了在场大人们的心。

"为了什么呢……"低声说完后,活男颓然地垂下了头。

芽衣子不是不理解活男的心情,理解归理解,作为母亲,她是不可能轻易点头的。

"你，难道想让母亲当杀人犯吗！我说不行就是不行！"

悠太郎依然一言不发，但看起来是站在活男那边的。

"孩子他爸，难道你想在承诺书上签字吗？"

回到卧室之后，芽衣子绷着脸，劈头盖脸地对着丈夫质问起来。

"为什么？！你为什么要同意？！你不觉得活男太可怜了吗？！"

"你不是说，作为父母，不该罔顾子女的梦想吗？"

"但是、但是……福久出嫁跟小活参军这件事，性质完全不一样吧！"

"那就从最坏的情况考虑，要么遵从活男的心意，让他当厨师，然后死在战场；要么继续留在工厂每天做讨厌的工作，然后死于空袭……我的话，觉得后者更无法接受。"

梦想，是不分男女的，每一个人心中都有一个无论付出什么代价都一定要去实现的梦想。

"……就算志愿参军，也不一定会如愿以偿啊！说不定到最后，他也只能整天做自己不喜欢的工作。而且，说不定明天战争就突然结束了呢！"

"那你不要签字。想让活男参军的，只有我一个人。"

"你、你不要小看我！我才没有故意逃避责任！"

芽衣子怒气冲冲地跑出了卧室。正如川久保所说，如果不是这种世道，活男的行为只是怀抱梦想的年轻人走出家门这么一件简单的事情罢了。

将南瓜和野草碎渣放入米糠罐子，芽衣子一边搅拌着，一边将满腔苦楚往肚子里咽。

第二天,芽衣子正在庭院里喂鸡,活男从屋里走了出来。对上母亲投来的视线,活男一时不知道说什么才好。就在这时,芽衣子开心地笑了起来。

"生了哦!鸡蛋!"

"哇!这、这个要做成什么?"活男一时忘记了烦恼,兴致勃勃地靠了上去。

"……庆祝姐姐出嫁的家宴,要和我一起考虑菜品吗?活男。志愿参军的申请,在这之后递交也来得及吧?"

"……唔。"

站在远处看到了这一切的悠太郎,在妻子送走活男之后,向她打听这么做的意图。结果,他得到了一个大为意外的答案。

"——让活男改变心意?!"

如果实现了他的厨师梦,说不定就不会想去参军了——芽衣子对希子和川久保解释道。

"小活只是想做料理而已,如果让他在家里就能充分体验到烹饪的快乐,说不定就能打消念头了。"

因为工厂发生了事故,所以有两三天的休息时间。芽衣子就想以搞家宴为由,强行拖着活男实施她的计划。

"让他在烹饪上多帮帮忙,说不定就会改变心意呢。"

芽衣子把便当递给了准备上班的三人,非常认真地叮嘱道:"今天的饭团是活男做的,请你们一定要想好能够激励那孩子的赞美之词。"

回到屋里后，芽衣子赶紧与活男商量起了家宴的菜单。

"西门家的家宴，一般会准备鲷鱼、红米饭、杂烩汤，然后还有杉玉煮和酒糟料理。不过现在很难凑齐食材了……"

"……杉玉，就是用白萝卜做的那个？"

"你还记得吗？"小时候吃过一次的东西，竟然记得这么清楚，真不愧是小贪吃鬼活男。

"就是母亲的婚礼上摆出来那个吧。好漂亮啊，我很喜欢。姐姐的家宴上一定要摆上这道菜。对了，用豆腐怎么样，家里还有大豆吧。用豆腐可以做出来吗？"

结果，为了做卤豆腐的卤水，活男还跑去岸边接了海水回来。活男兴高采烈地在厨房做着各种料理的准备，许久未在厨房看见儿子身影的悠太郎感慨道："好有精神啊……"

家宴当天，福久带着诸冈回到了娘家。

"真的可以吗？还带上了我。"诸冈还是一如既往的彬彬有礼。

福久本想大家能欢聚一堂，结果却被告知泰介不能回来。沉浸在遗憾情绪中的她，完全没有注意父亲频频投来的殷切目光。

"好了！开动吧！"芽衣子把料理一一摆上了桌。

河豚刺身、豆腐杉玉、野菜汤，还有红米饭。虽然鲷鱼是稀缺食物，但河豚可以自由买卖，这次的食材是银次花了很多功夫搞到的。

"真是豪华的家宴啊。"诸冈十分感动。

"要感谢小活哦，这个豆腐杉玉是他做的。"

"哇，真的吗？好厉害！"

听见夸奖，活男有些羞赧地笑了。宴会进行到高潮之时，芽衣子端上了酒糟鸡蛋。

"这可是小活设计的，虽然分量有些少。"

"大家快来尝尝，来尝尝！"

众人吃过之后纷纷表示这是绝佳的下酒菜。诸冈甚至感动地流下了眼泪。

"……出发之前，能吃到这么美味的料理。太感谢了，真是太感谢了……"

这对创作者来说，是至高无上的称赞。活男再次为烹制料理一事感到无比的荣幸。

因为酒水不够了，芽衣子便起身去拿，结果，她在厨房里看到了半天不见人影的福久。

"我给你说明一下使用方法。"

福久的脚下放着一个巧妙改造过的炉子。据介绍，这是在诸冈父亲的协助下，经过几番实验之后制造出来的无火加热灶台的改良版。虽然芽衣子听不懂对方的说明，比如"加了真空层后隔热效果比较好"之类的，但是女儿这份心意让她十分感动。以前自己抱怨过芋头煮出来老是夹生什么的，这些话福久都一一放在了心上，还积极考虑着解决的方法。

"小活，他想报名志愿参军。因为在部队上可以当厨师。这件事，福久你怎么看？"

福久是一个直面现实，直言不讳的孩子，芽衣子想听听她的意见。

"不愧是……母亲的孩子啊。"

虽然是个让人欣慰的评价，但芽衣子却开心不起来。

庆祝家宴结束之后，福久和诸冈感情和睦地离开了西门家。芽衣子收拾起了厨房，活男则饶有兴趣地打量着改良的炉子，见状，芽衣子不禁有些心动，也许自己的计策已经产生了效果。

"小活，就算不去坐什么船，也可以制作料理啊。虽然每天是有点困难，但是像今天这样偶尔和母亲一样做饭，听大家说'多谢款待'，这不也挺好的吗？"

"……虽然，我这段时间一直闹着要去参军，其实并没有想太多。然而，今天，我终于有了确定的想法。看着诸冈哥开心吃饭的样子……我想，至少为了他们，为了让大家吃上好吃的饭菜，我是可以尽一份力的。也许我这双手，就是为了这个而生的……我想像母亲那样，让那些人对我说'多谢款待'。"

活男说完之后，屋里陷入了长久的沉默。

"你长大了呢，小活，你真的长大了呢……"芽衣子的声音有些哽咽。

不知何时起，那个在厨房里围着自己打转，看见食物就两眼发光的男孩子，已经成长为坚持己见的大人了。

"加油……"芽衣子露出了隐忍的笑容。

这天夜里，芽衣子给远在东京的父亲写了一封信。

"不管怎么说，集体烹饪和家庭烹饪有很大区别吧。我没有这方面的经验，作为那孩子的竞争武器，我希望能让他掌握更多相关技能和经验。

这是我唯一能为他做的事了。"

悠太郎默默地听着，他也快忍到极限了。

"我们也只能为他做到这一步了。"无声的泪水从眼眶中溢出。

悠太郎紧紧地抱住了妻子，芽衣子伏在他的怀中，低声抽泣起来。

收到大五的回信之后，芽衣子先是把压箱底的和服拿出来卖了，然后去购买了大量的用于马饲料的土豆。大五在信中说："总而言之，首先要提高使用菜刀的水平和速度。"

"小活，今天开始特别训练！"

接下来是锻炼手劲的端锅练习。活男每天都被训练搞得精疲力尽，却没说过一句怨言。让芽衣子最为开心的是，活男拒绝了等米饭冷一些之后再捏饭团的建议。看着儿子忍着炙热的温度努力捏饭团的身姿，芽衣子仿佛看到了从前的自己。因此，她越发地怜爱这个孩子。

时间飞逝，终于迎来了活男出征的日子。前一天晚上，源太等人在共同烹饪的地方为他小小地庆祝了一番。而西门家的庆祝，则选在了全家人齐聚一堂的早上举行。

当芽衣子拿着鸡蛋走进厨房时，活男已经在那里守着了。

"……今天，就让我做吧？"

"今天还是让母亲来做吧。"

两人推让一番之后，不由相视一笑。

"这个，今天做什么才好呢？"芽衣子举起了积攒多日的鸡蛋。

第 7 章 / 我的大豆男子

"哇！要做什么！"活男露出了兴奋的目光，跟小时候一模一样。

芽衣子想起很久之前，自己带着小小的活男一起制作冰激凌的情景。那时兴高采烈地搅拌着纳豆冰激凌的活男，是多么的可爱啊……

今天的早餐是全麦饭配红薯味噌汤，还有一份用豆乳做的超大煎鸡蛋卷——这是活男提议的。看着这盘热气腾腾的煎鸡蛋卷，全家人都露出了惊喜的表情。

"这盘煎鸡蛋卷，是小活做的哦。"

"趁着还没凉，赶紧吃了吧。来来，开动了。"

悠太郎起头后，心情各异的大家齐声念道："……我开动了。"

煎鸡蛋卷的美味获得了大家连连称赞，活男害羞地摸了摸自己的光头。他看了一眼认真品尝的芽衣子，自己也舀了一勺放在嘴边。

"这个汤汁，是母亲做的。"

这样的活男，谁也没法把眼光从他身上挪开。

（是啊，这也许是最后一次了。活男像这样和全家人一起吃饭，这也许是最后一次了。告别的话语，谁也说不出口。）

当盘中剩下最后一块泡菜时，作为一家之主的悠太郎决然地将它夹了起来。

"……活男，多谢款待。"悠太郎严肃地看着儿子。

"所谓工作，就是将生活中的最佳选择集合在一起。不管在哪里，这些道理也一定是相通的。所以，请努力工作吧。"

醉心于工作的父亲的这番叮嘱，深深地烙印在了活男的心中。

"多谢款待，小活。"川久保对活男微微一笑。这是他很喜欢的温柔的姑父。

"既然去了,就好好地干吧!"希子认真地打气。这是他一直引以为荣的姑姑。

"料理,要开心地做哦。"真不愧是福久会说的话,活男扑哧一笑。

"就算被人说卑鄙也没关系,一定要往安全的地方逃!听好了,一定要逃!"哥哥与自己截然不同,一直是个品学兼优,是不让家里操心的孩子。但他从来没摆过架子,从小到大都会牵着自己的手,一同向前迈进。

"小活,不要去——!"阿静哭着扑过来,紧紧抱住了活男。这位不论多少岁都举止娇憨的奶奶,让活男和大家禁不住笑了起来。

"小活,今天的煎鸡蛋卷,非常、非常好吃!多谢款待!"芽衣子露出了灿烂的笑容。

母亲,对不起。母亲,谢谢你。母亲——活男心中有太多太多的话,此刻都堵在喉咙里,一句也说不出来。

"到了军队,一定要听到很多很多的'多谢款待'哦!然后,回来之后,我们再一起……一起……"

活男用手背擦了擦眼角的泪水,接着哽咽的芽衣子说了下去:

"……一起做冰激凌吧。"

这是两人之间的默契,活男永远是操劳在厨房中的芽衣子的唯一伙伴。

"下次用豆奶来做煎鸡蛋卷吧。你在那边一定要努力学习,我期待你的学成归来。"

最后,活男双手撑住地面,向芽衣子深深地鞠了一躬。

"……母亲，多谢款待！"

"……粗茶淡饭，不成敬意。"芽衣子终于破涕为笑，认真地点了点头。

全家依依不舍地将活男送到了家门口。

"小活！你一定要好好照顾自己！"芽衣子大声喊道。

活男留下一个天真无邪的笑容，随后转过身，迈出了坚定的步伐。

追了几步之后，芽衣子忽然停下脚步，目不转睛地注视着那个渐渐缩小的身影。这个身影，她要深深地烙印在自己的眼中。

第8章
悠太郎的鸡蛋

"那么,从专家的角度来看,空袭并没有那么可怕,是吗?"

"没错。炸弹这种武器的命中率不高。如果疏于防空准备,任由街道被烧毁的话,反而会造成更严重的后果。"

收音机里传来了一段采访。

"为了最终的胜利,官民必须携手合作,把防空准备作为重中之重。"

简而言之,就是遭遇空袭时,国民必须把灭火作为第一任务。为了尽量将劳动力留在本地,政府给平民的疏散申请设置了各种各样的限制。

家中只有成年人的西门家也不例外。芽衣子阅读着邻组传来的传阅板,上面的内容正是"防空演习通知"。

"为了防止空袭时火灾蔓延,必须设置相应的空地。为了胜利,希望得到大家的理解和支持。"

最近,悠太郎的主要工作就是处理赖在拆迁现场不愿走的人。

"我是绝对不会离开的!"

"无所谓,下次我们把你一起推倒。"

这铁面无私的做派,让悠太郎在街坊四邻中得到了"拆迁之鬼"的称呼。

虽说是为了民众的安全才这么做,但这肯定不是一份让人心情愉快的工作。接了这个工作之后,芽衣子每天都看着悠太郎早上拖着沉重的步伐离去,晚上带着一脸疲态地回到家中。

因为灯火管制,晚饭的餐桌上只有昏黄的灯光,不过,悠太郎的神情看起来比灯光更加阴暗。

为了活跃气氛,芽衣子说起了烹饪南瓜的趣事。

"南瓜真是个宝贝呢,从叶子到根都可以做成好吃的料理。真是帮了大忙了。"

"啊……"连悠太郎自己都搞不清楚,这是对妻子的回应,还是单纯的叹息。

来不及处理的搬迁资料越积越多,来不及支付的抚恤金日益增加,无论悠太郎再怎么埋头苦干,工作像看不到尽头似的。今天甚至有人跑来办公室发火。因为这个人之前为了支持拆迁同意搬走,但是搬去的地方又被指定为空地,现在搞得全家人都无处可去。

"你没事吧,悠太郎。"阿静担心地望着儿子。

"……没事,不如启司辛苦。"悠太郎看向了川久保。

闻言,川久保露出了无奈的笑容。自从担任了警戒警报的播报员之后,他就经常在广播局里过夜。希子的工作也非常繁忙,整个人都疲惫不堪。

"啊!说起来,樱子他们家通过了疏散申请呢。"

樱子那个顽固的父亲嘴上说着家里没有她的立足之地,但是毕竟血浓于水,老人家担心女儿一家的安危,最终同意了让樱子他们去别墅疏散。

"啊,这也是好事啊。"

芽衣子和阿静津津有味地谈论着,其他人的脸色依然不太好。

回到卧室之后,白天忙于工作的悠太郎拿起一叠学习资料,神情严肃地翻阅起来。因为人手不足,防火改建科又被上级强塞了防空指导的工作。

"'空袭不足为惧,在防空洞一时避难之后,必须及时展开灭火活动……'"

"好像周围都这样说呢,炸弹其实打不准什么的。"

"怎么可能打不准。"

"反正,好像也不是特别可怕的东西。"

"……那种敷衍之词,不能全盘相信!"

芽衣子大大咧咧的态度,让悠太郎忧虑起来。他问起怀孕的福久申请疏散的情况,芽衣子告诉他诸冈家正在努力找门路。

"万不得已的情况下,要不要考虑去大姐那边……啊,算了吧,抱歉。"看见芽衣子突然凝固的表情,悠太郎赶紧撤回了提议。

"不不……大姐她,好像比以前容易说话了。而且去的人是福久嘛。"话虽如此,芽衣子无论如何也想不出和枝和福久相处的样子。

第二天,芽衣子前去拜访了诸冈家。福久还是那副我行我素的模样,芽衣子和婆婆阿清刚到房里坐下,她说了一句"你们慢聊"就自己离开了。

"真是帮了大忙啊。福久不仅能帮忙处理工厂的管理和会计,连坏掉的机器都能修好呢。我家那位一直夸她是天下第一的好媳妇呢。"

"……这样啊。"算是入乡随俗吧,看起来福久和夫家相处得不错。

不过据阿清说,好不容易找到的疏散去处,福久却让给了其他的孕妇。

"她说自己身体强壮,就让给了对方。真的,实在太抱歉了,我们会继续寻找疏散去处的。"

"不好意思,还要多劳烦你们了。"

这种重要的时期,福久居然把机会让给别人,这孩子到底在想什么啊。芽衣子一边苦恼,一边把点心递给了前来觅食的孩子们。他们最近都瘦了不少,看起来比以前小了一圈。

"……福久不好好吃东西的话,奶水会有问题的。"

"啊,最近,找别人帮忙喂奶的人多了起来。"阿静叹道。

"……婆婆,我想去大姐那里走一趟。万不得已的时候,我想拜托她接收福久。都到这种时候了,也顾不上那么多了。你会帮助我吧……"

几分钟之后,芽衣子和阿静为一件和服拉扯起来。

"为什么要用我的和服!这可是最后一件了!"

"我已经一件都没有了!"

"西门家那些古董呢!挂画呢?满是灰尘的木箱呢?"

"那种东西早就没了!我拿去换味噌和大米了!拜托!为了福久!为了你的曾孙!"

"曾、曾孙……"

"没错,为了你一心期盼的曾孙!"芽衣子扔出了杀手锏。

"……那,我也去!你一个人的话,肯定被和枝糊弄得团团转。我通过了申请,如果福久过去的话,那我去那边照顾她好了。总之,你就闭嘴在一旁好好见识我的高明手段吧!"

就这样,两人给家人留下一封书信,怀抱着不安和期待朝着和枝家出发了。

在一座豪宅的屋前，前来交换物品的人们排成了长长的队伍。和枝像女王一样，趾高气昂地坐在队伍最前端的檐廊边上。她对交上来的"贡品"一一估算着价格，然后按价格换给对方相应的大米或者小麦。和枝眼光狠毒，吹毛求疵地拼命压低价格，对村人们半分情面也不讲。

"好、好久不见。"

当抱着米糠坛子的芽衣子和阿静出现在眼前时，和枝顿时僵住了，不过她很快就恢复了常态。

"请问是哪位？"她一脸嫌弃地说。

"当然是你可爱的弟妹和可敬的婆婆呀。"

不愧是千锤百炼的天敌，阿静马上就接上了话。两人无视和枝的态度，一边念着"打扰了"一边堂而皇之地闯进了屋内。里面看起来比以前又豪华了几分，客厅里堆满了看起来昂贵的和服和挂画。

"居然利用物资交换，积攒了这么多好东西。真是个贪得无厌的女人呢。"

和枝的声音从背后飘过来，把芽衣子吓得一激灵。回头一看，只见和枝怀抱着一只猫站在檐廊上，正冷冷地盯着她们。

"你还是那么容易看穿呢。"

"我、我才没有那么想。"芽衣子心虚地回道，虽然这个念头曾在脑里一闪而过。

"哎呀，这只猫好漂亮啊。很亲近人嘛，和你真合适，和枝。"阿静笑得一脸灿烂，尽说些令人牙酸的恭维话。

"大家都这么说呢,空虚寂寞的老太婆跟猫最合适了。"

"空虚寂寞什么的,太过分了。明明和枝孝顺公婆,体贴丈夫,孩子也养得那么好。你是千里挑一的好媳妇。怎么会空虚寂寞呢。"

"也有人说我这么殷勤,就是为了当一家之主呢。"

阿静咬紧了嘴唇,和枝果然不好对付。

"大姐!其实,是因为福久怀孕了。啊,就是悠太郎的女儿,是你的侄女。"

"哦,有这么一个人吗?"

"这么早就老年痴呆了啊。"阿静放弃了作战计划,开始对和枝冷嘲热讽。

芽衣子十分无奈,只得赶紧将此行目的说出来。

"所以,能不能请大姐准许她来这里避难呢?当然,我们不会让您破费的,我们会支付相应的谢礼。这是一点见面礼,不成敬意。"

和枝瞟了一眼芽衣子从包袱里取出的和服,露出嫌弃的神情。

"这么破旧,我才不要。"

"这种可爱的花色,和有些人一点都不搭呢。"阿静马上反唇相讥。

"婆婆!"芽衣子瞪了阿静一眼,为了缓和紧张的气氛,她对和枝挤出了和善的笑容。

"……我可以答应。"

"真的吗?!"对方竟然会答应,芽衣子不由喜出望外。

"她也是西门家的孩子嘛,于情于理我也应该照顾一下。不过,我有一个条件。"

"是什么？请尽管说！"

"我要接管西门家。"

闻言，芽衣子和阿静瞪圆了双眼。

"——这、这怎么行，这种事是不可能的！"

"那我们不是连住的地方都没有了！"

"我可以租给你们啊。当然，我也不会勉强你们的。"

说完，和枝露出了得意扬扬的笑容。大姐这次的刁难，实在是顽劣至极。

最后，无计可施的芽衣子只得找上了樱子，希望她能够收留福久。

"我会让父亲通融一下的。"

"对不起，真的很不好意思。我们也会继续找的，诸冈家也在一直找，万不得已的时候，就只能拜托你了！真是的，我原本不想麻烦你的。"

"……太见外了。那个时候，如果不是芽衣子伸出了援手，就不会有现在的我了。如今，轮到我回报你了。"

"……谢谢你，樱子！"芽衣子眼眶一红，好友的仗义令她十分动容。

"芽衣子，你不来吗？"

"我的申请应该不好通过。悠太郎也好，希子和川久保也好，他们都是空袭来了之后必须留在大阪的人。而且，我得继续给孩子们做零食呢。"

"'多谢款待太太'真是辛苦啊。听说最近因为饿肚子，跑去偷盗的孩子也不少呢。"

"……好沉重的话题啊。"

第 8 章 / 悠太郎的鸡蛋

与此同时，悠太郎也遇上了让他意志消沉的事情。

拆迁现场出现了人员死亡的事故。工地因为人手不足，叫了一些义务劳动的学生来帮忙。一名少年偷偷潜入建筑物的厨房寻找食物，施工人员在没有确认的情况下就开始了爆破，导致了这一出惨剧的发生。

悠太郎带着中西和现场的监工，亲自去死者家赔罪。

死者家的佛龛上，摆放着一张看似男主人的照片。一位消瘦的女性默默地坐在一旁，怀里还有一个嗷嗷待哺的婴儿。

"……那个孩子，是不会去偷东西的……他是个非常温柔的孩子，是因为我说没有奶水了，他才会……真是太可悲了。为什么，为什么会是这么可悲的死法。那个孩子……到底是为了什么才生在这个世上的！"

女人号啕大哭起来，声音充满了愤怒和悲痛。一直默默凝视对方的悠太郎咬紧了嘴唇。活男也说过同样的话。这些孩子，到底是为了什么才出生在这个世上的呢？

"……实在是，万分抱歉。"带着胸口的刺痛，悠太郎深深地垂下了头。

晚上，当芽衣子带着在空地种植的野菜回来之后，活男的书信也被送到了家中。

"训练顺利结束了。我很幸运地被分配到了实战部队，成为了一心向往的会计兵。大家都夸我的烹饪水平很高。我会继续努力的。请你们也要务必保重身体。海军二等兵，西门活男。"

"太好了，总之，去了想去的地方。"阿静感慨道。

"……去这一趟，也算值得了。"希子连忙附和。

"是呢。"芽衣子一边说服自己，一边把书信翻来覆去看了好多遍。

在众人的热情讨论中，只有悠太郎的反应有些奇怪。

"悠太郎，最近的工作在做些什么呢？"

回到卧室之后，芽衣子旁敲侧击地问了一句。察觉到妻子的心意，悠太郎自嘲地笑了笑："……没事，你不用顾虑我。"

"告诉我吧。虽然说了也没什么用，是发生什么事了吗？"

"……我已经搞不清楚我在干什么了……结果到最后，我什么都守护不了，不管是孩子们的梦想，还是他们的未来。"

其实，他刚才把正藏的信又看了一遍。

——请你一定要成为给孩子们带来耀眼未来和富饶生活的人。

这句话，现在就仿若父亲的遗言一般，深深地刺痛了悠太郎的心。

"……但是，你不是好好地守护着这个街道吗？不管是我还是孩子们，都是靠着你的工作才有饭吃啊。"

"谢谢。"悠太郎的笑容有些勉强，芽衣子心里明白，他一定是遇上了很糟糕的事情，所以她决定做些好吃的让丈夫打起精神。

第二天，芽衣子为悠太郎端上了配上梅干的汤汁茶泡饭。为了这道菜，她甚至动用了作为紧急储备粮的炒米，以后的事以后再说，还是安抚眼前的人更加重要。

"……这个，是怎么做出来的？"悠太郎问道。

"先把炒米蒸熟，然后用海带和茶叶熬出高汤。虽说现在东西不多，要捣鼓也是能捣鼓出来的。"

"……巧妇难为无米之炊呢。"

"……有时候，巧妇也能做无米之炊哦。"

芽衣子的这句话，让悠太郎的心情莫名地好转了。

"果然，大米才是最棒的呢。好香啊。"

悠太郎开心地吃起了久违的大米料理，看着这样的丈夫，芽衣子也稍稍放下心来。

之后，悠太郎便开始着手编写拆迁注意事项。虽然不能从根本上解决问题，但是将事前检查作为必要工序写进去之后，应该能减少一些事故发生的概率。

悠太郎正在给中西交代任务时，上司恩田忽然走进办公室，给他们带来一个坏消息——由于涉及政府议员亲戚的房子，所以原定的拆迁区域要进行调整。

"……现在已经人手不足到连学生都要动用了。昨晚的事故，我不是才向您汇报了吗！"

"你凶我也没用，我手上又没有决定权。我们说什么都是徒劳无功，只能老老实实照着上面的指示办事，你明白不明白？"

就在这时，一个职员急匆匆地跑进来，大声喊道："东京被袭击了！"

"空袭开始了！武藏野的飞机工场被炸了！"

一时间，悠太郎的眼前浮现出当年和母亲遗体见面的场景——面目全非的残渣中伸出了一只焦黑的手臂，那就是母亲最后的模样——这个画面，一直深深地烙印在悠太郎的眼中。

"……这，就是母亲吗？"年少的悠太郎没有流泪，只是不停地喊着，"这是母亲吗？"

幼小的希子在一旁"哇"的一声大哭起来，那撕心裂肺的声音，至今还环绕在悠太郎的耳边。

空袭的消息，让所有人都受到了不小的打击。这天晚上，西门家的餐桌上特别安静，谁也不愿开口说话。就在芽衣子想着怎么打破沉默时，阿静突然开了口：

"你东京的父母那边怎么样了？"

"啊，他们没有申请疏散。以父亲那种性格，想必也是不会去的。"

"也是呢，空袭也不像说的那么恐怖吧。"

"对啊，只要做好防空准备的话……"

两人正说着，悠太郎冷不丁地冒出一句：

"火灾，可比你们想的惨多了。"

"嗯……"希子也一脸阴郁。

对了——这对兄妹，当年一定经历了芽衣子难以想象的恐怖遭遇。

这天夜里，悠太郎做了一个噩梦。每晚哄自己睡觉的母亲，忽然变成了烧焦的尸体，就这样摆放在自己的面前。

"……母亲？"

自己的手突然被人握住了，定睛一看，尸体的容貌竟然从母亲变化成了芽衣子。

"芽衣子！芽衣子！"

在她的身边，还躺着福久和阿静的尸体。

"福久！母亲！"

忽然感受到他人的气息，悠太郎不由抬起头来。只见正藏在正前方坐着，正用哀怜的目光注视着自己。

"你不是说过，要把我破坏的事物给补偿回来吗？"

就在这时，悠太郎陡然从梦中醒了过来。

"悠太郎，不要紧吧？"

芽衣子一脸担忧地打量着悠太郎，对方却突然握住了她的手。

"……抱歉。我只是有些难受。"

从那天开始，悠太郎就经常陷入沉思。

为了指导市民开展防空活动，自己必须先掌握正确的知识。悠太郎拜托在司令部有关系的藤井搞来了很多详尽的资料。他争分夺秒地学习着这些相关知识，想早日实现"保护人命"这一毕生唯一的目标。

不久之后，美味介为樱子家开了一个小小的欢送会。

"哇！炒米！帮了大忙了！连浴衣也给我吗？！太好了！哇，谢谢！"

临走前，樱子整理了很多物品送给芽衣子，让后者大喜过望。

悠太郎一边注视着她们，一边默默地喝着小酒。

"发生什么事了？你喝得可真快。"注意到悠太郎的异样，源太靠了过来。

"……以前，父亲给我写了一封信。叫我成为给孩子们带来光辉未来和富饶生活的人。我一直认为只要我脚踏实地去干，总有一天能达成这个目标……但是，当我真正去做的时候，才发现实在是太难了。"

"你说的话好难懂。"

"……我们的青春时代，比我们的孩子自由多了。那时的我们，绝对不会想到后代会经历这样的青春。然而,让他们变成这种状况的却正是我们这些大人。"

回去的道路上,察觉到悠太郎心情不佳,芽衣子若无其事地问:"你和小源聊了些什么?"

"聊了什么呢——"

"……真讨厌。"

"你不是每天都这么干吗?"

"所以我才说你讨厌。"

悠太郎微微一笑:"这样的对话,我们说过多少次了呢?"

看着丈夫的样子,芽衣子心中涌出几分不安。不知为何,她觉得悠太郎离自己好远,有些不真切的感觉。这也许就是称为预感的东西吧。

几天之后,悠太郎就被当局逮捕了。

"市政府举办了一次防火演习,西门科长是活动的主要负责人。"

前来通报的中西说起了事情的经过,处于震惊中的芽衣子一句都听不进去。

"就是那种,往屋檐上浇水的活动吗?"阿静代替芽衣子向对方问道。

"科长向上面提议,使用预订拆迁的建筑进行真正的火灾演习。"

平时只做往屋檐上浇水的训练,一旦遇到真正的火灾,很多人都反应不过来,更有可能会临场胆怯。悠太郎提议将拆迁区域的建筑留下来,真正点燃物品,让民众进行实地演习。

"上面很中意这个提议,军方和相关机构也给予一致好评。所以,今天邻组的组长、消防队、町内会长、妇女会、军队和警察，还有很多有志之士都来参加了防空演习。"

一开始演习还是按部就班地进行。但是，当到了浇水这一步时，悠太郎却突然向点燃的物品浇上了汽油，这一举动让现场所有人都大惊失色。

"科长一边淋汽油一边大喊：'空袭才没有这么简单！空投的炸弹，就像从天上浇下来的火油一样！不能去灭火！想活命的话，逃得越远越好！'虽然后来平安无事地扑灭了火灾，但是科长说的话跟防空部的指示完全相反，所以他被逮捕了……"

悠太郎被带走的时候，还朝着愕然的群众大声吼道："建筑物是让人们免受风雨之灾才建造的！街道是为了保护人们才建造的！人不是为了保护街道而存在的！为了保护街道而搭上人的性命，这是没有道理的！"

"这是前所未有的反动行为，所以牢狱之灾肯定是少不了的。"中西刚说完，芽衣子突然站了起来，朝着大门跑了过去。阿静在玄关急急忙忙将她拦了下来。

"悠太郎他并没有做错什么！他只是把正确的事告诉了大家！他只是想守护大家的生命啊！"

"被人听到了怎么办！"

但是，正在气头上的芽衣子，根本无暇顾及周围的情况。

"他才没做过什么要被逮捕的事情！"

看见胜治从外面跑了进来，芽衣子这才住了嘴。

"我觉得芽衣子小姐说得没错。我就在现场，看到真正的火灾之后，我觉得西门先生说的是正确的！但是，请务必少安毋躁。不然的话，就连你也会被抓的,到时候那这个家要怎么办!"

听完胜治的劝说,芽衣子靠着门边颓然地跪坐下去。

她流下了痛苦的眼泪:"因为母亲在火灾中去世,所以把建造安全的街道作为毕生目标,他只是为了这个目标活着……如今为了民众的安全,他又开始冷酷无情地拆除街道……为了守护人的生命,他哪怕是粉身碎骨也在所不辞啊!"

阿静默默地抱住了悲痛不已的芽衣子。

"……这到底有什么错!"芽衣子的眼泪怎么也停不下来。

从坊间传言得知此事后,源太迅速地行动了起来。他先是跑去广播电台找到希子和川久保,告知他们并没有被牵连,但作为亲戚最好不要出面,然后又跑去泰介和福久的住处通报了消息。

入夜之后,奔走一天的源太来到西门家,见芽衣子正在翻看悠太郎的校友名册和各类书信,说是要写信给能帮忙通融之人。

"还有没有什么路子,能尽早打通上面的关系,如果处分下来就什么都完了。"

"我要是知道,早就去拜托人家了。"

源太打量起房间中的书架,上面摆满了专业性书籍和相关资料,仔细一看,其中一本印着"藤井公务店藏书"的红章。

"那家伙,居然还有这种东西啊。"

闻言,芽衣子忽然灵光一闪,对了,藤井有一个发小在司令部!

芽衣子急忙冲到玄关,与推门进来的藤井撞了个满怀。

因为家人都疏散到外地去了,独自一人生活的藤井便三天两头跑来

第 8 章 / 悠太郎的鸡蛋

西门家串门。

"……藤井先生！"对于这个人的出现，芽衣子头一次感到这么开心。

"那可不行。你来说情也不行。"

见发小里见露出了十分为难的表情，藤井摆出了悠太郎建设的学校的照片。

"这里，你的孙子在这里上学吧。在震后那种情况下，还能建出这样的建筑的人就是他啊。还有这些地铁，也全是经他的手建成的。我说小山啊，这种难得的人才，就这么被关在牢里，不觉得太可惜了吗？只要提出要求，他就能建出十分坚固的建筑。这次你卖点人情，就可以将他收入麾下了。"

"但是，这种跟军队作对的行为……"

"那家伙并没有什么政治思想。他只是认为建筑物是为了保护人命而存在的，他就是这么一根筋的人。如果保下他，让他为你们办事，一定能建出更加具备安全性的建筑。顺便一说，这盒美味的烘糕是他的妻子做的。"

考虑到发小的喜好，藤井提议让芽衣子制作甜点作为见面礼。果不其然，里见对见面礼的烘糕赞口不绝，三口两口就一扫而光。

"让她进来打个招呼吧？"藤井不由分说地推开了拉门，正坐着的芽衣子深深低着头，已在门后等候多时了。

"只要您开口，不管是几百个还是几千个烘糕，我都会做的！就算给贵府做女佣也没关系。所以，请您务必……"芽衣子双手伏地，将额头

201

紧紧贴在地面上,"请您务必宽大处理!"

里见上上下下地打量她,问道:"……你会做甜甜圈吗?"

第二天一早,芽衣子一脸憔悴地回到了家中。其他人在玄关迎接了她,每个人都挂着黑眼圈,一看就是一夜没睡。芽衣子一靠上调理台,整个人就瘫了下来,她有气无力地说起了昨晚的事。

"——啊呀,你就这样做了一晚上的甜点?"阿静惊叹道。

"那位大人是个非常非常喜爱甜食的人!他要把我回忆中长辈做过的甜点全部做出来。"

如今在平民百姓家难得一见的砂糖,在他家居然还存了好大一堆。

"实在咽不下这口气,我就拿走了一点点。"

芽衣子从袖子里掏出了几袋砂糖,说是一点点,其实分量可不少。

"——我已经尽力了。"芽衣子把头埋在调理台上,合上了困到不行的眼皮。

几天之后,芽衣子把偷拿的砂糖做成棒棒糖,分给了讨食的孩子们。

"不要说出去哦,绝对不要说出去,不然下次就没有了!"

芽衣子正对孩子们耳提面命,一个声音从背后传了过来:"能分给我们吗?"

她回头一看,看见悠太郎和藤井正肩并肩地站在门口。

不知道在里面吃了多少苦头,悠太郎看起来憔悴了很多。

"真的,很抱歉……"

话音未落,悠太郎的脸上就狠狠挨了一拳,他踉跄几下坐在了地上。

第 8 章 / 悠太郎的鸡蛋

"你知道大家有多担心你吗？！作为一个成年人，哪怕稍微考虑一下后果，都不可能做出这种事！你心里还有我们这些把你当作支柱的家人吗？！"

芽衣子激动地吼着，泪水从眼眶中涌了出来。

坐在地上的悠太郎默默地听着，他张了张嘴："抱歉……"下一个瞬间，他忽然被对方紧紧地抱住了。

"但是，很伟大！"芽衣子的眼泪打湿了悠太郎的肩头，"我觉得你做的事情很伟大！"

悠太郎将感激之情化作行动，搂紧了怀中的妻子。

这天晚上，芽衣子用藤井带来的小麦粉和野菜做成了水饺，在家里举办了小小的庆祝宴。

大家这才知道，悠太郎虽然被无罪释放，但是也被市政府给解雇了。

"所以，我……"

看着妻子忐忑不安的神情，悠太郎忽然顿住了。想到活男提出参军时对方痛苦的反应，悠太郎把原来的话吞进了肚里。

"……这段时间，我得蹲在家里找工作了。"

"就这个事情啊……"芽衣子松了一口气。

第二天，悠太郎早早就出了门，说是去京都找工作，顺便探望一下泰介。因为一心扑在工作上，孩子们的事全扔给了芽衣子，悠太郎还是第一次来到泰介的宿舍。

"怎么样，能考上理科生吗？"

"说实话,我经常会觉得不甘心,为什么我没有姐姐那样的才能呢。"

"……不过,我觉得你拥有更加可贵的才能。你善于读懂人心,很会照顾人,能很好地调动别人的积极性。没想到我这种父亲,竟然能生出你这样优秀的孩子。"

"……是啊,父亲可是把事情搞砸了。"为了掩饰害羞,泰介故意打趣道。

"对不起,给你们添麻烦了。"

"我觉得很帅气哦。虽然觉得稍微委婉点儿可能会更好,不过,我觉得您给我上了很好的一堂课。作为您的儿子,我觉得非常自豪。"

"……谢谢。"儿子的夸奖让悠太郎有些受宠若惊,他腼腆地道了谢。

第二天,悠太郎来到了福久的住处。

"父亲,我觉得那个实验有点问题。燃烧弹会更加……"

悠太郎打断了像机关枪一般喋喋不休的福久,他伸手摸了摸女儿鼓起的腹部。就像是有所感知一样,腹中的孩子微微动了一下。一个崭新的生命,就在这里孕育着。

"……爷爷说过,你可以看见常人看不见的事物。你就用这双眼睛,去发掘新生命的闪光点吧。"

这天夜里,悠太郎一边吃着晚饭,一边问芽衣子有没有想吃的食物。

"仔细想想,能这么悠闲地过日子,也只有现在了。"

"我想吃伊佐屋的甲鱼汤。乌子鱼和菜叶一起熬的汤,实在是太鲜美了。"

芽衣子情不自禁地露出了向往的神情,但是这家店已经停业了。

"啊，那就角万的鱼火锅吧，玉树的咸脆萝卜也是一绝呢……啊，还有胁坂的炖牛肉！"

"你这人啊，攒了不少想吃的呢。"阿静苦笑道。

"不知不觉就攒这么多了，手头比较紧，照顾孩子也挺忙的，好多地方都没时间去呢。"

"去打听一下哪些地方还开门吧。吃完晚饭就去，怎么样？"

悠太郎意想不到的提议让芽衣子欣喜万分。晚饭后，她翻出了积攒已久的美食传单，和悠太郎一同登上了二楼，商量之后的行程。

"大哥，好像有点奇怪。"希子注意到悠太郎一反常态的言行，"按着大哥以往的性子，肯定是心急如焚地忙着找新工作才对。"

"你说得有理……"阿静也疑惑起来。

"……作为军队的配属文官，被派去了中国。"

因为心中一直忐忑不安，希子第二天一早便去美味介找藤井打听了情况。当得知真相之后，她惊得半天说不出话来。

"我的熟人已经尽力帮忙周旋了，但是西门是在大庭广众之下犯的事，上面说，如果没有惩罚的话就不能起到警示的作用了。所以，最后就变成这个样子了。"

"为什么，大哥不告诉我们呢……"

"他说最后这几天想看到大家的笑容，这样，他才能放心上路。"

藤井感慨道："这很像悠太郎会说的话，不过后天就是出发日了。"

回到广播局之后，希子把事情告诉了川久保。两人正说着，悠太郎和芽衣子忽然来到了播音室。

"我们逛了一圈,哪家料理店都没开门,就决定来听你唱歌了。"

"我记得今天你有唱歌的节目吧?"

看着夫妇俩一脸期待的笑容,希子决定把真相埋在心底。她把两人安排在可以听到声音的副调控室,这是她唯一能为两人做的事了。

悠太郎和芽衣子心情愉悦地听着希子清亮的歌声,有时他们会相互对视,然后会心一笑。只要看到芽衣子的笑容,悠太郎就会感到幸福,而悠太郎的笑容,也会让芽衣子心中充满暖意。

看着这样的两人,希子只能拼命忍着眼中的泪水,而一旁的川久保,也在心中暗暗叹息。

节目结束之后,希子夫妇把两人送到了大堂。

"……希子的歌声真好。听了会让人觉得很幸福。"悠太郎摆出了兄长的态度,"虽然现在想随时传达正确的情报有些困难,但是,希子你拥有随时让人感受到希望的武器。"

川久保拍了拍泫然欲泣的希子:"下面还有节目。"不动声色地把她推进了楼里。

看着两人离去的背影,悠太郎用和往常一样的声调喊道:

"启司、希子,拜托你们了。"

"……好的。"听懂了对方的话外之音,川久保慎重地点了点头。

回家的路上,悠太郎把写给远方战船上的活男的信放进了邮筒。

"孩子他爸,今后的工作有头绪了吗?"

"……还在找。"悠太郎敷衍了一句,心中暗自道歉。

第 8 章 / 悠太郎的鸡蛋

"不用那么赶吧?你这么多年都辛苦过来了,现在稍稍休息一下也没关系吧。"一无所知的芽衣子认真地安抚丈夫。

悠太郎忽然握住了她的手,芽衣子顿时脸一红:"都这把年纪了……"

为了家人勤勤恳恳地烹饪三餐,辛苦拉扯三个孩子长大成人,如今还每日辛苦地下田耕作,这就是,跟在自己身边二十年有余的妻子的手。

"都这把年纪了,也没什么害羞的了吧。"

两人手牵着手漫步在街道上,火红的夕阳投射下来,在他们身后拉出了长长的影子。

第二天早上,芽衣子一脸兴奋地跑进了客厅。

"怎么办?!这个鸡蛋,要怎么办?!今天,我们做什么来吃!"

很久没有下蛋的母鸡,今天居然奇迹般地产下了一枚暖烘烘的鸡蛋。

阿静和希子夫妇面面相觑,很有默契地找出了各种不在家里吃饭的理由。

——大家都知道了呢。悠太郎苦笑着,十分感激地向三人点了点头。

这是最后一天待在家里了,悠太郎很想为芽衣子做点特别的事情,但是对方却急匆匆地做起了卫生。

"扫完之后,我们去哪里逛逛呢?"

"今天有好多事要做,抱歉呢。"

"……这样啊。"

空出时间的悠太郎,去之前的防空洞进行了一番检修,排除了一些后顾之忧。回到家之后,芽衣子扛着锄头正准备出门,说是要去美味介帮忙，之后还要去田里耕地。悠太郎有话想跟源太说，便跟着芽衣子一起出了门。

源太来了之后，悠太郎就之前的事向他道了谢，然后将去中国的事说了出来。

"我知道你也不容易，不过今后，她的事情还请多多关照了。"

悠太郎突如其来的告白让源太一时语塞，为了掩饰内心的动摇，他恶狠狠地说："……就算你不拜托，我也一直在照顾那家伙！听好了，你要怎样都跟我没有关系。要怎么对待那个家伙，我早就做好了决定！虽然她是你的妻子，但是对我来说……她是我永远的伙伴！"

芽衣子对源太的意义，就像亚贵子对悠太郎一样。悠太郎十分清楚，不管发生了什么事，源太都会好好保护芽衣子。

"我也承蒙了你不少照顾。算了，你赶紧出发吧，然后赶紧回来！"

"……好的。"悠太郎含泪应道，能够把芽衣子托付给信赖之人，是何等欣慰的事情。

做完农事之后，悠太郎提着南瓜回到了家中。芽衣子正对着鸡蛋左思右想，过了一会儿，她忽然眼睛一亮，然后开开心心地做起了料理。

"……怎么了？"察觉到悠太郎的视线，芽衣子转过了头。

"嗯？你好像很高兴。"

"就是很高兴啊。"

注视着一脸开心做着料理的妻子，悠太郎的心中充满了幸福感。

今夜的晚餐，是只属于夫妻两人的。芽衣子将做好的料理端了上来。

"这难道是——"

"没错！就是苏格兰煎饼！话是这么说，肉馅是大豆做的，小麦粉是玉米面代替的。虽然食材有些不一样，但是味道应该不错。"

芽衣子小心翼翼地将煎饼切开，分到了两人的餐盘里。看着金黄酥软的煎饼，悠太郎不由想起了当年狼吞虎咽吃着同样的食物的女学生芽衣子。

"……你啊，整天就想着吃东西。"

"我还被某个家伙说毫无魅力呢。"芽衣子挑了挑眉。

"你还记着啊。"

"怎么可能忘记。那句话可是改变了我的人生啊。"

"……我的人生是被纳豆改变的。"

"我啊，和悠太郎相处之后，产生了想要拥有自己的梦想的念头。结果到头来，悠太郎的梦想就变成了我的梦想。"

"这种生活方式，你觉得开心吗？"

"我可是个厚脸皮的女人，吃了我亲手制作的料理，大家不是实现了自己的梦想吗？这份成功里哪怕只有我百万分之一的功劳，我都能自己偷着乐好半天呢。"

"哦——"悠太郎有些感慨，妻子的想法还是这么单纯又有趣。

"悠太郎从事这份工作，可是让我鼻子都翘到天上去了。你想想，虽然我没有直接参与，但是大阪街道的建成，可是有我百万分之一的功劳呢！"

谈到这个话题，芽衣子又问起了悠太郎今后的工作打算。

"……酒店、大厦、集中住宅楼等等，总之我想建一些向上延伸的建筑。向上延伸的话,可以更加有效地利用土地,也可以留出更多的空地。"

"……福久、泰介和小活,还有希子他们,大家住在同一栋住宅楼里就好了。因为住得不远,可以今天去你家吃饭,明天到我家吃饭。我和婆婆因为太忙了,就带着孙子搭乘地铁去大酒店,请大家吃美味的高级料理。到时候,我就跟孙子夸耀:'这些,全都是你爷爷造的哦!'"

芽衣子描述的美好未来,对现在的悠太郎来说就是镜花水月一般的存在。这就是正藏在信中所描述的"闪耀的未来和富饶的生活"吗——他忍住眼泪,勉强对妻子露出一个笑容。

"不错,听起来会是很开心的生活呢。啊啊,不行,上年纪了,肌肉也松弛了。"

"父亲以前也这么说过呢。"

"……哎,是吗?"就连笑起来的眼角皱纹,也跟正藏一模一样呢。

悠太郎把最后一勺苏格兰煎饼放进嘴里,细细地咀嚼。他认真地回味这个味道,想永远地烙印在自己的记忆中。

第二天早上,芽衣子像往日一般,把便当盒交给了悠太郎。

"给你。"

"今天是什么呢?"

"你猜。"

悠太郎注视着妻子的脸,一时间感慨万千:"……多谢款待。昨晚,我好像忘记说了。"

"这样的吗?"芽衣子歪着头,傻傻地笑了笑。

第 8 章 / 悠太郎的鸡蛋

你只要一直保持这样就好了，悠太郎默默地想着。

"好了，我走了。"

"慢走——！"

送别了悠太郎，芽衣子回到了客厅，开始考虑今天的菜谱。

"婆婆，今天——"

"你还是赶紧去追他吧！"原本僵硬地坐在房中的阿静，忽然一脸悲痛地朝她喊道，"悠太郎他、他作为配属文官被指派去中国了。"

芽衣子的脑子嗡嗡作响，虽然还不能完全理解状况，但是身体已经先一步跑出了屋子。

"给芽衣子：这么重要的事情却一直瞒着你，真的非常抱歉。无论如何，我都想看着你的笑颜踏上征程。作为一个任性到最后的丈夫，我很对不住你。"

厨房的料理台上，放着悠太郎留下的一封信，这是他在芽衣子睡着之后写下的。

"改变人生的纳豆、处理食材的鲷鱼煎饼、希子高歌的炒冰、向大姐学习的沙丁鱼、让人鼓起勇气的年菜、魔性的牛筋咖喱、杉玉丸子、柿叶寿司、超级厚实的烤肉、薄薄的肉排、涮牛肉火锅、鱼肉火锅、船场高汤、大豆肉饼、热腾腾的米饭做成的饭团。每一种料理，都宛如昨日之事，历历在目。"

停下笔，悠太郎爱怜地注视着妻子的睡脸，可以的话，他想永远这样看下去。

"和你一起生活之后,我开始认真对待人生的每一天。不知不觉之中,我变成了一个非常幸福的丈夫。"

和芽衣子相遇之前,悠太郎做梦都没想过,自己能过上这样美满的生活。成为这样幸福的男人——

"悠太郎!"

回头一看,芽衣子就站在自己身后,整个画面都宛如梦境一般。

"……我啊,我有一样很想吃的东西。"芽衣子喘着气,慢慢说道。

"那就是悠太郎亲手制作的料理!"

"——!"

这句话的背后,包含着芽衣子期盼他平安归来的祝福。

"我刚才忘记说了,所以……你一路走好!"说完,芽衣子微微一笑。

"我会尽早回来的!"悠太郎也扬起了嘴角。

"我会一直等你的!"

芽衣子深深地注视着悠太郎的背影,眼泪从脸颊缓缓流下。直到对方的身影消失在远方,她依然一动不动地伫立在原地。

这是年末的某一天,所发生的事情。

第9章
战争的味道

悠太郎出发之后，阿静和福久的疏散处也定好了，前者去樱子的住处，后者去诸冈的亲戚家。这天晚上，芽衣子邀请诸冈家的人过来，为两人召开一个送别会。为此，她还杀了家中唯一的母鸡来熬汤。

"生了这么多鸡蛋，谢谢啦。"

正藏在世的时候，西门家的餐桌上最多有过八人，如今家人纷纷离开，餐桌上只剩下了四人。矮饭桌只用摆一个就够了，悠太郎和活男的份也会放在上面。

"福久还有一个月就要生了，为什么不等生了之后再走啊……"

阿静十分想看到曾孙的脸，无时无刻不在叨念此事，芽衣子的耳朵都听出了老茧。

"东京、名古屋都被空袭了，大家都说大阪也危险了。"

因为实施了儿童疏散，最近也没有孩子上门讨要零食了。身边的人一个个减少，一直辛苦准备食物的芽衣子也轻松了不少。然而取而代之的是，让人担心的事情增加了：悠太郎的平安、活男的平安、卯野家的平安……

芽衣子双手合十，在佛龛前默默地为家人祈祷，就在这时，阿静走了进来。

"……小泰，会不会很消沉啊，结果还是没有考上理科。"

在京都大学读书的泰介预定今天回家，不过，芽衣子不认为他是个轻易消沉的孩子。

她合上双掌,准备继续祈祷,阿静急忙插嘴:"还要祈祷泰介不会被征兵哦!"

与此同时,泰介已经回到了大阪,他特意绕道去了美味介,想找源太谈谈心。

"我也必须下定决心了。"

参军一事,只能找有参军经验的源太商量。

"……你啊,今天有空吗?我带你去看漂亮姐姐。"

"……咦!"

"什么啊,没兴趣吗?"

"不、不是的!是……是因为今晚有奶奶和姐姐的送别会。"

听见泰介装傻充愣的话,一旁的马介忍不住笑出了声。

鸡汤熬得差不多了,诸冈家的人却左等右等也不来。川久保要在广播局过夜,说好了八点回家的希子也没回来,泰介也不见人影。就在这时,诸冈的妹妹菊子慌慌张张跑了进来。她告知芽衣子等人,住在诸冈家的福久就快生了。

"难道是为了见我这个奶奶一面吗?"听到消息,阿静笑得合不拢嘴,"哎呀……真是个懂事的孩子,我得去看看!"

芽衣子正想着鸡汤怎么处理,阿静扔下一句"不要管了",忙不迭地跟着菊子跑了出去。

"但是,得给福久补充点营养啊,鸡蛋还没煮好呢!"

第 9 章 / 战争的味道

与此同时,希子因为临时增加的工作被留在了局里,拿到广播稿之后,她放声朗读了起来:

"帝都东京和名古屋遭受了令人憎恶的敌军空袭,接下来,敌军很有可能会攻击大阪,说不定就在今夜。所以,大阪市民们万万不可慌张,绝对不能松懈对防火防空的准备检查……"

读完稿子之后,希子一脸困惑地向川久保问道:"'说不定就在今夜'这句话,以前有过吗?"

"是这次才加进去的。"

"大阪已经处于随时会被空袭的状况了啊……"

又过了一阵子,泰介终于回来了。在帮芽衣子收拾食物时,他注意到对方怀中塞着一个方形物件。

"这是什么?"他指了指那个东西。

"这是你父亲留下来的信。"芽衣子若无其事地回答。

"还随身携带呢。"泰介促狭地笑了笑。

"这有什么嘛!难道你没有吗?心心相印的对象。"

得知"心心相印"是相亲相爱的意思之后,泰介不由叹了一口气:"我要是有就好了……"

"怎么,你小子有点可疑哦。"芽衣子不甘示弱地反击。

当芽衣子和泰介来到诸冈家时,福久还在二楼努力生产。产婆在一旁小心翼翼地照顾,本人正面目狰狞地背诵着圆周率。

"生下来会叫你的,先出去!"

被女儿吼过之后,芽衣子乖乖地来到了隔壁房间。泰介也按下心中的担心,和诸冈一家人吃起了鸡肉火锅。对方打趣道因为芽衣子经常送营养品来,把腹中的胎儿养得太好,所以提前一个月就出生了。说起来,福久也是提前一个月出生的,还在除夕夜的那一天。

"当时,卯野家的父母也过来了。"阿静一脸怀念。

"那时真的好热闹。"

"大家很快就回来了。而且,家里还新添了人丁呢。"

就在这时,屋外骤然响起刺耳的警报声。

"是空袭警报!"诸冈的父亲阿勤大喊一声,所有人都惊慌失措地站了起来。芽衣子和阿清急忙跑到二楼看望福久的情况,产婆说还有三十分钟左右就要生了。两位母亲让其他人先去避难,自己则留下来照看福久和孩子。

在连绵不绝的警报声中,烧开水的芽衣子哼起小曲为自己打气,"还没来哟,还没来哟。"泰介把阿静拜托给阿勤之后,又回到茶室做起了避难准备。

孩子体形有点大,到现在都没生下来,而福久已经累得满头大汗。

"大家都等着你呢,赶紧出来吧。"

把热水端进屋之后,芽衣子对着福久的腹部认真说道。与此同时,本应该去避难的阿静又折回到了诸冈家。

"你们快去避难吧。我都一把年纪了,让我来吧。"阿静一边说,一边挽起了袖子。

"你们要是出了什么事,福久会很难过的。"

就在芽衣子和阿清相互推让的时候，楼上传来产婆的欢呼声："生下来了！"不久之后，屋里响起了一阵清脆的婴儿啼哭声。

一楼的泰介听到这个声音之后，不由得感慨道："……生了哦，诸冈学长。"

产婆将婴儿放进热水里洗干净，然后将他递给了刚刚成为母亲的福久。

"弘士，是男孩子哦。"福久疲惫的脸上浮现出温柔的笑容。

芽衣子和阿清热泪盈眶地看着这对母子，如果诸冈也能看到这一幕就好了。在大家沉浸在感动中时，产婆做出了下一个指示："不好意思，请赶紧给孩子喂奶吧！"

福久刚刚抱起孩子，屋外却传来了震耳欲聋的爆破声。

泰介立刻推门而入，对众人喊道："奶奶和阿姨拿保护姐姐和孩子的棉被，母亲来我这边帮忙！"

好不容易出了门，街道已经被轰炸过一番了，在一片混乱之中，众人跟跟跄跄地涌向防空洞的方向。

泰介拉着木板车缓步向前行走，福久和婴儿裹着棉被平躺在上面。芽衣子在后面帮忙推车，阿静和产婆背着行李紧紧地跟在他们后面。不一会儿，跑去前方打听情况的阿清折了回来。

"前面也是火海，已经没法继续前进了。"

燃烧弹的威力十分惊人，强烈的火势把周围的一切物品都吞噬了进去。就在这时，上方的屋檐滚落下几块碎裂的瓦片，情急之下芽衣子猛地扑在福久身上，紧紧地护着他们。她的肩头被瓦片砸了几下，幸好没有什么大碍。眼下这种情况，看来他们是到不了避难所了。

"有没有什么安全的地方呢？"就在泰介四下张望时，一栋火势严重的大楼轰然倒下。房屋的碎片和火星四处飞溅，连福久搭乘的木板车也受到了波及，剧烈的震动让她从车上滚了下来。

"福久！福久！福久！"阿静连连惊呼，泰介和阿清赶紧围了上来。福久在落地的时候仍然紧紧地抱着怀里的婴儿，这也许就是母亲的本能吧。

芽衣子被爆炸的气流吹到了稍远一点的地方。她艰难地睁开双眼：四处逃窜的人们、熊熊燃烧的火焰、用力抱着婴儿的福久……眼前的一幕幕，仿佛是来自地狱的景色。

"……会死的……大家会死的……"

芽衣子下意识地摸了摸胸口，悠太郎的信……不见了！她慌慌张张地站起来，在四周找了起来，还好，信就掉在前面不远的地方。就在这时，她注意到墙上贴的标牌——"心斋桥站"。

"芽衣子，快逃啊！"脑中忽然响起悠太郎的呼喊。

"地铁！"芽衣子猛然站起来，朝众人跑了过去，"地铁！"

地铁的入口处被上了锁，芽衣子用力地摇晃着铁栏，扯着嗓子喊道："开门！快开门！请你们快开门啊！"她喊了半天，地铁内部却没有任何回应。

"我叫你们快开门！"芽衣子气急败坏地踹起了铁栏。

不久之后，泰介背着福久赶了过来，抱着婴儿的阿静和背着行李的阿清和产婆也紧跟其后。周围逃难的民众听到芽衣子的呼喊之后，也陆陆续续围了上来。

"开门……我叫你们快开门！喂！听到没有！快开门！"

芽衣子不停地叫喊着，甚至拿起地上的杆子拼命地敲打铁栏。

"住手！你在做什么！"终于，一位工作人员走了过来，他呵斥道，"空袭的时候不能开放地铁！非常危险！防空法是这么规定的！"

"我的丈夫是这里的建造者！他在这里明明白白地写着——'危机之时可以逃进地铁避难'！"

芽衣子将手中的信件狠狠捶在工作人员的胸前，怒不可遏地吼道："这里就是最安全的地方！建造者就是这么说的……这是千真万确的，没有什么可怀疑的！"

被对方不容置喙的气势给镇住，工作人员默默地点了点头，打开了铁栏上的锁。

"快！到里面去！"

在芽衣子的引导下，避难的人们一个接一个走进了地铁隧道。里面虽然有些昏暗，但是和地上的人间地狱比起来，已经好太多了。

为了保护福久和怀中的婴儿，芽衣子等人紧紧围在母子俩的周围。

不久之后，隧道前方开来了一辆电车。车上的驾驶员朝站内的众人喊道："梅田方向没有着火！我们先过去！"

当所有人都搭乘上去之后，拥挤的电车就朝着梅田车站出发了。大家的脸上也少了几分紧张和焦虑。

"……母亲，谢谢你。"福久说道。

闻言，芽衣子微笑着摇摇头："让我抱抱孩子吧。"

接过婴儿，芽衣子把他轻轻地搂在怀中。

我成功了，我保护了这个幼小的生命。

"悠太郎，你当爷爷了呢。"

眼前仿佛出现了悠太郎的温柔笑颜，芽衣子不由心中一热，眼泪也涌了出来。

（太好了，芽衣子。是悠太郎保护了你们呢。）

搭乘了无数生命的电车，在黑暗的隧道中，朝着希望之地呼啸前行。

第二天，当芽衣子等人回到西门家时，眼前的景象让他们目瞪口呆。家里被大火烧了个精光，只有仓库还勉强能看出个形状。

芽衣子一下滑坐在焦黑的土地上，陷入了茫然无措的状态。就在这时，福久怀中的婴儿忽然啼哭起来，她这才找回了一丝清明：对啊，现在不是丧气的时候。

"……总而言之，得赶紧找一个地方让福久避难。"

"芽衣子！"源太急匆匆地朝他们跑来，"太好了，你们都没事吧。"看见小婴儿后，他不由瞪大了双眼："这个孩子……？"

"空袭的时候生下来的。总之，现在有地方可以让福久和婆婆避难吗？"

"美味介没有遭受火灾波及，先去那边看看？"

芽衣子将福久母子托付给源太，打算和泰介在废墟中寻些能吃的东西。

"仓库，现在最好不要打开。现在还有热气，强行打开会很危险的。"

芽衣子向源太道了谢，将他们送到了街口。回来之后，她看着一片狼藉的现场，陷入了深深的沉思。过了一会儿，芽衣子踏入了原本是厨房的地方，当她慢慢地挪开瓦砾之后，看见了几块破碎的瓦罐碎片。

是米糠泡菜的坛子。芽衣子小心翼翼地把碎片拾了起来。

"……如果，分出一半放在地下室就好了。"

芽衣子和泰介翻出了几个将就能用的铁锅，又从土里挖出了一些焦黑的白薯。在土里插上了"西门家的人在美味介甜品店"的木牌之后，他们离开了这片凄惨的废墟。

入夜之后，看到木牌的希子也来到了"美味介"。芽衣子和她含泪相拥，为彼此的平安而欢喜。不能离开大阪的希子和川久保，打算在广播局附近找旅馆暂住。阿静就按照预定去樱子家，福久则等婆婆阿清来接她去诸冈的亲戚家。

"你怎么办啊？不跟静姨一起去吗？"源太问道。

"太远了。如果小活和悠太郎回来的话，他们要怎么办啊。"

但是，这也是保住性命之后的事了。源太劝芽衣子还是交出西门家的权力，去和枝那边避难比较好。

"我觉得若是大哥在，会做出同样的决定的。"希子表示了赞同。

"……这是我唯一的财产了，怎么能把唯一的财产交出去呢！"

受不了福久投过来的视线，芽衣子逃跑似的登上了二楼。

"……她也许是觉得，如果把家产转让出去，大家就没有了回去的地方。那可是全家人一起生活过的地方啊。"

听完阿静的话，源太和希子都陷入了沉默。

过了一会儿，芽衣子从二楼走下来，自顾自地走出了店里。担心母亲的泰介连忙跟了上去,刚踏出门槛,就看见芽衣子坐在破碎的石块上,利用明亮的月光,在膝头的纸张上不停地写着什么。

"你在写什么?"

"你父亲回来之后,我有很多事情想告诉他,所以现在先记下来。"

在悠太郎留下来的信纸背面,芽衣子写上了各种各样的生活琐事:福久和阿静的疏散处已经决定了;难得配发了一次好酒;在抽屉的角落找到了饼干等等……最后,她写上了"前天,福久刚生了一个孩子,是个男孩"。

"写的都是好事呢。"

"一想到不好的事,我就没有力气写了。"

芽衣子故作轻松地说道,然后低头继续写起来。

第二天,阿清和菊子到店里迎接福久和孩子。

"诸冈家的爷爷平安无事真的太好了,希望西门家的爷爷也平安无事。等他们回来之后,有机会我们两家人再一起吃饭。"

芽衣子抱着自己第一个孙子,亲昵地贴了贴他的脸颊。下次再见面,就不知道是什么时候了。阿静从她手里接过了婴儿,依依不舍地说:"我是你的曾奶奶,一定要记得哦。"

"你也要好好吃饭啊。如果母亲都倒下了,那怎么办呀。"芽衣子叮嘱完女儿,又对阿清鞠了一躬,"请你多多照顾了。"虽然诸冈的父母都是靠得住的人,但女儿刚生产完就要长途奔波,她还是十分的心疼。

芽衣子让泰介送他们去车站,自己则回到了西门家。她在一片焦黑的残渣瓦砾中翻翻找找，最后只找出一张还算完整的照片。她深深地叹了一口气，这时，泰介也回来了。

"奶奶坐上火车了吗？"

"嗯，她不停地抱怨怎么能让老人家一直站着呢，不过奶奶的话，只要说上几句漂亮话，就会有人给她让座了吧。"

"是啊。"芽衣子笑了笑。

"好了，我们也该出发了。"泰介一把抓起了母亲的手腕，"我也会说漂亮话，所以我们去大姑那里吧。"

途中，泰介把自己的计划告知了芽衣子，虽然长子很擅长处理人际关系，但是芽衣子还是对计划的可行性表示了怀疑。

"不做做看，怎么知道成不成呢。"

就这样，乐天派的泰介带着不情不愿的芽衣子来到了和枝家的大门口。

正巧远处走来一人，定睛一看，恰好是刚做完农活的和枝。芽衣子见状，立刻紧张起来："还……还是算了，我们回去吧。"

她扯了扯泰介的袖子，对方却丝毫不为所动，一脸灿烂地与和枝打起了招呼："大姑，好久不见了。"

和枝一脸愕然地瞪着他们，芽衣子只得从泰介的身后扭扭捏捏站出来："好久不见了。"

虽然和枝没有半点欢迎的意思，但还是让他们两人进了客厅。

泰介把这次来访的意图向和枝说明之后，将一个满是黑灰的盒子推到了她面前，只见盒里放着几坨烧得面目全非的碎块。

"请相信我！这真的是西门家的土地权益书，这是家里的印章。"

"悠太郎怎么会把这么重要的东西放在容易失火的地方。"

——看吧，马上就被看穿了吧。芽衣子心都提到嗓子眼去了。

"……总而言之，你们给我写份保证书吧。"

"我和母亲都不是权利人，所以写的东西也没有法律效力，这样也没有关系吗？"

"喔——"和枝意味深长地笑了笑，对泰介说，"我们这里可是很忙的，总之，你们就按我说的去做吧。"

就这样，两人在和枝家正式住了下来。他们来到居室之后，发现这只是一间又小又暗的用人房。

"……看起来，她很生气呢。"芽衣子长长地叹了一口气。

"大姑是个很有风骨的人。"泰介不甚在意，又问道，"她这些年，在这里是怎么过的？"

"这里的主人丧妻之后，她就作为续弦嫁了进来。婆婆病倒之后，她好像就一直在照顾长辈和孩子们。"

嫁过来二十年后，偌大的家里只留下和枝一个人，整日在花猫太一的陪伴下度日。

"这些年她不断地送走家人，听说夫家的孩子们都不愿意继承家业。"

就在这时，拉门对面传来了和枝的声音："芽衣子，在吗？"

"我在！我在！有什么吩咐吗？"芽衣子慌慌张张地开了门。

"来厨房帮个手吧？怎么，你还想在这里白吃白喝？"

"不不，我绝对没有这么想！"

厨房里堆满了新鲜的蔬菜和野菜，调味料也十分齐全。这样的光景，芽衣子好久都没见过了。虽然年轻的女佣小花也在家里帮忙，但是和枝总是有意无意地刁难芽衣子。

芽衣子把做好的饭菜放在料理台，外出散步的泰介也刚好回来了。

"哇，好香。"

"对吧，好久没见着了吧，这么丰盛的饭菜。"

从厨房走出来的和枝，看见桌上摆出的三份碗筷，不由挑了挑眉。

"哎呀，突然跑来别人家强住不说，还打算吃白米饭呢？"

"但是，不管怎么看，这都不是一个人的量啊。"

"多出来的是给小花的。来，带回去吧，你弟弟不是身体不太好吗？"

又被摆了一道，芽衣子恨恨地咬了咬牙，和枝却视若无睹地偏过了头。

"非常抱歉，请问，我们要做些什么，才能吃上饭呢？"

结果，芽衣子和泰介只拿到了荞麦饭和咸菜，还必须得去用人房进餐。

"你在笑什么啊。"芽衣子很是不满，回到房间之后，泰介就一直笑个不停。

"作为外人，看你们的互动真是很有趣。"

"你马上就要回京都了，所以才事不关己高高挂起。"

"我会暂时留在这里的，在学校开学之前。"

"咦……？"芽衣子猛地抬起头。

"我会一直在的。"泰介微微一笑。真是个温柔的孩子啊。

"……我是很开心啦，不过从明天开始，就会有做不完的活等着我们了。"

和枝到底会怎么刁难自己呢……一想到这个,芽衣子不由得浑身一颤。

第二天早上,芽衣子他们才刚起床,和枝已经在田地里干了一圈农活回来了。

"大城市的人啊,一个两个都是大老爷。对我们来说,清早的大好时光拿去睡觉,这可太浪费了。我们乡下人都是日出而作日落而息的。城里人肯定受不了这样枯燥的生活。"

"……请、请问有什么活需要我们去做吗?"

"先帮我锄个草吧。"

听起来是个轻松的活,芽衣子松了一口气,但当看到需要除草的场地之后,她才发现自己想得太美了。

芽衣子和泰介的面前,是一大片荒芜的土地,上面杂乱无章地长满了野草。

既然答应了,就只能硬着头皮做了。早饭都没吃的两人,就这样吭哧吭哧地拔起了野草。当两人累得浑身酸软脱力时,小花带着一口深锅来到了田地里。

她将碗筷摆在两人面前,介绍道:"这叫'追茶',因为是妻子在丈夫出门之后煮的,煮好之后追上去交给对方,所以就取了这个名字。锅的中间放着用茶叶煮的粥,周围的东西叫'茶渣'。"

"这是夫人做的吗?"

"她说如果你们昏倒了,那就麻烦了。"

小花不明白为什么平时很好相处的夫人突然这么干。她提出疑问之后，芽衣子便解释道："我们约好了要一辈子相互为难彼此，所以只能这么做了。"话虽如此，为芽衣子他们蒸煮追茶粥的和枝的背影，看起来却有些开心。

饿得饥肠辘辘的芽衣子和泰介狼吞虎咽地喝起了粥，还不时发出"呼啦呼啦"的声响。泰介把拌菜的咸菜放进嘴里，随着牙齿的咀嚼，又发出了"咔嚓咔嚓"的声响。

"……两位吃饭的声音真热闹呢，'呼啦呼啦''咔嚓咔嚓'。家人一多，吃饭的时候就会很热闹。"小花笑了笑，"我们这边把'呼啦呼啦''咔嚓咔嚓'叫作'家族的声音'。"

就在这时，一位农夫捧着一大包物品步履艰难地走了过来，他是小花的父亲，名叫武夫。得知这些物品都是搬去和枝家的，吃完早餐的泰介便自告奋勇地上去帮忙。

傍晚时分，好不容易锄完草的芽衣子回到家后，泰介给她说了一件让人介意的事。

昨日，泰介在散步途中遇到了一名村人，对方给了他一个忠告，让他不要随便告诉别人自己是和枝的亲戚。今天，他特意向武夫打听了其中缘由。据对方解释，前代当家——和枝的丈夫，是个待人厚道品行高尚的人，一直被村人们尊称为"菩萨"。这些仰慕前代当家的村人，觉得是和枝抢夺了这个家。

其实在婆婆病倒，和枝刚进门那会儿，因为她心思细腻、做事麻利，

227

连农活也任劳任怨，村里的人都觉得她是天下难得的好媳妇。但是当前代当家去世之后，和枝就大刀阔斧地进行了一番整顿。她亲自上门讨要拖欠的租粮，还不上的农家不是被扣押物件，就是被迫写下了欠条。没过多久，天下难得的好媳妇就变成了村民嘴里的"鬼媳妇"。

前代当家曾经劝过她，这种做法会不得人心的，但是在那之后，前代当家忽然就病倒了。当时村里有很多风言风语，说什么和枝给当家下了毒，她垂涎这个家很久了之类的。

不过和枝对传言没有任何表示，依然按自己的方法操持家业。她吩咐佃农改换了农作物的品种，还手把手教会他们处理肥料的方法。这些措施都获得了极大的成效，让很多佃农过上了富足的生活，这其中就有武夫本人。在他们心中，和枝才是真正的"菩萨"。

"家里有三个孩子，大姑和他们相处得也不错。她把三个孩子都送进了大学，结果他们谁也不愿意继承家业。但是在外人看来，就好像是她把孩子们赶出家门一样。"

听完之后，芽衣子觉得和枝像是改变了一些，但又像什么都没改变，让她越发搞不懂这个人了。

"不过，为什么大姑现在还在刁难母亲呢？"

"因为我们说好了要相互为难彼此一辈子。她兴许只是在坚守约定吧。"

"……那么，母亲也应该适当反击啊。"

虽然不理解两人之间的关系，但是在泰介看来，如果继续这样下去，母亲似乎毫无还手之力。

"……我现在没有那个精力啦。"

芽衣子刚说完,小花就来叫她过去,说是和枝有事吩咐。

这次会怎么刁难人呢?芽衣子惴惴不安地来到了屋檐下。只见和枝端端正正地坐着那里,身旁摆着一个裹好的包袱。

"转过身,蹲下来,背我一下。"

"咦?!"芽衣子吓得大叫一声。

"我扭到脚了。"和花猫太一玩耍时扭到了脚,这种事和枝撕裂嘴也不会告诉芽衣子的。

"村子的集会,我必须得参加。"

"这、这是让我背你的意思吗?……真的可以吗?你不怕我故意把你摔下去吗?"

"什么?你不是说会一直喜欢我吗,那是骗我的吗?"

芽衣子马上反驳道:"当然不是!"

泰介提出让自己代替母亲,但是芽衣子却拒绝了。

她横下心来,转头对和枝说:"请吧,大姐!"然后半蹲下去,摆出了背人的姿势。和枝见状,也毫不客气地爬了上去。

"你这人虽然个头很大,背人的感觉却不怎么舒服呢。"

芽衣子压下心中的愤怒,背起和枝跟跟跄跄地向外走去。集会结束之后,她又老老实实地把和枝背了回来。

和枝坐下来之后,对她说:"去做茶粥吧。"

"让我来做吗?"

"哎呀!还想让腿脚不好的老婆子给你做饭吗?你啊,真是魔鬼。"

"……我知道了。"

芽衣子故意翻出厨房里珍藏的鱼干。她无视和枝的抱怨,一边说"大姐要吃滋补身体的东西",一边手脚麻利地处理起来。

——这不是挺有精力的嘛。在一旁的泰介看见这幅情景,捂着嘴笑了起来。

到了第二天,和枝的刁难仍在继续。她没完没了地指挥着芽衣子,让她把田里收上来的农作物分类,当然,她本人只是坐在一旁动口而已。

"交上去的和自家留用的要仔细分开!只要重量一样就行了。"

不管芽衣子怎么看,交上去的都是些品质很差的农作物。

"……这些,就是要发给我们的东西吗?"

"有意见的话,就自己去地里种啊。是吧?"和枝故意对着花猫太一说道。

"真是个随心所欲的菩萨呢……"

听见芽衣子的抱怨,一起工作的小花小声说道:"就算把好的东西交上去,经营团的人也会克扣下来,拿去偷偷卖掉的。夫人是不喜欢这种事,所以才这样做的。她说与其让那些人中饱私囊,不如把好的留下来,卖给那些为食愁苦的平民百姓。她的确分得很苛刻。不过,我觉得也是一种保护啊。"

芽衣子的分类工作做完之后,开垦荒地的泰介也回到了家中。

"……大姑说,要把最好的蔬菜拿给寺庙。这样,就能让疏散的孩子们吃上好东西。"

不过，和枝没有对外宣扬这些事，这人真是既不好相处又难以理解。

"大姑也成为了'多谢款待太太'呢。"泰介感慨道。

芽衣子拿过了铁铲，做不成"多谢款待太太"，就只能认真做农活了。

芽衣子和泰介一起勤勤恳恳地耕起了地，当所有的田地都打完垄后，和枝的脚也恢复得差不多了。

"……母亲，我也差不多该回京都了。"

这天夜里，两人正"呼啦呼啦""咔嚓咔嚓"地吃着追茶粥和咸菜时，泰介忽然开口说道。

"……啊……啊，说得是呢。差不多也到开学的时候了……"

"我再待几天吧？"

"不用了！你赶紧回去吧，既然开学了，就得赶紧回去学习。没关系，我差不多找回以前的感觉了。嗯……"

虽然在儿子面前逞了强，但是在厨房洗着两人的碗筷时，芽衣子十分沮丧地叹了一口气："……明天开始，就只剩我一个人了。"母亲这份落寞的心思，泰介自然是有所察觉的。

"……请问，可以拜托您一件事吗？"

泰介找到和枝，就最近受到的关照向对方道了谢，他还有一个请求，虽然有些强人所难，但他觉得应该说出来试试看。

"能不能请您偶尔和母亲一起吃饭呢？母亲是一个为了让全家人吃上美食而赌上一切的人。如今她变成了孤零零一人，心中想必是很难受的。虽然她看起来还很有精神的样子，不过我觉得她一直在勉强自己。"

"女人啊，必须学会习惯自己一个人吃饭。"和枝淡淡地说，"不过，算了，我会考虑的。既然你来了，就把这个带回去吧。"

泰介打开口袋，只见里面放了些土豆和萝卜的种子。

"明天就去地里种上，怎么样？如果是可爱的儿子种下去的，她也会全心全意地照顾吧。"

当泰介问到种植方法时，和枝露出了嫌弃的神情："京都帝大的高才生，居然连这种事情都不知道。"说归说，她还是把土豆和二十日熟萝卜的种植方法一一告诉了泰介。

"母亲，长好了给我寄一些。"

第二天，离出发还有些时间，泰介抓紧时间和芽衣子一起在田里播种。

"……好的，我会努力培育的。"

就在这时，小花匆匆忙忙地向他们跑了过来，两人以为她是来送早餐的，但是对方手里却空空如也。

"西门先生——！夫人叫您回去一趟！"

泰介隐隐约约有了不好的预感，芽衣子也想到了同样的事情，她抓着儿子的衣袖，一脸紧张地望着对方。

"……大姑只是叫我回去，也许没什么事。总而言之，我先走了。"

泰介和小花一起离去之后，芽衣子陷入了焦虑不安的状态。难道……真的是……不会吧……她摇了摇头，用力地把水洒在土里，但是可怕的猜想一直在脑中挥之不去。

回去之后，芽衣子推开房门，看到泰介一脸颓然地坐在屋里。他的手里拿着一封红色信封,这是送信人一边说着"恭喜你"一边交给他的。

"……果然来了,母亲。"泰介尽可能地保持镇静,"我还是逃不掉啊。"

"……是吗……"芽衣子浑身无力地跪了下去。

"啊……啊,你想吃什么?泰介。"芽衣子绞尽了脑汁,却只说得出这句话,"什么都可以,尽管说!"这是她现在唯一能为孩子做的事。

"……就是这样,泰介他说想再吃一次大姐做的柿叶寿司。所以,能请你教我怎么做吗?"

芽衣子故作轻松地说着,声音却越来越小。

"就算我教会了你,你也拿不出大米和鱼肉吧?你不如老老实实地拜托我来做,食材我会准备的。"

"真的吗……?"

"既然参军了,那他就不是你的孩子,而是国家的孩子。"

说完,和枝将一个不知何时备好的包袱交给了芽衣子:"这些我也准备好了。"

"……真的,非常、非常感谢你!"

和枝的举动让芽衣子大感意外,一时间心中感动不已。看着深深埋下头的芽衣子,和枝严厉地说道:"还有五天。把头抬起来。"

回到房间后,芽衣子将包袱打开,只见里面摆放着布料、缝纫盒、便笺纸、邮票、信封和文具用品,还有一张记录着理发室、神社等场所的地图。

"太妥当了,会用到的东西全部都放进去了。"

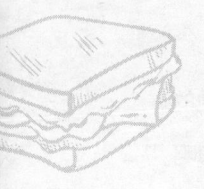

"这个，可以用吗？"泰介取出了便笺纸和纸笔。

"你不去见见朋友吗？"芽衣子问道。

泰介表示不知道朋友们现在的居所，希子和川久保也挺忙的，只要书信来往就足够了。

"你不用顾虑的，真的没有特别想见的人吗？"

"很遗憾，真的没有。"

泰介铺开了便笺纸，苦笑道："不过，早早就准备好了，说不定也是一种刁难呢。感觉就仿佛在对我们说'早点离开这个家'似的。"

"……这样啊，还有这种刁难啊。"芽衣子无奈地笑了笑。

"母亲太粗枝大叶了，所以才没有注意到。不过，这种刁难也太用心了，看这些整洁的布料，真是帮了大忙了。"

在这之前，不知道父亲和活男能不能活着回来。每次看到强颜欢笑的母亲，泰介的心里都很难过。

这天夜里，芽衣子一个人在灯下给泰介缝裤子。一针又一针，每一次下针都祈祷着孩子能够平安归来。虽然强忍着悲痛，但是眼泪仍是流了下来。

"振作一点儿！"芽衣子骂了自己一句。

泰介去照相馆拍了纪念照，又去神社拜了神，等一切准备妥当之后，出发之日便近在眼前了。

在出发的前一天晚上，和枝按照约定用柿叶寿司招待了泰介。当泰介看到木桶中的料理时，不由露出了疑惑的表情。

"哎？这好像不是柿叶寿司？"

"柿子叶还没长成熟，我换成了竹叶，你将就一下吧，反正都是用树叶包的寿司。"

虽然竹叶有些不尽如人意，但昨天准备的时候，和枝可是提供了鲷鱼和青鲉鱼这样贵重的鱼肉。等竹叶寿司做好之后，芽衣子用小花煮的灯芯草将寿司捆了起来。

"在竹叶外面包一层灯芯草，看起来好像粽子啊。"

"大姐还把这种料理的来历告诉我了。"

"灯芯草可以祛除邪气，转移厄运，让人逢凶化吉。"

"……这是屈原的故事吧。"泰介马上说道。

芽衣子偏头看小花："脑子好的人就是不一样呢。"

"大姑、母亲、小花小姐，谢谢你们！我开动了。"

看着儿子吃着寿司一脸满足的模样，芽衣子偷偷擦了擦眼角。和枝脸色凝重地注视着母子俩，全程一言不发。

"真好吃，这个寿司！"

吃完竹叶寿司之后，泰介伸展了四肢，心满意足地躺在床被上。

"真是的……不管是料理水平还是为人处世，大姐都比我厉害太多了。"

"……你不讨厌大姑吗？"

"……也不是讨厌，只是跟她不太对付。"

"那……不会再离家出走了吧？"

"你难道一直都在担心这个？所以才留了这么久？"芽衣子终于意

识到了这件事。

"我只是没见过你们在一起的情景,有些好奇罢了。其实我并不怎么担心。"

前一天夜里,看到和枝和芽衣子并肩站在料理台前的身影,泰介无缘由地感到了一丝安心。

"大姑是个从骨子里就值得依靠的人。虽然我们跟她关系不算好,但是我觉得我们之间存在着特别的羁绊。"

"……啊,对了,真的没关系吗?你没有特别想见的人吗?"

"母亲,我之前有心理准备了,不管或早或迟,自己总有一天会走向这条路的。如果问我临死之前,最想守护的人是谁,那我的回答就是母亲。"泰介认真地说道,随后他又轻松一笑,"不过,只是现在哦。"

"之前看到母亲在地铁站给别人说父亲的事情,我就想着,能让你们见上一面就好了。"

都这个时候了,还考虑着别人的事情,泰介发自内心的温柔,让芽衣子非常感动。

"我觉得,自己都没为你做过什么……"芽衣子强忍着泪水,哽咽道,"什么、什么都没有做过。从小到大,一直都是你在帮我,我却没做过什么母亲该做的事……"

"母亲教会了我一件最重要的事。我之所以能活下去,是得到了其他生命的支持。我的生命是建立在无数的生命的牺牲之上的,我是生命的集合体。所以,直到最后一刻,我都要努力燃烧我的生命。"

身心都被战争折磨得残破不堪的源太,被母亲亲手喂下牛奶的那幅画面，迄今还深深地烙印在泰介的心中。

"我还有很多想做的事。想再打一次棒球，想痛快地喝一次酒，想为了鸡毛蒜皮的事情跟别人打架。我想像父亲那样，赌上一切为事业奋斗……也想像母亲那样，像个笨蛋一样去喜欢一个人。"

说着说着，泰介忽然安静下来。又过了一会儿，他像对着什么人一般直直地瞪向前方，然后极为认真地说："我、我绝对不会原谅这个时代。所以……我一定要改变这个国家。"

沉静的容颜下是熊熊怒火。芽衣子被泰介的气势所震慑，她第一次看到儿子露出这样的神情。

"……所以，我就是爬也要爬回来。无论如何绝对要活着回来。到了那时，您再招待我们好好吃一顿吧。"

看着拼命忍住泪水的儿子，芽衣子情不自禁伸手抱住了他。

"……交给我吧。"芽衣子红着眼睛，坚定地说，"交给我吧！"

"大姐，这段时间承蒙您的照顾，真是感激不尽。我已经顺利地把他送走了。"

第二天早上，芽衣子打起精神送走了泰介，回来之后，她向坐在客厅的和枝诚恳地道了谢。

"……那就好。"

"……我去田地了。那个孩子种植的二十日熟萝卜，应该快发芽了。"

傍晚时分，当芽衣子做完农活回到家时，看到玄关处放了一个邮包。一看署名，原来是希子寄来的。芽衣子赶紧打开了小包，里面放着一张污迹斑斑，边缘有些破损的老照片。这是悠太郎和芽衣子举行婚礼的时候拍下的全家福。在一同送来的信纸上，希子这样写道："在清理瓦砾的时候，奇迹般地发现了一张完好的物品。唯一保留下来的，竟然是这么一张珍贵的照片，心中感到十分慰藉。"

"……真的呢。"芽衣子微微一笑，就在这时，门外传来了男性传信人的呼唤声："西门家，是住在这里吗？"

"……我就是。"芽衣子不知所以然地走了出去。

对方递来一张薄薄的纸片，芽衣子定睛一看，竟然是被称为"战死公报"的死亡通知书。

当小花拿着花猫的饲料过来时，芽衣子依然一动不动地僵立在门前。

"您怎么了？"

芽衣子对小花的询问置若罔闻，只是呆呆地盯着手里的通知书。

"（所属）海军上等会计兵西门活男右于昭和二十年三月十八日在冲绳西海域方面的战役中战死，特此通知。"

过了一会儿，她仿若从梦中惊醒过来，急匆匆地跑了出去。

芽衣子给广播局的希子打去了电话。

"这个！怎么会有这种事！小希！我、我不明白！就这样、就这样一张纸，就告诉你人没了！"

"……有时候也会搞错的，我觉得可信度不高。"

"……对啊……就是嘛。抱歉，打扰你工作了。"

回去的路上，芽衣子一直强硬地劝说自己。到家之后，偌大的房屋却一片漆黑，和枝和小花都不在，只有花猫太一在玄关处吃着饲料。

/ 第 9 章 / 战争的味道

芽衣子涌起了吃东西的念头，而且越发地强烈。她在厨房里热了一些追茶粥，和咸菜一起端进了自己的房间。

她把活男的死亡通知书放在桌子上，默默地端起了碗筷。

"我开动了。"一时间，屋内响起了"呼啦呼啦""咔嚓咔嚓"的声音。

小花说过，"呼啦呼啦""咔嚓咔嚓"是家族的声音。

正藏临终前与家人们吃的合家饭，自己与活男一起做的送别福久的家宴，临别前一天和悠太郎共进的晚餐，还有最近和泰介一起喝的追茶粥——过去的每一餐，都有家人陪伴在身边，然而眼下，只剩下自己孤零零的一人。

"呼啦呼啦""咔嚓咔嚓"，吃饭的声音在空荡荡的心中回响着。闻不到任何香味，吃不出任何味道，不知不觉中，芽衣子手中的碗筷滑落在了地上。

"……我不是……不是为这种事情才努力做饭的。"

芽衣子趴在桌子上，放声大哭起来。

因为芽衣子送走泰介之后看起来并无大碍，所以和枝今天去参加了亲戚家的丧事。当她半夜归来之后，发现芽衣子竟然不在家里。

"西门太太，回来了吗？"小花气喘吁吁地从外面跑进来，发现人不见之后她赶紧出去找了一圈，"……她好像收到了活男先生战死的通知。"

闻言，和枝一时屏住了呼吸。她正欲出门，但想了一下之后又停下了脚步。

"要不要去找一下？"小花怕芽衣子一时想不开，做出些冲动的事来。

239

"没关系。"和枝静静地说,"……死不了的……就这种事情……我不是还活得好好的。"

和枝的孩子去世那会儿,她身边没有可以依靠的人,也没有可以休息的地方,所有的痛苦和压力都是她自己一个人扛下来的。

"不行,怎么能是那个孩子……他还有很多心愿没有实现啊。"

捏着活男的死亡通知书,芽衣子就像被什么附身似的,浑浑噩噩地走进了山中。越往前走,山路就越发崎岖,芽衣子却一路横冲直撞。在跌跌撞撞之中,她怀中的书信又掉了出来。

在昏暗的夜色中,脚下的景色一片模糊,芽衣子不管不顾地冲进杂草丛中,想捡起掉在其中的书信,结果脚下一打滑,十分狼狈地从斜坡上滚落了下来。

此刻,她四脚朝天地躺在地上,仰望着头上闪烁着星光的夜空。

——我们一起做冰激凌……可以用牛奶做煎蛋饼——活男的声音在耳边回响起来。

正当芽衣子哀痛不已的时候,腹中传来了咕咕的声响。

她突然意识到,这是生命的响声。只有活着的人,才会产生这样的响声。

"……小活,就算你在那边……我、我也不能过去呢。"

从小就贪吃,最喜欢食物的活男,在那边,有没有好好吃东西呢?

"看起来,去不了那个不会肚子饿的国家呢……没法和小活相见……小活啊,如果你能平安回来的话,还有很多好事等着你呢。"

小活,回来吧,回来吧,回来吧——芽衣子朝着夜空拼命地祈祷。

第9章 / 战争的味道

芽衣子失踪了三天了，小花一直劝主人出去找一下，就在和枝开始动摇的时候，武夫带着灰头土脸的芽衣子回到了家中。

"好像在山里迷路了。"

"……武夫，多谢了。"说完，和枝一把抓起芽衣子的衣领，拉拉扯扯将她拖到了之前耕作的地方。

和枝一松手，芽衣子就浑身无力地瘫在了地里。和枝抓起对方的头发，将她的鼻尖凑到干枯的叶芽跟前：

"你看好了，这些都枯萎了！难得长出的新芽，因为你的疏忽就这么死掉了！是你杀死了它们！"

——这个干枯的叶芽，就是活男。失魂落魄的芽衣子迷迷糊糊地想着。

"这样下去的话，我到底是为了什么而活着呢。"

看着枯黄的叶芽，芽衣子又想起了活男说过的话。

"……你说得没错……说得没错。就是我，亲手杀死了那个孩子。"

悔恨的眼泪一颗颗滑下，落在了干枯的土壤和枯黄的叶芽上。这股悔恨之情，让宛如空壳一般的芽衣子找回了一丝力气。

芽衣子在田地里哭了很久，哭过之后，她将田地的作物力所能及地收拾了一下。

回到家时，和枝正在客厅翻阅账本。

"你去确认活男的生死了吗？"

芽衣子轻轻地点了点头，和枝叹了一口气，然后端正了坐姿。

"告诉你一件事吧。虽然我不清楚活男是否还活着，但是失去孩子这种事，不是哭闹个一两年就能解决的。要习惯的话，起码要花上十年、二十年，有些人一辈子都走不出来。你最好做好心理准备。"

说完，和枝合上账本，起身走出了客厅。看着她的背影，芽衣子哀求道："……可以……和我一起吃饭吗？"

"一个人睡觉、起床、劳动，甚至还要一个人吃饭……我……"

"你是送别之人。"和枝停下脚步，有些不屑地说，"你是个身心都很强壮的女人，想必这一生都会不断地送别他人，最后剩下自己独自一人。"

这些话听起来有些无情，其中却蕴含着和枝对芽衣子的激励和信赖之意。

"你最好习惯独自生活……先试一试吧。"

说完这席话，和枝走出了房间。

坐在用人房中的芽衣子，对着追茶粥和咸菜合上了双掌："我开动了。"

吃完之后，她一边说"多谢款待"一边放下了碗筷。

一个人睡觉，一个人醒过来，一个人去田里又打了一次垄。辛苦种植的农作物遭遇了虫害，也是一个人做了预防措施。就连一个人吃饭，也渐渐习惯下来。

在阴雨连绵的日子，芽衣子时而看看全家福的照片，时而读读悠太郎的信，沉浸在对家人的想念中。梅雨季节过去之后，田地里长出了繁盛的绿叶，从土里扒出来的土豆，也长得有模有样了。

时光飞逝，不知不觉来到了夏天。

这一天，从小花到武夫，所有的帮佣都忐忑不安地聚集在客厅中，与主人和枝一同坐在收音机的前面。广播的内容有些生涩难懂，和枝垂着头，默默地听着。听完之后，有人悄悄落泪，有人号啕大哭，也有人悄悄松了口气，可谓是人间百态。

芽衣子坐在人群最后面，脸上没有任何表情。

"……结束了……"

她对着手中刚刚摘下的鲜嫩茄子喃喃自语道。

第 10 章
土豆的反击

这天早上,芽衣子扛着做农活的工具准备出门,下一刻,她停下了脚步,转身跑回了屋内。

"请、请问!大姐!我、今天、可以回去吗?!说不定大家都回去了,我不在就麻烦了!我一定要赶在大家前面回去!"

和枝露出了一个"果然如此"的表情。

"你啊,回去之后要靠什么生活呢?"

"这个……就像在这边一样生活好了。我可以住在仓库里,如果仓库也没有了,就搭建一个临时小屋,然后种种田什么的,应该可以糊口的。"

芽衣子理所当然地说道,和枝静静地吐了一口气,看样子应该没什么问题了。

"……是吗?那就这样吧。"

"非、非常感谢您!"

不过今天走不了,因为小花说开往大阪的火车要后天才有。

到了出发那一天,芽衣子背着塞得满满当当的包袱走到了大门口。包袱里放着和枝给的各种物资,还有农作物收获之前足以填饱肚子的粮食和蔬菜。

"……实在是……承蒙诸多照顾了。"

"真的这么想的话,就不要再来麻烦我了。"

第 10 章 / 土豆的反击

"知道了。我出发了!"

"你不用再回来了!"看着芽衣子远去的背影,和枝高声喊道。

"等这边的事差不多了,我会上门道谢的!"对方的声音从远处飘了过来。

闻言,和枝不由微微一笑,一旁的小花也笑道:"……这是在刁难您呢。西门太太,恐怕还不知道市内变成什么模样了。"

"算了,没关系。毕竟最痛苦的时日她也熬过来了。"

和枝注视着芽衣子离去的方向,露出了一个温柔的笑容。

芽衣子来到了希子夫妇所在的广播局。广播大楼虽然还在,不过受损的情况挺严重的。

"小姐姐!"

希子来大堂迎接了芽衣子,两人都为平安无事的重逢欣喜不已。川久保看起来憔悴了不少,不过人没什么大碍。他最近忙于维修建筑和调整播放内容,打完招呼之后又匆匆离开了。

"吓我一大跳,市内怎么变成那样了。……死去的人,就这么横尸街头。"

烧焦的废墟中,处处都是死状惨烈的尸体,这幅凄惨的光景让芽衣子震惊了好久。

"市政府和警察也是手忙脚乱,根本就顾不过来。现在这个样子,小姐姐能不能先回大姐那边,等情况稳定了再回来?"

芽衣子对对方的担心充耳不闻,只是一个劲儿地打听家人的情况。

希子说了一下所知的情况：福久和儿子大吉平安无事，参军的诸冈和泰介很可能在国内，不用太过担心。芽衣子则性急地表示要去军方打听一下，毕竟大家的情况都不明朗，悠太郎也毫无音讯。

"小姐姐今晚就坐汽车回去吧！大家的安否我会确认的。说实话，小姐姐留在这里，只会徒增我的担忧。实在很抱歉，我和启司现在都很忙……"

希子话还未说完，就有一位工作人员过来叫她回去做事。

"啊、啊！不好意思，这么忙的时候还来打扰你。这个，虽然不多。"芽衣子把食物交给希子，匆匆离开了大堂。

"小姐姐！快回去吧！拜托你了！"

"嗯！我知道了！"

芽衣子并没有把希子的嘱咐放在心上，她前脚离开广播局，后脚就来到了大阪联队司令部所在地。

在这里，希子的担心变成了现实，芽衣子被陌生的男子们团团围住，身上的行李和物品被他们掠夺一空。

一番打击下来，芽衣子的斗志早已消失殆尽。精疲力尽的她终于来到了西门家的残址。希子夫妇似乎偶尔会回来整理一下，这里已经变成了一片空地。仓库是唯一残留的建筑，大门的锁坏掉了，只是虚虚地掩着。

回想起刚才被男子们抢夺食物的恐怖，芽衣子十分紧张地拾起了脚下的棍子，屏住气息推开了仓库的门。里面一个人都没有，不过从物品摆设来看，应该有人在这里生活。

就在这时，窗户边忽然闪过一个黑色的人影。是暴徒吗？要来抢劫吗？芽衣子摆出了对抗的姿势，当她看清楚对方的脸之后，全身便瘫软了下来。

"……室井……先生？"

"芽衣子！是芽衣子！"全身漆黑的室井欣喜若狂地跑过来，紧紧抱住了芽衣子。

"你回来了？！你已经回来了？！"

"樱子和我婆婆呢？！文女呢？！她们也一道回来了吗？"

芽衣子连珠炮似的发问，室井只顾着号啕大哭，一句也答不上来。

好不容易冷静下来之后，室井便向芽衣子说起了自己的情况。他把这个仓库改造成了自己的临时住处，靠着贩卖破铜烂铁为生，有时从军工厂的仓库偷些焦炭，有时从废墟里挖点金属和铁皮之类的。虽然听起来令人不齿，但是对于除了写作一无所长的室井来说，这也是无奈之举了。

芽衣子从没有被抢走的小包里掏出两个饭团，选了大一点的那个递给了室井。

马介在店铺被烧了之后，便写了一封信给樱子说自己去疏散了，源太和菜市场的其他人去向不明，至于室井本人，前段时间莫名其妙地被樱子赶出了家门。听到这里，芽衣子也不好继续问下去了。

"多、多谢款待！"在烧焦的废墟上，没有任何一个人愿意把食物分给室井。

"多谢款待！"一直以来一个人孤独进食的芽衣子，也得到了对方的招待。

下一秒，芽衣子和室井一同说出了"多谢款待"，说完，他们的眼眶都红了起来。

两人哭着又笑着,就像要分出胜负一般,不停向对方喊着"多谢款待"。就在这时,仓库的门突然被人推开了。

"……我不是叫你赶紧回去吗?"

一脸肃然的希子和满脸无奈的川久保出现在仓库门口。

"你能坐明天的汽车回去吗?"

芽衣子拼命掩饰包袱被抢走一事,但是希子一眼就看穿了。

"可是,希子不也在这里生活吗……我应该也可以——"

"我有启司陪着!小姐姐一个无依无靠的女人,住在废墟上连个锁也没有的仓库里,如果你出了什么事,我怎么向大哥交代啊!"

"说句不好听的,不管在这里等还是在乡下等,结果都是一样的。"

希子和川久保连番劝说,但是芽衣子依然不为所动。

"……如果回来之后家里一个人也不在,不是很讨厌吗?说不定,明天,悠太郎就回来了呢。小活也是,说不定哪天就忽然回来了。"

"泰介说不定会去乡下找你的。"

"我想在这里等!"芽衣子情不自禁地大喊起来,"我想第一个对他们说'你回来了',然后做好吃的饭菜给他们吃!这里是我的家!这是我的工作!是我的人生意义!我一直都是这么过来的!我想在这里等他们回来!"

希子叹了一口气,把之前的食物还给了芽衣子。

"你真是,不讲道理呢…………"

虽然对希子他们感到非常抱歉,但是芽衣子无论如何都不愿离开

/ 第 10 章 / 土豆的反击

这里。

"哇!这里什么都有!"第二天,芽衣子被室井带去逛了黑市,她睁大了双眼四处打量。

虽然从地下室翻出了味噌、盐巴等调味品,以前埋下的烹饪用具也可以继续使用,但是最重要的食物被抢走,政府的配给也分不到手上,就在芽衣子为生计发愁的时候,黑市的繁荣景象让她眼界大开。

这里贩卖着五花八门的物品,从锅碗瓢盆到留声机样样俱全,还有芋头、饭团、面疙瘩、煎馒头等各式食物。看过价格之后,芽衣子不由得瞠目结舌,一个没有馅的煎馒头,都卖到了十元两个。

她看了下隔壁摊上大米的价格,竟然卖到了公定价格的八十倍。

配给物品之所以很难收上来,就是因为拿去黑市贩卖会赚得更多。一般市民为了生活,就在黑市高价购买这些物品和食物。就这样一来二往,大家都习惯了现在这样的生活方式。

"这就是通货膨胀啦。所谓'经济',也是活着的东西。"室井摆出了一副行家的模样。

如今的老百姓,不是把家里的东西拿出去变卖,就是把捡到的东西拿去换钱,总而言之,什么都可以拿去卖掉,这样才能生存下去。

"你也别赌气了,赶紧回乡下大姐那里去吧。我也能跟着一起去吗?"原来他一直打着去和枝家寄住的小算盘。

芽衣子无视念念叨叨的室井,将视线停留在写着"土豆一贯[①] 十文"

[①] "贯"是日本的重量单位,相当于 3.75 千克。

的木板上。木板下面,喂马的小土豆和品相不好的土豆堆积成山,一般人都不吃这个,难怪卖得如此便宜。

芽衣子思考了一会,买下了喂马的小土豆和隔壁摊上的食用油。回去之后,她将井边清扫干净,用室井制作的炉灶油炸起了土豆。

"松软热乎,外皮酥脆,太好吃了!你真厉害!"室井尝了一口便赞不绝口。

"……这个,能拿去卖吗?"

种田的话,至少一个月才会有收成。眼下必须赶紧找到维持生计的法子。

"食材很便宜,制作也简单,用水清洗一下,再撒盐巴就行了。"

"好、好吃土豆!"室井突然叫喊起来,"名字,食物的名字,怎么样!"

喂马的土豆,按谐音取名为"好吃土豆"①,室井久违地发挥了一次作为作家的才能。

这一天,黑市上突然出现了一个名叫"好吃土豆"的摊子。当然,这是芽衣子的杰作。

虽然拜托室井去吆喝拉客,但却没有什么效果,就在芽衣子苦于客源之时,一位救星从天而降。

"喂,你们在这里干什么?"

源太目瞪口呆地瞪着两人。他吃惊的样子真是令人怀念。

"小源!"

---

① 日语里,"马"和"好吃"同音。

第 10 章 / 土豆的反击

在三人为重逢而雀跃之时，锅里传来了土豆炸得滋滋作响的声音。

"好吃土豆！好吃土豆！浪速①的新产品好吃土豆，走过路过不要错过！"

在源太熟练的吆喝声之下，前来购买的客人络绎不绝。室井把炸好的土豆放进报纸做的袋子里，十分殷勤地交到客人的手上。

"十个五元、十个五元、十个五元！不快点买就没有了！快来买快来买！"

满头大汗的芽衣子接连不断地炸着土豆，客人们心满意足的欢呼声不断传入耳中，"这个太棒了！""很撑肚子嘛！""不错不错！"

"大婶！多谢款待。下次再来。"

"……好、好的！"芽衣子爽朗地应道，脸上情不自禁地露出了笑容。

到了傍晚收摊的时候，连后面追加的土豆也全部卖完了。芽衣子算了算纯利润，数额让她大吃一惊，想不到第一天就能卖得这么好。

第一笔生意的成功让芽衣子兴奋不已，为了表示感谢，她抽出一部分钱递给了源太。

"不用了。"对方的脸色有些阴沉，"不知为啥莫名其妙就当上了帮手，话说回来，你怎么就回来了？"

源太看起来心情非常不好，一副要长篇大论的模样，芽衣子扭头正想溜掉，发现一个流浪儿从地上捡起了满是尘土的土豆。

她把之前炸焦的土豆递了过去，那个流浪儿一把抢过来，迫不及待地吞了下去。

---
① 浪速，大阪的古称。

"饿得厉害吧。"看着微微笑着的芽衣子,源太不由叹了一口气。她一定想象不到孩子们的生存环境有多么恶劣,手中的食物若不赶紧吃下去,马上就会被其他人抢走。

就在这时,一个嘶哑的男声传了过来:"喂,大妈!"芽衣子回头一看,只见一群凶神恶煞的街头混混横冲直撞地闯了过来。站在中间的男人放荡不羁地叼着一根冰棍,看起来像他们的头儿一样。那个时候,芽衣子还不知道,这个名叫香月的男人今后会跟她有很深的关系。

"谁准你们在这里摆摊的。这里可是我们的地盘!居然擅自摆摊,你们想干什么!"

"快交份子钱!"其他混混也厉声叫嚣起来。芽衣子虽然很害怕,但她不明白为什么不能在这里摆摊,为什么要给这些人交份子钱。

源太先给芽衣子解释了份子钱就是场地租金的意思,然后不动声色地绕到前方,对混混们说:"这家伙,今天是来试试手的,以后就不干了,请放她一马吧。"

"我不会走的!你不要指手画脚——"芽衣子马上反驳。

源太劝她早点回和枝那里,芽衣子却据理力争,摆出了几头牛也拉不回来的架势。

香月从赚到的大额纸钞中抽出了几张,瞪着芽衣子恶狠狠道:"喂!多做点好吃的!"然后拍拍屁股,带着手下们离开了现场。

"为什么要给他们那么多钱!"芽衣子怒不可言,"这里不是疏散用地吗?怎么就成他们的土地了!这也太可疑了啊,为什么啊?!"

"你做的事情才可疑!在黑市做买卖,才是毫无疑问的犯罪!总而言之，你赶紧给我回去！"

"和小源没关系。"

听到这话，源太的火气也上来了："什么叫没关系，真亏你说得出口！你要是出了什么事，我拿什么脸去面对通天阁！"

察觉到自己不小心说溜了口，他赶紧掩饰道："……没、没什么。"

"……不管，我已经交了份子钱了，我要留下来摆摊！"

虽然对芽衣子顽固的态度头痛不已，但是源太还是跟着她去了西门家。他推来一个巨大的酒桶当作睡觉的地方，室井根本派不上用场，自己回去了也睡不安生。

"像你这样的大块头还想什么菩萨，只会到处碰壁而已。啊，好烦，你这是要奉献社会吗？"

芽衣子对源太的抱怨充耳不闻，她一会儿低头在悠太郎的信纸背面写着什么，一会儿又抬起头，殷切地望向大门的方向。守着这样的青梅竹马，源太心情颇为复杂。

第二天，当芽衣子来到黑市之后，眼前的情形让她大吃一惊。挂着"美味土豆"招牌的摊子如雨后春笋一般纷纷冒了出来。

"哎呀，大事不好啦！"源太幸灾乐祸地说道。

"马上就被人学去了吧！今天可能连昨天的一成都卖不了。"

源太的嘲讽让芽衣子十分憋屈，与此同时，她心中也燃起了熊熊的斗志。

"室井，你去买点砂糖和酱油回来，多砍点价！"

芽衣子打算通过丰富炸土豆的口味来提高竞争力,她是铁了心要在这里继续干下去。

"为什么那家伙这么暴躁啊?交个份子钱也生气,叫她回去也生气。这到底是怎么了?"

源太来到广播局,向希子提出了自己的疑问。当得知对方收到了活男的战死通报之后,他不禁倒吸了一口冷气。

"小姐姐,是一个为了家人而活下去的人,而如今她几乎被剥夺了所有的东西。我觉得,她的心里应该是非常愤怒的。所以她憋着一口气,一意孤行地行动,就是希望能把失去的东西全部找回来。"听完这番话,源太忽然想起了那个在水沟里拼命寻找草莓的小女孩。芽衣子虽然平时一副漫不经心的样子,一旦做了什么决定,就一定会坚持不懈地做到最后。

"她就是这种人啊……"

源太回到黑市之后,芽衣子正在收拾锅具。就在这时,昨天的流浪儿带着几个伙伴来到了摊子前。

"啊,有五、五个人……"数完人数之后,芽衣子露出了为难的神情。虽然孩子们饥肠辘辘的样子很可怜,但是她剩下的土豆已经不多了。

"……都做了吧。土豆我去想想法子。"对于菩萨心肠的芽衣子,源太已经认命了,"我有些路子,你把那些都买下来作为食材,怎么样?"

"……那就拜托你了。"虽然有些难堪,芽衣子还是点了点头。

"不管送来什么,你都能做成吃的吗?"

"这……只要不是有毒的和实在没法处理的,应该没什么问题。"

芽衣子没怎么细想就答应了,事后回想起来,自己真是过于自信了。

第 10 章 / 土豆的反击

第二天,芽衣子和室井在摊位上无所事事地等着食材,结果源太没出现,混混香月却过来了。他似乎很喜欢吃路边摊的东西,这次手里拿着一个烤馒头。

"喂、大妈!你要是闲的话,就教教你隔壁怎么蒸红薯吧。要是蒸得不好吃,他可活不下去了。"

"……我会帮忙的。但是,我不是听你的话才去的,我是觉得红薯太可怜了!"

隔壁的大叔也是第一次卖红薯,因为战争失去了工作,开着职业介绍所的香月就让他来这边卖点东西。在这个黑市里这样的人好像挺多的。香月这个男人,挺让人琢磨不透的,说不上是单纯的坏人还是单纯的好人。

芽衣子很快就教会了大叔,当她回到自己摊子时,竟然发生了一场意外的再会。

"马介先生,你回来了!"

"啊,芽衣子,'美味土豆'是什么?"闻风而动的马介,果然找到了这里。

芽衣子给马介说明了情况,没过多久,又有熟人来到了她的摊前。多根带来了碎小的土豆,松尾带来了牛内脏。听源太说这里什么都收购,两人就带着东西找上门来了。

"我买!我买!"芽衣子愣了一下,马上又充满了干劲儿。

就连昨天的那些流浪儿,也带着满满一篮子的食用青蛙围了上来。

"只要是能吃的,你都会买吧?那个叔叔是这么说的。"

"小源……我知道了,我买!"

在这里迟疑的话，那作为女人可要颜面尽失了。芽衣子掏空腰包，买下了所有的食材。

"美味土豆""美味内脏""美味蛙肉"，芽衣子的摊子上多了三个菜品，连灶台都变成了三个。芽衣子和马介负责烹饪食材，阿富给他们打下手。源太、银次和松尾则在街上吆喝拉客。菜市场的众人聚集在芽衣子的摊子上，就连室井也作为跑腿的行动了起来。

"各位，非常感谢今天你们前来帮忙。想必你们也知道，我、现在、是真的身无分文了！如果卖不出去，我明天就活不下去了。所以，请大家务必大显身手！"

"喔——！"众人齐声应道。

流浪儿们小心翼翼地靠了过来，问道："我们，可以帮忙吗？"

"当然可以。"芽衣子笑着招了招手。

首先把青蛙剥皮，然后清洗内脏。因为没有生姜和料酒，为了除去内脏的腥臭味，只能反复清洗到没有味道为止。洗完之后，再用酱油和砂糖调味，最后交给芽衣子在油锅里煎炸。芽衣子一刻不停地炸着，炊烟袅袅，一时间街道上香气四溢。

这么一来，吆喝也用不上了，芽衣子的摊位前排起了长长的队伍，客人都吃得满口溢香，准备好的食材很快就被抢购一空。

"非常感谢！"

在众人的欢呼之下，芽衣子精疲力尽地躺在了地上。看着大家热热闹闹地吃着预留的食物，她的心中充满了幸福感。

第 10 章 / 土豆的反击

"……好开心啊……"

忽然,一阵细弱的呼唤声传进了耳中,芽衣子不由得抬起了头。

"芽衣子",又是一声温柔的呼唤。不是错觉!芽衣子翻身站了起来。

(芽衣子,不是那边,是这边。芽衣子。)

顺着呼唤声,芽衣子回到了西门家的废墟处,迷惑地四下看着。

(芽衣子——!)

一回头,芽衣子就被什么人撞了个满怀,两人一同摔到了地上。撞上自己的是一名流浪儿,撞上她之后,一个包袱从他手里滚落了下来。

(芽衣子!是我!芽衣子!我在这里!)

在两人的面前,忽然出现了一个面目狰狞的男人。

"藤、藤井先生?!"

"那个孩子!就是他!快抓住他!那个是米糠坛子!"

见状,少年赶紧爬起来,地上的包袱也不管了,就这样匆匆跑掉了。

(好久不见了,芽衣子。)

芽衣子打开包袱,将里面的米糠坛子举起来,深有感触地打量着。

因为疏散的妻子回家了,藤井就把芽衣子以前分给他的米糠坛子给送回来了。

芽衣子看着手里的坛子,感觉仿若奇迹一般,眼泪情不自禁地流了下来。

"我家被烧毁了。所以,我以为再也、再也看不到它了……"

就这样,阿虎的米糠坛子再次回到了芽衣子的手上。

(啊啊,终于可以放心了,还是你的手最舒服……对了,你也安心了吧。)

当芽衣子把米糠坛子重新埋在土里后,源太也回来了。

"太好了,拿回了米糠。"

"嗯……真是个好兆头。菜市场的大家也回来了,我觉得米糠在对我说,没有放弃真是太好了。"

藤井掏出一根泡菜递给了源太。

"哇,好久没吃了,这个。"

源太和芽衣子啃上了久违的米糠泡菜,这个味道,跟孩童时期的味道一模一样。

"……也不知道怎么样了。"芽衣子轻轻叹了一口气。

"卯野家吗?"源太说。

"嗯,我发了电报过去。"

"没关系,米糠不是找回来了吗?"源太给芽衣子打气。

之后的某一天,芽衣子忽然被香月叫去了黑市的职业介绍所。

"——'美味小巷'?"听到这个诱惑的词汇,芽衣子不禁两眼发亮。

"在市集的一角,并排着长长一串美味的摊子,这是多么棒的画面啊。我想让大妈你来考虑菜品,再指导一下其他人的烹饪。"

香月早就看上了芽衣子作为厨师的才能,他之前就找源太商量过,希望由他和芽衣子两人来创建"美味小巷"。

"我是可以做,但是,没有指导费吗?"自从知道对方也是美食同行之后,芽衣子就不怎么怕了,"份子钱!能不能请你还给我!"

/ 第 10 章 / 土豆的反击

芽衣子捏着讨回来的份子钱，兴高采烈地回到摊子。她让马介和室井帮忙照看着，今天除了贩卖"美味土豆"之外，还摆上了用米糠腌制的泡菜，但是后者几乎没什么人买。

就在几人为泡菜的出路发愁时，发生了一件意想不到的事情。一位名叫真冈的退伍兵听到了他们的谈话，对泡菜产生了极大的兴趣。他在品尝过泡菜之后，提出了一件令人难以相信的交易——他可以将手上的大米卖给芽衣子。

"三袋[①]！因为我家的泡菜太好吃了！所以他想把大米卖给我，等米糠增加之后分给他一些。"

看着满脸兴奋跑来报告的芽衣子，源太长叹了一口气：

"……你是笨蛋吗？真不是霸王餐吗？你们啊，有收泡菜的钱吗？"

"……啊啊啊啊！"摊子上的三人同时大叫起来。

不过，这天夜里发生了另一件让人开心的事。卯野家的电报和福久的明信片寄到了希子工作的广播局。

"父亲骨折其他人无恙，请告知你那边的情况。"

一份平平淡淡的电报，终于让芽衣子放下了心中长久以来的担忧。福久寄来的明信片上，按上了一个小孩子的脚印。

"……哎、这个、这是，大吉的脚印？！"

背面印着几个形状各异的大拇指手印，一旁还写着"大家都好"的字样。芽衣子认真地数了数手印，没错，诸冈也平安归来了。

"他还活着……这真是……"芽衣子心头一热，眼眶也湿润了。

[①] 一袋为四升。

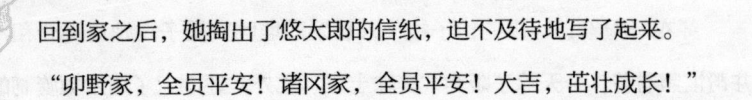

回到家之后,她掏出了悠太郎的信纸,迫不及待地写了起来。

"卯野家,全员平安!诸冈家,全员平安!大吉,茁壮成长!"

几天之后,黑市中立起了"美味小巷"的招牌板。芽衣子遵守和香月的约定,教会了其他人杂物烧的做法。从此之后,这条街便越发热闹起来。

最令人意外的是,几天后,真冈居然真的搬来了三袋大米。

"夫人!不好意思,我来晚了。我把大米带过来了!"

因为事出突然,芽衣子完全没有准备好买米的钱,为了找希子应急,她匆匆跑去了广播局。

"借钱的话,不如去找仓田先生?!"

希子告诉她,仓田正在低价收购烧毁的土地,手头应该很宽裕。听了建议之后,芽衣子赶紧找上仓田,态度强势地借来了钱,最终顺利买下了大米。

"今天就和大家一起庆祝吧!"

芽衣子等人架起锅,烧起水,拿着刚买的大米煮好后捏起了饭团。饭团有泡菜的、米糠的,还有盐味的。街上的人们纷纷聚集过来,接受了这一盛大的招待。他们咀嚼着美味的饭团,每个人脸上都露出了喜悦的表情。

"真是太大方了。"平时处事不惊的商人仓田,也被芽衣子的豪举给震惊了。

"因为她是个笨蛋,做事从来不考虑后果。"源太嘴上说得刻薄,眼神却十分温柔。

第 10 章 / 土豆的反击

"……笨菩萨吗？"

不知道自己正被两人说闲话，芽衣子给仓田递上了一个饭团。

"太感谢您了，仓田先生。"

"哪里哪里，我只是有些意外。"

就在这时，耳边传来一个熟悉的声音："母亲，可以给我一个吗？"芽衣子浑身一震，猛地转过头。

"我回来了。"泰介站在前方，一脸微笑地看着她。

芽衣子情不自禁地抱住了对方，心中是满满的惊喜和欣慰。

"欢迎回来……来吃饭吧。"

这天夜里，为了庆祝泰介平安归来，亲友们聚集在西门家的仓库中。

"只准备了这样的东西，真是不好意思。"桌上摆着特制的"美味杂烩锅"，芽衣子笑道，"不知道会吃出什么东西哦。"随后，她将之前煮好的饭团分给了在座的众人。

"大姐捏的饭团啊，而且，这雪白的颜色！"

"是啊，好久没吃过这样的饭团了。"

川久保和希子露出了感动的神色。仓田、源太、室井和马介也接受了款待，小小的仓库里一时间热闹非凡。

"所以，你就一直在挖战壕咯？"

泰介成为了大家讨论的中心，好奇的室井不停地问东问西。

"是啊，是为美军上陆做准备。没有被送去战场，一直在拼死拼活地挖战壕，结果战争很快结束了，说出来都挺不好意思的。"

看着害羞的泰介,芽衣子微微一笑,插嘴道:"你们知道吗?泰介说他回来之后想做很多事情,还说想打造一个能实现大家理想的国家。"

"哎!"众人一同发出惊讶之声,纷纷感慨道,"要成为大臣吗?""真好,志向远大啊!"

这时,川久保忽然一脸认真地说:"以后,还不知道这个世间会变成什么样子呢。"

据他说,美军今天过来接管了广播局,以后还要长期驻扎下来。在座的男性对这个话题兴致勃勃,但芽衣子却忽然沉下脸,默默地吃起了饭菜。看着这样的芽衣子,希子露出了担忧的神色。

察觉到母亲异常的泰介,被源太不动声色地带出了仓库。

"也许不该由我这个外人多嘴……小活,他的战死通报送过来了。"

闻言,泰介的脸色"唰"的一下就变白了。

"你果然不知道啊。她觉得仅凭一张纸不能作数,认为小活可能还活着。这会儿听到驻军的事情,她心里应该不好受。"

从震惊中恢复过来的泰介,静静地合上双眼:"……这样啊,活男他……"

当泰介回去时,其他人已经离开了,源太也来把室井拉走了。泰介走出仓库,来到了后园的地方。

虽然天色昏暗,看不清四周景色,但芽衣子仍然蹲在田边默默地拔草。

"……母亲,我走了之后,你在那里怎么样?"泰介问道。

第 10 章 / 土豆的反击

"怎么样啊,就是一直在种田嘛。"芽衣子停下手,吞吞吐吐道,"……那个,小活的战死通报来了,姑且吧。一张纸,只有一张纸而已,是不是真的也不好说!"她抬起头,直直地望向泰介。

"……啊,嗯。"

"真是不明白。"芽衣子一边念叨着,一边又拔起了杂草,"你和枝大姑对我说,从此之后我要习惯一个人生活。所以我就一直一个人种田,一个人吃饭。"

"一个人吗?"

"……一块田地,就是一个世界呢。不管再怎么用心栽培,也会被梅雨淋湿、会生病、会被虫子吃,我的照顾并不能改变农作物的大体生长情况。我太没用了,真是太没用了,不管是田地还是这个世界,我都无能为力。"

出生于热闹的大家庭,一直过着被家人环绕的日子。从未感受过孤独的芽衣子,第一次产生了消极的想法。

"可是,我也有认真考虑过,要怎么做才好呢,要怎么做才能改变现状呢?一个人的时候,我就总在想这些东西……"

"想出答案了吗?要怎么做才好呢?"

"……就算被嘲笑、就算觉得羞耻、就算觉得可怕,应该说出口的话就一定要说出来。觉得不对的东西,就一定要说出来。这是,无能的大人们的责任。那些有权有势的大人,更应该一马当先地说出来。但是,无论是谁……都在逃避责任。"

芽衣子压制的语调,缓缓地说出了心中激荡的怒气。

看着这样的母亲，泰介一句话也说不出来。

那天之后，芽衣子和马介在摊子上卖起了饭团。摊子上摆着味噌和各种野菜，客人选中什么，就当场捏进饭团里。芽衣子招待起客人来十分老到，泰介觉得自己都不用出去吆喝了。

流浪儿们时常从河里抓一些青蛙或者田螺卖给芽衣子。源太对他们说"想吃饭就好好干活"，还让他们去街头帮人擦鞋赚钱。因为退伍军人和疏散的人回来了，美军也入驻了，所以擦鞋的需求也增加了，流浪儿们的生意做得还挺红火。

"泰介，你不用留在这里，回去好好休息吧，你不是挺累的吗？"

听从吩咐回到家中的泰介，为了让母亲消除疲劳，用铁桶和木材打造了一个五右卫门泡澡桶①。烧上热水之后，附近刚疏散回来的人被纷纷吸引过来。

芽衣子回来的时候，胜治正在桶里一脸惬意地泡着，一旁坐着已经泡好的多江和美祢。美祢的丈夫去世了，她打算让孩子一直留在疏散的地方。胜治和多江的孩子死在了战场。

"我们也考虑收养一个孩子，好吧？"胜治说道。

"嗯……也许这样比较好。"多江露出了寂寞的笑容。

"这样啊……我也觉得这样比较好。"芽衣子想不出什么安慰之词。

等三人回去之后，芽衣子和泰介也舒舒服服地泡了澡。

---

① 五右卫门泡澡桶：古代日本人泡澡的一种方式。在柴火上架木桶或铁桶，桶内垫木板，人坐在木板上泡澡。

第 10 章 / 土豆的反击

吃完晚饭的饭团和泡菜之后,泰介突然说道:

"……母亲,我想暂时休学。"

得知理由之后,芽衣子不由得大吃一惊。泰介竟然想做一些帮人领养孩子和寻找亲人的工作。

"为、为什么?!你不是想跟朋友吵架,想谈个恋爱吗?不是有很多事情等着你做吗!"

"……母亲在给灾民煮饭,源太叔在帮孩子们找活干,我十分敬佩你们……不过,这样没法从根本上解决问题。好不容易活下来,家里却被大火烧毁了,肯定有很多兄弟姐妹和父母子女在街头擦肩而过。而且如果知道哪些孩子成为了孤儿,说不定附近的人会好心收养他们。现在不做的话,我一定会后悔的。如果现在不去做力所能及的事,我肯定会讨厌自己……"

以前,悠太郎曾经说过同样的话。这种不为私欲,说到做到的耿直性格,也和悠太郎一模一样。

"……只是暂时休学哦。以后还要回去上学的。"

泰介的五官越来越像悠太郎了,仔细一想,他马上就二十岁了。芽衣子把这件事写在了信纸上,嘴里喃喃道:"……好想早点告诉你啊……"

从那天起,泰介开始对周围的流浪儿进行身份确认。他以"会吸引更多人流"为由,说服香月把职业介绍所的办公室借给他。泰介在门口立起了"寻人问事"的招牌,得知可以打听出征人员的安否,芽衣子便把悠太郎和活男的情报也贴了上去。运气好的话,说不定能从提前回来的人那里获得一些线索。

在大家都忙于生计时,身着华丽洋装的阿静忽然出现了。

微微发福的阿静吃着芽衣子做的饭团,连连抱怨自己亏了亏了。据她说,黑市的旧衣店摆着从废墟里挖出来的友禅,居然和铭仙卖一个价钱。①

"才卖一折啊!谁看到都会买的!"

"没有这么多钱!家里还欠了债!"

突然出现在摊子前的阿静,一边说"借我钱",一边把篮子里的钱拿走,为了拦下这个任性的婆婆,芽衣子可费了不少功夫。

"怎么,看到我回来不开心吗?怎么还抱怨上了。"

"开心,非常开心!但是你一回来就这样折腾,再开心也被你折腾没了。"

"奶奶!"泰介从远处走了过来。

"哦哦!小泰、小泰,这不是小泰吗!"

"奶奶看起来挺有精神啊。"

泰介身边跟着一名陌生的孩子,看到对方的脸之后,芽衣子不由得惊呼起来,是他,是从藤井手上抢走米糠坛子的那个孩子。

"他可是第一个找到亲人的孩子。"

"真的吗?"芽衣子兴奋地拍了拍手。

"挺能干的嘛。"源太拍了拍泰介的肩头,也一脸欣喜。

这名少年在香月的职业介绍所见到了刚退伍的哥哥。

---

① "友禅""铭仙"都是以印染工艺为名的高级和服。

第 10 章 / 土豆的反击

"这段时间很寂寞吧。你很努力了。"

"嗯。"少年用力擦掉脸上的泪水。

泰介的耳边传来"嘶嘶"的哭声,原来是站在一旁的香月发出来的,他红着眼抽了抽鼻子:"不行,我对这种最不行了。"

"……这是庆祝再会的小礼物,虽然不多。"

芽衣子带着饭团和泡菜来到了办公室,身后还跟着阿静和室井。

少年似乎完全不记得跟芽衣子起过冲突的事了。

"实在是太感谢你了。小活,收下吧。"

听到少年的兄长唤出的名字,芽衣子忽然睁大了双眼。

"你、你叫小活吗……?"

名叫和正的少年迫不及待地咬住了饭团,还从兄长手里抢走了泡菜。这副贪吃的样子,跟年幼的小活简直一模一样[①]。

芽衣子强忍着泪水,目不转睛地注视着狼吞虎咽的少年。吃完东西后,和正吸了一口气,对芽衣子露出了一个开心的笑容:"多谢款待,阿姨!"

"……啊啊啊啊。"听到这句话,芽衣子的眼泪像开闸的水龙头一样停不下来。

看着狼狈的芽衣子,阿静和泰介不由得破涕为笑。

"……笨菩萨,放声大哭。"室井一边念着,一边在纸上写下这句话。

这天夜里,大家围着阿静坐成一圈,桌上摆满了从黑市买来的各种

[①] 日语中,"活男"和"和正"的昵称发音相同。

料理。

"你啊,没考虑过把家里翻新一下吗?好多家都搭建了临时板房。"阿静抱怨起来。

"请问——樱子怎么样了?"室井忐忑不安地问道。

"啊,对了,她有一封信给你。"阿静从荷包里掏出一封信交给室井。

"我也许不会回去那边了。也许。"

看到出乎意料的内容,室井顿时陷入了混乱:"为、为什么?!为什么写了两遍'也许'?"

"不知道呢。算了,也许是对你已经厌烦了。"

"……我做什么了?我到底做了什么惹她不开心了?"

那可真是做了不少——在场所有人都在心里嘀咕着。

"算了算了,你只有振作起来,努力让她再次爱上你了。"

阿静回来之后,家里的气氛就热闹多了。而且,今天还遇到了名叫小活的少年。

"今天,发生了好多开心的事啊。"

芽衣子开开心心地把白天的事写进了信纸中。就在这时,源太走了过来:"芽衣子,我先回去了。"他最近要忙的事情也挺多的。

"太好了,热闹起来了。"看着屋内闹哄哄的情景,源太笑道。

芽衣子忽然深切地认识到,自己真是得到对方太多太多帮助了。

"……小源,谢谢你。"她郑重地向对方道了谢,"如果不是小源帮忙,我也许就没法在那里摆摊。如果不能继续摆摊,我可能连饭都吃不上。听到这么多人对我说'多谢款待',我觉得自己好像被拯救了。"

第 10 章 / 土豆的反击

"……接下来,就是小活和通天阁回来了。"

"果然大家回来之后,都会去黑市呢。"

"啊,说得没错。泰介和阿静都是在那里见到的呢。"

源太离开之后,希子回到了家中。她告诉芽衣子现在还没有从中国回来的人,所以依然没有悠太郎的情报。

"……没关系,会回来的。一定会回来的。"芽衣子坚定地说着,就像说给自己听一样。

第二天,阿静说想见见福久和曾孙,就动身去了他们所在的疏散地。芽衣子也很想去,但是她必须留下来摆摊。

正当她准备饭团的时候,一个陌生的男子来到了摊前。他板着一张脸,周身散发着一股怪异的气息,芽衣子的心中忽然有了不好的预感。

这时,一声刺耳的惊呼从远处传来:"是便衣!"

一时间,埋伏在四周的警察倾巢而出,"是便衣!大家快逃!"被警察按住的男子大声叫道。

芽衣子被陌生男子抓住了手腕,情急之下朝着对方的手腕狠狠咬了一口。在对方吃痛的时候,她用力挣脱了桎梏,然后一把抓起桶里的零钱,朝外面跑了出去。

"芽衣子!这里!"源太在一处隐蔽的角落朝她挥了挥手,泰介也躲在那里。

"快走!"

一时间,黑市陷入了混乱的状态。卖土豆的大叔被殴打倒地,流浪儿们被抓了起来，摊子上的物品被统统收走，残暴无理的光景一幕幕闯入了芽衣子的眼帘。

看到自己借钱买下来的大米也被人拖走后，芽衣子心中的某根弦忽然断掉了。

"喂！""母亲！"不顾源太和泰介的惊呼，芽衣子只身冲了出去，她来到抱着米袋的警察身后，毫不留情地伸出脚踹了出去。

完蛋了……源太和泰介一同捂住了脸。

"这是我的大米！"

芽衣子毫不畏惧地站在警察面前。

"你们到底要抢走多少东西才甘心！"她发出了撕心裂肺的怒吼，"抢我们的吃的，抢我们的家，还有我们的丈夫、孩子，你们抢走了一切，我们才会到这里讨生活！现在、你们就连这个也要抢走吗？！"

街道上的众人反应各异，有满眼含泪的，有狠狠点头的，有面露凶相的……无论是谁，都对芽衣子的话产生了深深的共鸣。

"黑市！大米！我们只有靠着这些才能勉强活下去。我们实在是别无选择了！大家、大家都是一样的！如果不这样做就会死的！你们是叫我们去死吗？！一定要这样把我们逼上绝路吗？！如果这样做就是犯罪的话，那先让我们吃饱饭啊！"

警察迅速走上前去，在芽衣子的手上套上了拘束用的绳子。

"母亲！"泰介脸色惨白地喊道。

"哎、果然还是……"源太蹲在原地，完全不敢动弹。

"逮、逮捕？！"

/ 第 10 章 / 土豆的反击

芽衣子不可置信地盯着自己的手腕。两名警察反手架住了她，毫不留情将她拖走了。

这是 1945 年（昭和二十年），秋天，在黑市发生的一场突发事件。

第 11 章
巧克力战争

源太和泰介先去职业介绍所找香月商量。

"没事,虽然被说教了一番,结果只没收了大米就给释放了。"

能这样就解决事情,真是太好了,泰介终于松了一口气。

"你们没从警察那边听到什么风声吗?"源太问。

"……我要是知道的话,肯定会通知大妈的。"

"这种事也能提前知道的吗?"泰介有些吃惊。

"干这一行,是有很多门道的。"源太解释道。

黑市的背后,隐藏着复杂的关系网。

"看来有其他势力在作梗。"源太皱起眉头,喃喃自语道。

对泰介来说,这个世界还有很多他不知道的灰暗地带。

"所以芽衣子被抓之后,到现在都没放出来吗?"

阿静刚从福久的疏散地回来,就从马介那里听到了这个震惊的消息。

"小泰和源太已经去警察那里了解情况了。"

两人正说着话,泰介和源太就走进了屋里,身后还跟着垂头丧气的芽衣子。

"你啊,真是的,到底在做什么啊?"

"算了,还好对方把她当作街头大妈胡搅蛮缠,多罚了一点儿钱就把人放了。"

据源太说,芽衣子在警察局里还在大吵大闹。遇到这种事,无论是谁都觉得罚点钱就能解决简直是万幸了,但是芽衣子对此却十分不满。

"为什么要罚我的款!抢了我的米,还让我交钱,这也太没道理了吧!"

怎么又开始闹了,源太连忙安抚道:"是是是,你一点儿都没错,一点儿都没错!"

"就是没道理啊!这种事,太没道理了!"

就在这时,阿静掏出一张照片横在芽衣子眼前,这是从福久那里拿的大吉的照片。

"快看快看,大吉哦!快看!"

看到可爱的孙子,芽衣子顿时眉开眼笑:"大吉!"

"可爱吧!很想见见吧!如果你被抓了,就见不到他了哦!"

闻言,芽衣子顿时愣住了。其他人都在心中暗暗敬佩:"干得漂亮!"

"外婆要是入狱的话,大吉也太可怜了。泰介以后是要当大臣的,作为母亲,怎么能给他抹黑呢!"

虽然被暂时安抚下来,但芽衣子心中依然愤愤不平。明明就是赤裸裸的抢劫啊,她带着无处发泄的怒火,狠狠地揉着米糠。

就在这时,泰介也从仓库里走了出来。

"母亲,你不用在意我。我……应该当不了大臣。"

孩子都这么说了,芽衣子也只能把委屈放在心里:"我以后不会这么莽撞了……"

第二天，当芽衣子和泰介来到黑市时，街上竟然没有一个人出来摆摊。

"不等风头完全过去，是没法做生意了。"卖土豆的大叔无奈地说道。

芽衣子宛如当头一棒，大米被抢走不说，家里还欠了一屁股债，现在连生意都不能做了。

这时，香月和源太走了过来，说是有事要说，把芽衣子他们带去了职业介绍所。

到了事务所，香月告诫芽衣子，今后她不可以在黑市摆摊了。

"为什么不准我摆摊？"

"大妈，知道为什么你闹得这么大，最后只罚了点钱就走人了吗？那是因为我到处找人通关系，好不容易才把事情压下去的！"

原来还有这样的内幕，芽衣子听得心里一惊。

"不过对方也提出了条件，就是不准你在黑市里继续做生意。"

那就没办法了，芽衣子叹了一口气："那我换个打扮？"

"笨蛋！除了你，还有谁有这么大的块头！"香月横眉怒眼道。

"我会蹲下来的！"

"不准在这里露面！"

"我到底是为了什么才交份子钱的？不就是希望遇到这种事情的时候，能够得到你们的庇护吗？说到底，因为你们失职才搞成这样的啊？！"

"我有什么办法！这次是驻军搞的事，我们都被摆了一道。因为配给物品怎么都收不上来，上面就跟美军可怜巴巴地诉苦，结果对方说：'你们不是有黑市吗，那里不是有粮食吗？跑来求人之前，自己先努把力吧。'"

第 11 章 / 巧克力战争

"所以警察就去了黑市……"泰介终于明白了。

"没错。要不是这样,我之前肯定会得到风声的。"

"美军吗……"芽衣子的火气猛地冒了上来,"因为美军,所以我的大米才被抢走的吗?!"

回去的道路上,芽衣子和泰介肩并肩默默地走着,忽然,有什么东西飞到了两人的脚边。

芽衣子把东西捡起来仔细一看,顿时大吃一惊。

"……巧、巧克力!"

她向巧克力飞来的方向望过去,只见几名美兵正朝围上来的孩子们扔巧克力。

——这种做法,仿佛把孩子们当狗一样对待。

见芽衣子眼里的怒火越烧越旺,泰介赶紧挽住她的手臂:"母亲,回去了。"

芽衣子并不领情,她握紧巧克力,三步并作两步冲到美军跟前。

"等一下!怎么这样乱扔食物!你们连这点素质都没有吗?喂!"

她一边怒吼着,一边把捡到的巧克力硬塞到对方的手里。但是美兵听不懂她的话,依然笑眯眯地把巧克力又推了回来。

"我说我不要!你们听不懂吗?!"

在语言无法交流的情况下,芽衣子只得把巧克力带回了家。

"这个巧克力,是驻军发的吗?"

晚上，回到家的希子和川久保也看到了巧克力。

"太过分了，居然发巧克力！因为，你们看，这个世上根本没有人能抗拒巧克力啊！不管对方怎么可恶，一看到巧克力，就会忍不住原谅对方啊！"

川久保对着泰介小声说："她差点就原谅了啊。"后者点了点头。

"居然用食物来打动人心，抓住人们最脆弱的地方攻击！太下作了！实在太下作了！美军这群混账！"

芽衣子义愤填膺地声讨着美军，满脸不高兴的希子听到这话，难得一见地点了点头。

"……美军就是这样的。当面对人笑眯眯的，背后却做着跟军队同样的事！不管是盗窃还是暴行，只要是美军做的，都不准我们报道出来。今天连《义太夫[①]的讨伐》都被改得乱七八糟。"

美军不准播放存在煽动报仇的内容，所以《义太夫的讨伐》的台本被审核之后，上面画满了修改和删除的红线。但凡会联想起美军暴行的内容，不管可能性多么微小，他们都要事先处理掉。

美军虽然代替日军管理了这个国家，但是国民并没有迎来解放之日。

"所以啊，他们就跟巧克力一样！"

"其实味道很苦，但是会掺入甜味来麻痹大家！"

就在芽衣子和希子对美军的声讨越来越热烈时，川久保在一旁不动声色道："不过，他们也有做得不错的地方吧。"

"他们对棒球有着很深的理解。"

---

① 义太夫，日本说唱曲艺的一种分类。

"啊，新闻里也说，要恢复学生棒球比赛了。"

"职业棒球也快恢复了吧。"

当听说芽衣子不能在黑市摆摊之后，希子忽然想到了一个好点子：

"要不，小姐姐来广播局卖饭团吧？很多人白天都饿着肚子工作，你悄悄地过来卖就行。"

"……饭团啊。"这可是自己最擅长的食物。

大家回去之后，芽衣子铺开悠太郎的信纸，一边写下今天的事，一边浮想联翩。

"今天是什么馅？"悠太郎问道。

"是什么呢——"芽衣子一脸得意。

"……就是这种感觉吧，真不错。"一想到大家的反应，芽衣子就情不自禁地兴奋起来。

希子判断得没错，芽衣子的饭团在广播局中大受好评。

"川久保的大姐的饭团真不错。每次的馅都不一样。"

希子的上司大野也是每日购买的顾客之一。饭团的馅非常丰富，有田里种的野菜、摊子上剩余的油炸物，还有切成丝的白萝卜。最重要的是，趁热捏出来的饭团口感非常好。

"我有时也在想，不用每天考虑不同的馅吧，这多麻烦啊。"希子笑道。

"就像母亲每天为孩子们考虑不同的饭菜一样，那种用心的感觉很棒。"

"我会告诉大姐的，她一定会很高兴。"

察觉到背后有人,希子不由得转头一看,只见满脸胡须的美军高层默默地站在后面,正目不转睛地盯着桌上刚刚开封的饭团。

"这不是莫里斯上尉吗!哎?啊!这个饭团?请吃请吃!"

希子还在惊慌失措的时候,大野已经把饭团递了上去。

从广播局离开后,芽衣子又逛了一趟黑市,当她回到家中,几位客人早已等候多时了。

"福久!大吉!诸冈君也来了!"

芽衣子急忙脱下鞋子走进仓库,兴高采烈地抱起了沉了不少的外孙。

"……大吉,我是外婆哟!"

认生的大吉"哇"的一声哭了起来,芽衣子却毫不在意。

"没什么东西招待。"她一边笑着,一边精神奕奕地做起了晚饭。

和两人的谈话中,芽衣子得知诸冈一家人已经搬回大阪了,这次是特意上门打招呼。

"大吉真的长大了不少呢。"

"现在还好,"福久叹了一口气,"在疏散的地方得到了很好的照顾。"

诸冈父亲的工厂被烧光了,现在也接不到订单,他们打算从头开始整顿工厂业务。

"总而言之,为了让大吉吃饱穿暖,我们一定会想尽各种方法的。"

一段时间没见,福久已经成为了一个坚强的母亲。芽衣子欣慰地将一个装满食物的袋子交给福久和诚惶诚恐的诸冈。

"这是给大吉的。福久也要吃好点,不然产不了奶。诸冈君的工作

第 11 章 / 巧克力战争

也很辛苦吧。"

"……太感谢了。"年轻的夫妇感动不已地收下食物。

芽衣子依依不舍地捏了捏可爱外孙的脸颊。一想到今后可以守护着大吉茁壮成长，她的心中就充满了干劲儿。

第二天一早，芽衣子偷偷摸摸地来到广播局卖饭团。希子接待了她，两人正说着话，昨天的美军——莫里斯上尉走到了她们跟前。他掏出一张钱币，对芽衣子露出和善的笑容，说了一句"One for me（我要一个）"。原来他也是来买饭团的。

这个出乎意料的发展把芽衣子吓了一大跳。因为美军从中作梗，才害得自己少了这么多大米，凭什么还要卖饭团给他们吃？

"没、没有饭团卖给你！"

对方以为芽衣子嫌钱少，又从怀里掏出了一叠纸币扔在摊子上，随后将饭团连带包袱布全部拿走了。

"喂、你等等！……喂、美国人！"

虽然很不甘心，但对方给的实在太多了，一直辛苦赚着小钱的芽衣子还是没有追上去。

这天傍晚，仓田带着两名客人来到了西门家。

"芽衣子，在吗——？"

这两名老者也是有钱人，一位叫细川，另一位叫太田。三人合力抬着一个大箱子和一些酒水，一口气放在了仓库的地板上。

"是这样的,细川先生搞到一些食材,你可以帮我们做成好吃的料理吗?"

"这是……什么?"芽衣子朝箱子里一瞟,"啊"的一声叫了出来。三条体形巨大的活章鱼,正在箱里不停地蠕动。

"章鱼最重要的就是新鲜。我会给你报酬的,能帮这个忙吗?"

"……好、好的!"一听到有报酬,芽衣子立刻站了起来。

阿静往粗糙的茶碗里倒入酒水,递给了仓田等人,随后熟练地与他们攀谈起来。不久之后,芽衣子端着菜盘子走进了仓库:"让你们久等了!"

"没有比煮章鱼更好吃的做法了,首先,请品尝这个!"

泰介把瓦片做成的盘子放在三位老者面前,芽衣子当场将煮章鱼切成小块,再一一放入盘子里。这份开胃菜实在是鲜美无比,三位客人一边叫着"好烫好烫",一边津津有味地吃了起来。

接下来,芽衣子上了烤章鱼串,等三人吃得心满意足之后,又端上了最后的压轴菜——撒上了自家大葱的章鱼饭。

"哇啊啊啊啊!"看见香气扑鼻的章鱼饭,仓田等人不由得连声惊叹。

"这可太诱人了,章鱼饭!"

"居然有生姜调味,真是太棒了。"

得到了仓田的许可,西门家的人也开心地吃起了章鱼饭。也许是喝上了头,嚼着泡菜的仓田一本正经地说:"芽衣子,你开个饭厅吧。"

"由我出资,你给我开个专属饭厅吧!每天给我做好吃的!"

阿静拦下犹豫不决的芽衣子,兴冲冲地向仓田靠了过去:

"真的吗?仓田先生,您真的会出资吗?"

"那当然。"

"太好了！不愧是仓田先生！不过，如果这个仓库做了仓田先生的饭厅，那我们就没有地方住了，那怎么办呀？"

"就在那边搭建一个木板房好了！煤气！再装上煤气，打造一个厉害的厨房！"

"——真、真的吗？"

天上居然掉馅饼了，芽衣子觉得自己就像在做梦一样。不过，只靠仓田一个客人真的能支撑家里的生活吗？虽然心里隐隐有些不安，但她还是决定办下去。就这样，在摆摊失败之后，芽衣子又做起了饭厅的营生。

几天后，当西门家的木板房建好了，芽衣子便开始着手将仓库改建成饭厅。装修的工作交给了知根知底的藤井。藤井又把同事大村从九州叫了回来，由这两人来修建饭厅，芽衣子觉得十分安心。

"这个仓库饭厅，你想装修成什么样子呢？"大村问道。

芽衣子正想说出心中打算，就在这时，一个熟悉的声音飘了过来："夫人！"

回头看清来人后，芽衣子不由得瞪圆了双眼。

"竹、竹元先生？！"

"您还活着啊！"阿静也一脸惊讶。

"夫人！美味介怎么没了！这怎么行！炒冰呢！"竹元还是一副旁若无人的样子。众人都听说他走了，没想到又回到了大阪。

喝着芽衣子端上来的茶水，竹元说起了自己的经历。原来他这些年一直在无人岛自力更生，全身的皮肤也因此被晒得黝黑。

"好了，你们在讨论饭厅装修吗？夫人。"

"抱……抱歉，这个事情已经交给藤井先生和大村先生了。您的好意我心领了，不过，这里不适合用竹元先生时髦的设计风格，而且我也没有这么多预算。"

"我太失望了，夫人！你完全不理解我！我只是想建房子！在这片烧焦的荒野上，多么适合随心所欲地修建各种建筑，我满腔热情地等待着邀请……结果……再这样下去，我就要爆发了！"

虽然有些不知所云，但是竹元对建筑事业的那份热情，大家都深切地感受到了。

"……算了，要不，我们一起干吧？"

对于大村的提议，竹元很诚恳地接受了："……哦，那也行。"

"对了，西门夫人，你想要的风格是什么来着？"藤井再次问道。

"那个，我觉得能让客人们觉得放松身心就好了，不过，我想尽量靠近'如果是悠太郎的话，会建成这样的风格'的感觉。"

"……高才生的风格？"大村歪了歪头。"那个笨蛋啊！"竹元哼了一声。"西门君啊……"藤井也完全没有头绪。

"咦？怎么了？很难吗？"

"倒不是很难，只是说到西门的风格，认真一想，好像……"大村有些犹豫。

"一点儿风格都没有！那个男人的建筑没有一点儿个性！"竹元鄙视地说道。

"总而言之就是一味追求安全性，只想修建固若金汤的建筑。除此之外，就没什么好说的了。"

"在风格上没有任何坚持呢。"

"是、是这样的吗？"

之后，泰介和源太也来到了仓库。不知不觉中，大家的话题都集中在了悠太郎身上。

"没有窗户的小学校舍什么的。"想起地震期间悠太郎设计的建筑，藤井不由笑了起来，"因为过于纠结校舍的抗震性，所以搞出了几乎没有窗户的设计。"

"很像是悠太郎会做的事呢。"阿静笑道。

"没错没错！"芽衣子也微微一笑。

"对了，不如搞个没有窗户的饭厅！十分新颖！"

竹元忽然大叫起来，从藤井手里抢过纸和笔，兴致勃勃地画起了草图。

"不要！没有窗户的房间会很闷的！"芽衣子发出了悲鸣。

"这么说来，他的确是个闷葫芦呢。"源太笑着揶揄道，"捕风捉影地怀疑妻子出轨，怒火朝天地跑来兴师问罪，还不由分说抢走了放在我这里的米糠坛子。"

藤井拍了拍桌子："原来如此！"难怪那天悠太郎突然把米糠坛子交给自己保管，原来背后还有这样的缘由啊。

"那家伙还说什么实在太丢人了。"大村插嘴道。

"啊，虽然是个大块头，但是气量却很小呢。"源太笑得更加促狭了。

本想帮悠太郎说几句话，但芽衣子却一直插不上嘴，就在这时，竹元又大声喊叫起来：

"不错！在宽阔的仓库中，只有一席大小的座位，用整体空间来表现个性。"

"悠太郎才不小气呢！该有常识的时候也是有常识的！"

"有常识吗？不就是做了惊世骇俗的事，才被发配出去了吗？"泰介摆出了思考的姿势。

芽衣子辩解道这只是因为悠太郎充满热情，竹元就说把墙壁的一面全部涂成红色。大家讨论悠太郎时顺带提到了咖喱饭，竹元又说要在屋顶放一个俯视全房间的咖喱女神像。当芽衣子哭笑不得强调要和式房间后，竹元又不知所云地说"那就做成咖喱菩萨吧"。

"绝对不行！我才不要这样的饭厅！"

"您说什么，说到咖喱女神，那就是夫人您啊！您本人就是咖喱女神！想一想，您可以从上方俯瞰着那家伙的空间，如果这都不叫爱，那什么才叫爱！"

"这家伙的独占欲很强呢。"源太不依不饶地说。

"没错！这个空间，就是您的爱和错觉下的艺术表现！"

完全无视一旁目瞪口呆的芽衣子，竹元得意扬扬地在草稿本上奋笔疾书。

"西门君，真是不容易啊。"藤井小声嘀咕了一句。

"藤井先生，请问在那之后，我父亲有什么消息吗？"泰介问道。

"中国那边的撤退还没开始，暂时还没有他的消息。"

"那家伙肯定还活着。"竹元忽然停下笔，一脸不屑地说，"那家伙怎么会死啊。满嘴都是大道理,一点儿乐趣都没有的人,放在身边就会大大增强物理上的空间闭塞感。这么无聊的男人,无论是天堂还是地狱都不会收的。"

竹元是个想到什么就说什么的人,虽然是嫌弃之词,但他对悠太郎还活着这件事笃信不疑的态度,让芽衣子感到非常的欣慰。

当马介端着剩余的土豆出现在仓库时,竹元被吸引了全部的注意力。他把草稿本往榻榻米上一放,一边念着"我要跟马介先生商量美味介的将来",一边忙不迭地追了出去。

"竹元先生跟姐姐有点像呢。"泰介苦笑道,"他们只会关注自己有兴趣的事物。"

"不过,他果然是个天才。"大村拿起竹元刚才画的草稿,发出了由衷的称赞。

看过草稿之后,藤井也颇为感慨:"……其实他很喜欢西门君吧。"

"来,看看这个。"源太把草稿本递到芽衣子的眼前。画面中既没有咖喱女神也没有咖喱菩萨,仓库最上端设置了天井采光,整个房间就是一个令人心安的和式空间。入口处还画上了楼梯,在一旁标着"钢筋混凝土"的字样。

"这个楼梯,是特意做成钢筋混凝土的吗?"

"真是体贴呢。"

藤井和大村一同露出了微笑,还在建筑科的时候,提到钢筋混凝土,自然指的就是悠太郎这个人了。不过,芽衣子跟他们想的都不一样,她想起了在娘家开明轩的门口,悠太郎亲手制作的那个楼梯。

仔细一看，楼梯上还画着精致的扶手。

"……这、这不就是为了迎接那个人所设计的饭厅吗？"

眼泪一滴一滴掉落在草稿纸上，不管是过去还是现在，芽衣子的脑子想的满满都是悠太郎的事情。见状，源太默默地离开了仓库，只有阿静注意到他的动静。

木板屋建好之后，大村和工人们开始对仓库进行改装。托藤井四处跑动之福，各种装修材料也差不多都备齐了。向诸冈订购的玻璃也按时送了过来。

"谁来帮个手？"

芽衣子拖着满载货物的板车，步履艰难地向仓库走来。板车上面堆满了各种食器、坐垫和榻榻米。仓田和他的朋友们为了支援饭厅，将家里的物品贡献了出来。虽然都是些老旧的东西，但对芽衣子来说已经十分奢侈了。

"好了，我要再去拉一趟。"她推着板车，兴高采烈地朝黑市走去。

既然要烹饪料理，最重要的就是备齐调味料和作为佐料的蔬菜。味噌、酱油、盐、海带、鲣鱼干、砂糖，还有蔬菜的幼苗和种子，芽衣子拜托关系不错的真冈帮她弄到了手。

想象着饭厅展开之后的种种情景，芽衣子不由对未来充满了憧憬。不过，她对美军的厌恶感依然没有改变，每次在街上看到扔投巧克力的美军，她都会上前怒喝："说过多少次了，不要乱扔食物！"她将以前拿到的巧克力用报纸裹了起来，发誓要等悠太郎和活男回来之后才能打开品尝。

第 11 章 / 巧克力战争

而在另一边，希子对美军的感观有了一些微妙的变化。

"这是真的吗？真的、真的可以让我们自己去取材吗？！"

"美军已经同意了。他们说既然是反映民意的广播，就不应该把新闻稿改来改去的，应该亲自深入群众，去听取他们的声音。"

在日军的统治下，当时的广播报道只能对着新闻稿朗读，还没有独立取材这种形式。没想到美军来了之后，居然同意了这个提议，希子多少觉得有些讽刺。

"啊，话是这么说，上面的审核还是有的。不能报道美军的负面行为。"

一旁的同事表示："就算如此，这也是值得高兴的巨大进步了。"

虽然对美军的印象有所改观，但希子依然不能坦然地感到开心。

这天晚上，当芽衣子回到木板房之后，看到福久正用奶瓶给大吉喂奶，她对此有些不满，咕咕哝哝地抱怨起来，"居然用奶粉喂奶……"

喂奶粉其实没什么问题，她只是看不惯标着"美国制造"的奶粉罐。

"没办法啊，我没有奶水了。"

"要是一直给大吉喝这种东西，他的眼睛，会变成蓝色的哦！"

闻言，福久露出兴奋的表情："听起来很有意思。"

"……你去帮美军分发援助物资了吗？"芽衣子又把枪头对准了泰介。

"嗯，那边有很多保护孩童的慈善团体，他们知道我的打算之后，就打算跟我一起合作。"

"是吗？"芽衣子越发地不满。

"……母亲,说实话,对战争孤儿的安置和相关理念,美国要比我们先进多了。有不少美国夫妇也愿意领养日本的孤儿。如果没有对方的援助,很多活动都很难展开,这就是现实。我觉得美国也有不少值得我们学习的地方。"

"真是丢人啊,大和魂到哪里去了?!"

脑子里一片混乱,芽衣子只能通过揉米糠来发泄。

(是啊,说不定美国也有好的地方呢。)

那些人怎么这么快就倒戈了呢——在芽衣子心烦意乱之时,希子一脸为难地找上了门。

白天,希子被莫里斯上尉叫了过去,通过翻译官,他表示还想吃上次的饭团,所以拜托希子去联系做饭团的人。

"你能帮莫里斯上尉做饭团吗?"

对方知道芽衣子就是自己的大嫂,所以希子很难拒绝。

"……不要,这种事,我才不干!希子,你不是说他们不可信吗!"

"虽然不可信,但是如果拒绝他们的话,之后肯定会各种为难我们的!所以,拜托了!"

在希子的苦苦哀求之下,芽衣子只得勉强答应下来。

"……知道了,不过,相应地,我会收他们双倍的钱!"

"当然可以,三四倍都没问题!对他们来说不过九牛一毛。"

"……哎,真的吗?"希子的话让芽衣子的眼睛一亮。

(那就好办了,如果能从那些强盗手里大赚一笔,心情也会舒畅不少。)

第 11 章 / 巧克力战争

芽衣子考虑了一番,最后决定贩卖两种饭团。一种是"和风饭团",另一种是用午餐肉制作的"美国风饭团"。第二天中午,她把摊位摆到广播局,插上了两种饭团的牌子,仔细一看,美国风饭团竟然比日本风饭团贵了十倍。

"真是声势壮大呢。"川久保苦笑道。

"食材费可花了不少。"芽衣子一脸愁苦。

"里面的馅不一样吗?"

"如果做同样的东西,还不知道会被怎么挑刺呢。"

就在这时,莫里斯上尉走了过来,"Oh! omusubi![1]"他露出了开心的神色。

芽衣子不由得紧张起来,"……美国人是这边,"她指了指贵了十倍价格的饭团。

"Oh, I see, I see.(哦,我明白,我明白。)"对方点了点头,拿起一个美国风饭团,掏出钱递给了芽衣子。

"谢谢。"芽衣子板着脸把钱收下了,随后,午休的日本工作人员也陆续靠过来向她购买和风便当。虽然和风便当卖得很好,但是美国风便当却无人问津。

就在这时,莫里斯上尉发出了"Yummy(好吃)"的惊呼,路过的翻译官见状,便停下了脚步。莫里斯上尉拿着咬了一口的饭团,和翻译官攀谈起来。

---

[1] omusubi 是日语"饭团"的发音。

多谢款待 2

"你在做什么啊?"

希子一回头,看到芽衣子正在慌慌张张地收拾摊子。

"他们不是在说'黑市'吗?!那个,不是要去告发我吗?!"[①]

"不是的!'Yummy'是英语,好像是'很好吃'的意思。"希子笑着解释。

"哎,是这样的吗?"芽衣子松了一口气,然后下一刻,一大群美军就拥到了摊子跟前。

"好的!好的!"芽衣子熟练地做起了生意,美国风饭团转眼之间就卖光了。

收拾摊子的时候,芽衣子向周围扫了一圈,见美军们都兴高采烈地吃着自己做的饭团。

(好像也挺可爱的嘛,美国人。)

就连长满了胡须,一脸威严的莫里斯上尉,每次咬下饭团时,也会露出开心的神情。

(不管是美国人还是日本人,吃到美食后都会露出同样的笑容呢。)

那个什么上尉,应该也是一个美食家吧——想到这里,芽衣子对美军的厌恶感减少了一些。

回到木板屋之后,她从层层新闻纸中掏出了那块巧克力。

"这孩子又没什么过错。"

虽然十分心动,芽衣子还是抵住了诱惑。"不行,要等那两个人回来!"她一边自言自语,一边依依不舍地把新闻纸包了回去。

---

① 英语 Yummy 和日语"黑市"发音相似。

日子一天天过去，仓库饭厅终于顺利建成了。

芽衣子兴奋不已地推开了房门，门前，是钢筋混凝土搭建的台阶，进屋之后，放鞋子的地方修成了小斜坡，房中央则是进餐的座席，方形的榻榻米上面摆着一个木质餐桌。

阿静走到正前方坐了下来，眉开眼笑道："哇！这个不错。"

芽衣子也跟着坐了下来，她抬头看向天顶，上面装了一面透明的玻璃，可以一眼看到碧蓝的天空。

"这个设计好棒啊。"泰介感慨道。

"白天可以感受晴空，晚上可以眺望夜空。"大村笑道。

好想让悠太郎和活男也看到这样的景色啊，两人早点回来就好了……

"大村先生、藤井先生，真的太感谢你们了！"芽衣子对着他们深深地鞠了一躬。

几天之后，泰介正在事务所干活，马介突然跑了过来。

"那个、最近，你母亲的情况怎么样啊？"

"干得很起劲呢。"泰介微微一笑，说起了芽衣子的近况。

前几天，仓田带来了一条巨大的荒卷鲑鱼，不单是仓田和他的客人，就连阿静和泰介，还有附近的邻居们都跟着沾光，尝到了芽衣子烹制的鲜美鲑鱼料理。在那之后，仓田的朋友们也纷纷上门，成为了饭厅的常客。今天是带着鸡蛋的仓田，明天是空手而来的太田，后者甚至表示"只要好吃，我什么都可以"。

"可能是食髓知味吧，母亲最近开始自己进货，到处去拉客人了。"

她很适合干这个工作呢。"

"这样啊……"

看着马介小心翼翼的模样,泰介说道:"我觉得没什么大碍了。最近她也不像以前那么讨厌美军了。"

"对啊对啊,我觉得你就是想太多了。"源太附和道。

在两人的劝说之下,马介终于下定了决心。

"多谢款待太太?"阿静一边倒酒,一边向对方问道。细川大笑道:"是暗号啦,暗号。"

今晚的仓库饭厅中,仓田和朋友们围坐在一起,热火朝天地吃起了牛肉火锅。

看着准备料理的芽衣子,仓田解释道:"我们说,来这里吃饭就对个暗号吧。以前,你不是有'多谢款待太太'这个称呼吗?我们便把这个作为暗号了。"

"为了避免更多人知道这里,我们碰头时就说:'今天,去多谢款待太太那里。'"太田露出了恶作剧一般的笑容。

都一把年纪了,吃个东西还要对暗号,简直就像顽皮的少年一样。不过说到"多谢款待太太",还真是令人怀念呢。回想起以前的事情,芽衣子情不自禁地笑了起来。

第二天,听说福久要去事务所拿奶粉,芽衣子也踩着点去了职业介绍所。

"原本你家工厂是做什么的?"

"主要是做一些花瓶和餐具。"

源太和诸冈聊了起来。

"大概就是这样的东西。"

福久拿出了一个工厂制作的圆形花瓶,因为没有钱,就拿这个跟泰介换取牛奶。芽衣子把花瓶接过来,端详了一番。

"这种东西,的确最近没什么人会买呢。"源太评价道。

"这个,能让我放在仓库里做装饰吗?房间有些空旷呢。"

芽衣子将买花瓶的钱硬塞进诸冈的手里,作为母亲,她想尽量补贴一下孩子们的生计。

就在这时,室井和马介也走进了事务所。

"……芽衣子,不好意思,我差不多想回去重开美味介了。"

猝不及防的话题让芽衣子吃了一惊,源太和泰介则是一副早已知晓的模样。

"可以吗?让我回去。"

"当然可以啊!这可不是我该插嘴的事情。哎呀,打算什么时候开始?"

虽然饭团摊子不做了有些寂寞,但是重开美味介可是件令人雀跃的事情。

"之前竹元先生说愿意帮我重建……嗯,还有,如果重新开业,店里应该是On-limit(无限制)。"

马介的表情有些为难,但还是说了出来。

"哦、哦林米托……是什么?"

"就是美军可以自由进出的店。"马介一脸歉意地解释,"只有同意了这个条件,他们才愿意帮忙周转资金,这是唯一的出路了。其实,这是保证咖啡进货的最好的方法。"

听到这里,芽衣子终于明白过来,因为自己讨厌美军,连配发的巧克力都不愿意吃,顾虑到自己的情绪,马介才一直瞒着自己。

"虽然我很讨厌美军,但是我更喜欢马介先生泡的咖啡。喜欢的感情更胜一筹。"

"……谢谢!开店之后你一定要来喔!"

"那当然!赶紧重新开业吧!我很期待牛奶蛋糊卷和海鳗糕哦!"

一旁的室井露出了失望的神色,他本来期待着两人大闹一场。不过不管怎么样,如果活男回来的时候见不到最喜欢的美味介,那该有多伤心啊。

仓库饭厅的经营渐渐走上了正轨,每当芽衣子看到屋里的圆形花瓶,总是会想到诸冈家工厂的业务危机。

他们需要的是下订单的客户,这样工厂才能开工赚钱。

某一天,芽衣子气喘吁吁地跑到了诸冈家。

"福久,你们做煤油灯吧!我见到了五金公司的社长!我会帮你们拉生意的!"

芽衣子说的人是仓田今天带来饭厅的新朋友,名叫光峰,自己经营着一家五金公司。

"岳母,我听不太明白……"诸冈露出了疑惑的神色。

第 11 章 / 巧克力战争

"就是说,今后会出现更多电力不足的情况,到时候煤油灯肯定会很好卖!"

刚才在餐桌上,仓田是这么分析的:各地的工厂都会逐渐恢复生产,相对地,家庭用电就会被严格限制,在今后的一两年内,民众对煤油灯的需求会大大增加。

几天之后,光峰与诸冈夫妇在仓库饭厅见了面,他们交换了各自生产的金属制品和玻璃制品,几番商议之后,两家很快就达成了合作的协议。

"来来来,再喝一瓶!"

芽衣子带着灿烂的笑容,殷勤地站起身为众人倒酒。

这一天,当芽衣子去职业介绍所帮忙煮赈灾饭时,希子忽然找上门来,向她转述了莫里斯上尉的话。

"饭团 Yummy?"

"对,就是夸你饭团好吃的那个人。最近'多谢款待太太'的事情在街上广为流传,他听说之后表示很有兴趣,就让我来牵线搭桥。"

希子拼命找理由来说服对方,比如房间是和式的坐着不舒服,食材也必须自备之类的,但是对方听了之后,反而更加兴致勃勃了,还说要拿一大块牛肉去做菜。

"要怎么办呢?"

"……可以让我考虑一下吗?"

做赈灾饭的时候,芽衣子一直苦苦思考着这个问题。回到家后,她看见一名陌生的年轻人在自家门前张望。

"请问,是泰介的同学吗?"

见他年纪尚轻,芽衣子便推测了一下,没想对方却说了一句令她十分意外的话。

"不……我是和西门活男同搭一艘船的战友。"

芽衣子带着震惊的心情,把这位自称小关的年轻人带进了仓库中。

"我和西门是同一艘船上的会计兵……最后出击的时候,我因为生病,就留在基地的医院里住院……"

闻言,芽衣子不由得心头一凉,一旁的阿静也变了脸色。

小关紧了紧膝头上握成拳状的双手,开口道:"……只有我苟且偷生,真是太丢人了。"

理解了这句话的意思之后,芽衣子觉得心中忽然有什么东西突然崩溃了。

"那么,小活呢?"阿静用颤抖的声音问道。

"他死得非常光荣。"

最后一丝希望也被打碎之后,芽衣子忽然什么都无法思考,整个身体都麻痹了。

"……这个,是他的遗物。"

小关掏出了一册记事本,阿静代替芽衣子接了过来。据说是在小活的行李中发现的。

"请问……活男在海军有帮上什么忙吗?"阿静问道。

"西门是个很爱笑的人,大家都很喜欢他。他捏饭团的速度非常快。被别人说'多谢款待'的时候,总是露出害羞的笑容。他经常自豪地提起自己的母亲被叫作'多谢款待太太'一事。"

阿静在小关看不到的地方，用力戳了几下陷入茫然状态的芽衣子。

"……啊、啊啊。啊，对了，我是这么想的，会不会、战死通报会不会搞错了呢？"

小关缩了缩身体，明明没有任何过错，却对活下来一事感到十分愧疚。

"今天……辛苦你特意跑一趟了。"意识到自己的失言，芽衣子慌慌张张地低下了头。

这天晚上，芽衣子不顾室外寒风刺骨，整夜都在田地里劳作。

从泰介嘴里得知原委后，担心芽衣子的源太便来到了西门家。当他找到芽衣子时，她正大剌剌地躺在田埂上，捧着活男的记事本，一页一页地翻阅着。

"这是什么？"源太故作轻松地问道。

"……小活的记事本。"

芽衣子的声音意外地平静。

"很有小活的风格呢。我都看笑了。"

"这样啊。"

"……小源，我想给小活办个葬礼。"

"……要办吗？"

"我好像听到小活对我说：'也差不多，该给我办个葬礼了吧。'……你能帮帮我吗？"

"……"

"我很需要小源的帮助。"

说完后,芽衣子用记事本轻轻盖住了自己的双眼。一直顽固地怀疑战死通报真实性的芽衣子,终于静静地接受了儿子的死亡。

"……你尽管说……"源太终于开了口,"不管什么都行,芽衣子。"

他的声音十分温柔,就像包容着芽衣子的痛苦一般。

活男喜欢在日期的边上写上各种内容。比如这天做了什么料理,做成了什么样子,通常只有一两行。不过,某一天的内容却写得特别的长。

"昨天晚上,做了一个很奇怪的梦。早上起床的时候,我像往常一般朝料理台走去。不知为何,那里却出现了母亲的身影。我停下脚步,呆呆地望着她,母亲忽然转过头来,唱起了莫名其妙的小曲。

"'我做的米饭——特别香——'梦中的母亲兴高采烈地哼唱着,'快来快来——'

"我就这样上了钩,迷迷糊糊地坐到了餐桌边。母亲跳着奇怪的舞蹈,给我端上了一碗咖喱饭。我十分开心,一边说'我开动了',一边拿起汤勺吃了起来。但是,不管怎么吃,咖喱饭都吃不到嘴里,不知何时起,连母亲也消失不见了。可是,我连'多谢款待'都还没跟她说啊。"

从梦境的描述中,看得出活男的内心是非常寂寞的。

有时是土豆炖牛肉、凉拌菜、大葱和炸豆腐的味噌汤;有时是甜甜圈和杂物烧,不管做了多少次类似的梦,活男的梦的结尾都是一样的——

"今天也没吃到。"

"做梦嘛,没办法。如果我能活着回去,一定要好好地大吃一顿。"

第 11 章 / 巧克力战争

没有肉馅的咖喱饭、用内脏做成的炖汤、杂物烧、外形像甜甜圈的油炸食物、薄薄的牛排、蛋包饭，还有家传的泡菜，仓库饭厅的餐桌上摆上了满满当当的料理。

"这就是小活的葬礼吗？"马介感慨万分，要送别贪吃鬼的活男，没有比这更合适的仪式了。

"这些都是他说自己在梦中想吃又没吃到的料理吗？"川久保问道。

"还差一些做不了的料理，也有一些小活做失败又喜欢吃的料理。"芽衣子回道。

话虽如此，为了集齐桌上的食材，源太不辞辛苦四处奔波，银次和松尾也帮了不少忙，芽衣子也不知道拜托了真冈多少次。

"小活，你要多吃一点哦。"

阿静一边说着，一边不停地向活男的碟子里夹菜。众人默默地看着这一幕，谁也没说话。

把悠太郎的膳食分好之后，芽衣子带着开朗的笑容，向一家之主的代理人泰介望了过去。

"……父亲还没回来，就由泰介来说吧。"

泰介点了点头，对着活男的席位双手合十。

"活男，托你的福，今天吃上了这样丰盛的大餐。非常感谢……好了，我们开动吧。"

"我开动了。"

席间，众人谈起活男生前的种种趣事，一会儿开怀大笑，一会儿泪眼婆娑。不知不觉中，餐盘都渐渐露了底。

"……小活，已经不会饿肚子了吧……"

芽衣子紧紧地合上双眼。

夜里，回到木板房的芽衣子，在悠太郎的信纸上写了起来：

"今天举办了活男的葬礼。大家都来了，是一场很热闹的葬礼。"

写着写着，眼前浮现出了活男的音容笑貌，芽衣子心中忽然一阵绞痛，宛如被活生生撕裂一般。她想起了和枝说过的话——失去孩子的痛苦，不是哭闹个一两年就可以解决的，有些人甚至一生都走不出来。

"……我必须振作……必须振作。"芽衣子反复告诫自己。

装修一新的美味介，终于迎来了重新开业的日子。

"这不跟以前没区别吗？"阿静一边吃着用面包做成的小点心，一边抱怨道。

因为竹元坚持原先的风格才是美味介，所以新店就连画框的位置都跟旧店一模一样。

芽衣子代替马介在厨房里干活，就在这时，前方传来了推门的声音。

"欢迎光临——"

看清来客之后，芽衣子殷勤的笑容顿时凝固在脸上。几个美兵一边说着"Coffee"一边熟门熟路地坐在了席位上。

芽衣子一动不动地注视着他们，耳边响起活男写在记事本上的话：

"如果我能活着回去，一定要好好地大吃一顿。"

她浑身微微地颤抖，双手也握成了拳头状。

泰介看出了异状,便催促马介回到了厨房。

"抱歉,芽衣子,我来做吧。"

"不好意思……马介。"

说完,芽衣子头也不回地冲出了美味介,见状,泰介和阿静也追了上去。

"……在战场上,不是你死就是我活。这个道理,我虽然心里明白……但是……我、我是小活的母亲……作为一个母亲,我没法为杀死小活的敌人泡咖啡……不然的话……小活他就太可怜了。"

随后追上来的希子和川久保,还有源太,都站在不远的地方静静地看着。

"美味介能重新开业我非常开心,但是,我不会再来了。"

芽衣子勉强挤出了一个笑容,这个笑容是那么刺眼,让所有人都无言以对。

第二天,希子去见了莫里斯上尉,将活男战死的事告知了对方,表明芽衣子无法为身为美军的他提供服务。

与此同时,芽衣子正在仓库为烹饪做准备。"打扰了,夫人。"屋外传来了藤井的声音。

"藤井先生,你怎么了?"

"是关于西门的事情……"

藤井眉头紧皱,脸上布满了阴云。战争结束之后,芽衣子曾在很多人脸上看过这样的神情,在那一刻,她生出了很不好的预感。

第 12 章
盛情款待

"不知算好消息还是坏消息,先说一下我知道的情况吧……"做了一番铺垫,藤井终于切入了正题。

"我的朋友前几天从中国撤退了,他说最后一次上战场时看到西门君了。"

芽衣子的脸上露出了喜悦的光芒,但是,这仅仅维持了一瞬间。

"……不过,在那之后……听说他被拘留了。"

"拘留"是一个很沉重的词,芽衣子不由得紧紧握住了拳头。

"……总之,他还活着是吧。没关系……我只要在这里等他回来就行了。"

1947年(昭和二十二年),3月。

泰介终于决定结束长时间的休学,重新返回大学上课。

"寻人的工作不用继续了吗?"

"现在那边的工作已经减少了很多。"

阿静并没有注意到,泰介故意用了含糊的说法。

"最近新闻里也在说,美国人给孤儿们修建了收容所呢。"

听到这里,芽衣子的太阳穴猛然一跳。泰介赶紧打断了阿静,掩饰一般地打开了收音机。不巧的是,电台正在播放希子介绍美国爵士乐的内

/ 第 12 章 / 盛情款待

容，泰介只得又匆匆关掉收音机。

"……泰介，你要寄宿吗？既然回学校了，那就专心学习吧。你父亲肯定也是这个想法。"

"啊，我会好好考虑一下。说起来，今天的《笨菩萨》很有意思呢。"

泰介一边说着，一边把刊载着室井小说的报纸搁在了桌上。

"这个叫富士子的女主人公实在太笨了，真叫人着急。"

看着对小说品头论足的芽衣子，泰介和阿静默默想着，一无所知才是福。

早上的美味介人头攒动，大家都是冲着面包搭配咖啡的早餐而来的。

"你啊，心里到底怎么想的？"

在悠太郎不在的期间，源太就像长辈一样关照着泰介。

"这边的工作还没交接完，我本想父亲回来之前一直留在家里。但是因为我的工作，最近家里的气氛总是有些紧张。"

"因为你的工作要跟美国人打交道吧。"

"算了，不得不放弃的那一天，总是会来临的。"

室井在信封上写好地址，用莫名兴奋的语调说道："但是，等候一个不会回来的人，将自己的人生毁于一旦，这也太可悲了吧。不要颓废不前，积极面对未来吧！"

说完，他拿着信纸，踏着轻快的脚步走了出去。

"小说的反馈不错，他最近似乎'飘'了不少。"马介苦笑道。

"不过，那家伙差不多该注意到了吧，室井把她当素材写小说一事。"

"母亲完全没有注意到,还看得兴致勃勃。"

"真是个笨蛋,一直都这样。"

"算了,因为她是个'笨菩萨'嘛。"

三人嘴里的"笨菩萨",此刻正在废墟上给流浪儿们做饭。

每次有复员军人路过这里,芽衣子都会目不转睛地盯着对方。一个女孩子抬起头,疑惑地问道:"大妈,你怎么了?"

"大妈的家里,大叔还没有回来吗?"

见芽衣子露出寂寞的神情,孩子将一个锤形面包递给了她:"打起精神来!"

"……大妈没事啦,你们越长越高、越吃越多,我才更头痛呢……"

从这一年的1月开始,因为美国的物资援助,全国的小学校开始为学生们提供午餐。

其实,芽衣子的心情也很复杂,她知道有不少战争孤儿被美国夫妇领养了,虽然心里明白美国也有好的地方,但是一想起活男的死,她就不能容许自己忘记仇恨。

在木板房中,芽衣子正对着用新闻纸包住的巧克力发呆,就在这时,室井走了进来。

"芽衣子,我有一个请求,能让我借用一下仓库饭厅吗?下个星期,哪一天都行,下午六点左右,两个人。"

芽衣子吃了一惊,她慌慌张张地检查了预订表,找到了没有预订的日期。

"好的,我知道了。需要什么样的料理呢?"

第12章 / 盛情款待

"能让两人感情融洽地进餐的料理就行了,对了,最后要上一份甜点。"

在一旁听见两人对话的阿静,冷不丁说道:"女人哦。"

"是女人吧。你打算跟其他女人幽会吗?!"

"……她说是我的忠实读者,无论如何都想见我一面。"室井眉飞色舞地说着,一点掩饰的意思都没有。

这是明目张胆的出轨吗?芽衣子不禁慌了起来。

"樱、樱子怎么办?!樱子知道这些事吗?!"

"都快两年了。差不多可以找寻彼此新的人生了吧。说不定她早就找到新对象了。"

"说得也是,她对你这种人坚持这么久,才是件稀罕事呢。"阿静毫不客气地直击要害。

"总而言之,拜托你啦。看看,就是这个人。"

递过来的照片上,是一位年轻美貌的女子,跟室井放在一起简直是鲜花插在牛粪上。

"啊!不要对别人说哦!饭厅可是有保密义务的哦!"

叮嘱完之后,室井得意扬扬地走出了房间。

他们两人当初可是私奔到大阪的,现在怎么变成这样了。芽衣子无法接受这个情况,她匆匆来到职业介绍所给樱子打了电话,向对方汇报了这件事情。但樱子的反应十分冷淡,扔下一句"那不是挺好,代我打个招呼",就干脆地挂断了电话。

"真是的,我不管了!"

芽衣子愤愤不平地回到家，正巧福久家三人过来串门。

"你真的变了很多呢，很有母亲的样子了。"

温柔地注视着诸冈与大吉玩球的福久，已经完全成为了一位母亲。

"……学校呢，不去了吗？"芽衣子情不自禁问道，"新闻上说，在美军的督促下，开始男女共同上学了，就连帝国大学也要招收女学生了。工厂已经步入正轨了，你不考虑回去读书吗？"

"……是我个人的问题。我心里，已经没了以前那种想拼命读书的劲头了。"

"都给了大吉吧。"

福久轻轻一笑："说不定就是这样。"

（——不过，果然有些寂寞吧。）

以前的福久，哪怕被母亲一直提醒，也不愿意放下纸和笔好好吃饭。

（那样的福久，已经完全消失了，和战争一同消失了。）

悠太郎的信纸背面，密密麻麻写满了文字，如今，已经没多少地方可以写了。

（很多事情都改变了。）

不单是世间的事情，还有他人的心情，和对事物的看法。

"只有我，还是原来的样子……"芽衣子喃喃着，把头埋在了桌子上。

坐在席位内侧的室井，竟然从头到尾打扮了一番，虽然看起来有些滑稽可笑。

"就像赤裸裸的欲望穿上了衣服。"

把芽衣子的嘲讽当作耳边风，室井忘乎所以地读起年轻女性寄来的书信。

"哎呀呀，从文字上来看，真是一位学识渊博之人啊。"

芽衣子试着念了几句，却尽是些莫名其妙的内容。比如"讽刺和幽默的精神让人联想到狄更斯""展露的人性，就像仙鹤一般惹人怜爱……"，还有"这部简直就是先生集大成的杰作"之类的。

室井盯着对方的照片嘿嘿地笑了起来，又将脸紧紧地贴了上去："小路……"

"哎……你请慢用。"

芽衣子呆滞地走到门前，这时，门忽然被拉开，阿静带着照片中的女性一同走了进来。这位名叫路代的女性看起来比照片上还要美丽动人，难怪室井也要装模作样地打扮起来。

芽衣子在厨房一边烹制料理，一边向泰介说明了情况。不久之后，阿静也回来了。

"那家伙真是个大色狼，看看，才这么一会儿，两个人就贴在一起了。今天这饭厅可以改作情侣旅馆了。"

"这怎么行！"

"母、母亲！"泰介惊呼一声，扯了扯芽衣子的袖子，后者转过头，看到了令人震惊的景象。

"好久不见了，静姨也是。"樱子笑眯眯地说道。

与此同时，一无所知的室井还在饭厅里和年轻女性卿卿我我。当他得寸进尺地握住了对方的手时，门口传来了芽衣子的声音：

"打扰了。室井先生，很抱歉打扰两位进餐，您的夫人到了。"

未等室井反应过来，樱子就从芽衣子身后走了出来。

"好久不见了，室井先生。"她朝对方扔去一个轻蔑的眼神。

室井的脑子里变得一片空白，他维持着牵着路代的姿势，浑身僵硬地愣在原地。

樱子一边走向座席，一边揶揄道："看起来感情不错嘛。"室井赶紧松开路代的手，仓皇失措地拉开房门，把对方连推带搡地弄了出去。

"你、你来做什么！"

"我很有兴趣，自己的丈夫在和什么人交往。"

说完，樱子沿桌边坐了下来，她随意地从桌上拿起了一封信："书信来往，很开心吧？"

室井一下涨红了脸，从樱子手里抢过了信。

"……那当然开心了。她十分理解我的文字。"

"比如狄更斯和仙鹤什么的？"

"是的，这份感性可是非常难得的！"

"哪怕眼泪模糊了文字，也要继续读下去？"

"没错没错！她千方百计弄到我被禁的小说，十分认真地拜读了。"

"《笨菩萨》简直就是集大成之作？"

听到这里，室井终于意识到一件事。刚才樱子说的内容，全是自己手里这封信的内容。

"……哎！等一下！哎！难道，和我书信交往的人是……"

樱子得意一笑，掏出了一叠书信，"唰"的一下扔向了空中。这些

第 12 章 / 盛情款待

全是室井写给路代的信。

见状,室井面容上露出了凄惨的神情。芽衣子小心翼翼捡起几张瞟了一下:"真是过分呢。"

"是啊,有点可怜呢。"身旁传来了赞同之声。

说话的人正是路代。她真正的身份是民子的侄女,之前一直在帮樱子做事。

"樱子小姐写的信我都会誊写一遍,信也是我收的。"

室井匆匆忙忙地捡起散落在地上的书信,樱子轻蔑地看着他,一边在屋内踱步一边念着他写给路代的信。此刻,屋里的情形就宛如拷问室审讯犯人一般。

"我曾写过《盐和砂糖》的故事,路代小姐,对我来说,你就是砂糖一样的存在。"

"别、别念了!"

"你用你的甘甜,包裹了世间的一切。我要坦白!我无时无刻不在思念着你!"

"对、对不起!"

"说起来,我一直都在恶妻的淫威下生活。她这个人,性格高傲又反复无常。"

"假的、都是假的!"

"而且在战争中,竟然无缘无故把我赶出家门。你说,她是不是很过分?"

念完,樱子将信纸"唰"一下甩在室井眼前:"太过分了吧!忽然就改变了文风!"

"这种莫名其妙的文风是什么?室井先生是要成为大作家的人,这种书信可写不得。这些东西,死了之后都要收进文集里的。不能让文风变得乱七八糟的。"

"……樱子。"

"不过,这里写的是真的。《笨菩萨》这部小说,真的很有意思。虽然故事看起来很蠢,很无聊,文风又杂乱,但从本质上来说,充满了对在废墟中生存的人们的关怀,充满了对生命的敬爱。"

"……所以,你是为了这个,才把我赶出来的吗?"

"要让室井先生动笔,就必须使你处于艰苦的环境。我无论如何都想看到你在废墟上写出的作品。"

"……过分,你太过分了!樱子!"

"……抱歉。"

看着屋内流着眼泪紧紧相拥的两人,阿静评价道:"……真是笨蛋。"泰介和路代跟着笑了起来,芽衣子却一个人背过身,抹了抹眼角的眼泪。

"……你也应该快了。"阿静轻轻拍了拍她的肩头。

室井醉倒之后,芽衣子和樱子用余下的料理当下酒菜,一边喝着小酒,一边兴致勃勃地聊起了分别后的经历。

"我在东京见到了民子。是她把侄女介绍给我的。那孩子的目标是当演员,这次对她来说是不错的学习。"

"这样啊。民子呢,她怎么样了?"

"她的丈夫好像在战争中受伤了。她当上了教师,如今她连着丈夫的份一起依然奋斗在讲台上。"

听到这里,芽衣子不由露出了微笑。清秀又优雅的民子,其实是一位内心非常坚强的女性。

"……室井说了你很多事情。他说你很多事都处于悬而不决的状态。"

不愧是作家,说得非常到位。

"我觉得,真正杀死小活的人,其实是同意让他参军的自己。无论我怎么憎恨美军,小活都不会再回来了。大家都在顾虑我的情绪。我知道,我必须调整观念了,但是,一想到去世的小活,我就……小活太可怜了,如果连我都原谅了的话……所以,我一直找不到出口。"

"……原谅他人之前,是不是都要化身为厉鬼啊。比如阿修罗,他在成佛之前,好像也是个怒火冲天的人呢。"

芽衣子忽然想起小花的父亲评价和枝才是真正的菩萨。不得不成为厉鬼的芽衣子和只能选择成为厉鬼的和枝,在这一刻,前者终于明白了后者的心情。

"这样听起来,感觉也不错呢。"樱子感慨道。

泰介一直站在门外听着两人的对话,他本来是给芽衣子送棉被的。过了一会儿,他默默地抱着棉被回到了木板房。

"……母亲她,心里藏了很多话,却不愿意对我们说。"

"美国人的事情吗?"阿静想了想,"因为我们太过亲近了吧。如果她对我们表露了心声,不管再怎么斟酌词句,总是会伤到你和希子的吧。"

"……母亲她,好像很孤独。纵然身边有很多亲人和朋友,我觉得她依然是孤身一人。"

"这种事,不是理所当然的吗?我们每一个人,都是单独的个体,有着不同的想法和不同的人生。倒不如说,大家没有差异的世界是没有意义的。所以啊,能在某个瞬间产生和别人心灵相通的想法,是一件非常幸运的事情。"

这位尝尽了人间酸甜苦辣的人生前辈的心得,深深地打动了泰介。

樱子回到美味介之后,店里的氛围顿时焕然一新。作为精通英语的美人服务生,樱子在美军之中也大受欢迎。

在车站附近,随处可见复员军人和家人们欢喜重逢的画面。

芽衣子全神贯注地打量每一个从车站走出来的人,其中依然没有悠太郎的身影。

晚上,芽衣子垂头丧气地回到家中。察觉到她的失落,阿静狡黠一笑:"不好意思,我可是等了八年呢。"

"……我不会输的。"芽衣子笑了起来。开朗积极的阿静,总是能适时开导她。

泰介和川久保、诸冈一同走进了木板房,然后一直埋头商议着什么。

"大嫂,你听说这个春季在甲子园召开中学棒球大会的事没有?"

一直笑眯眯的川久保,不知为何今天的状态有点奇怪。

"没错。美军接管甲子园之后,表示可以解除一部分用地,给学生球赛使用。我也因此被美国人热爱棒球的心意所感动了。不愧是棒球之国!"

第 12 章 / 盛情款待

明明、明明一切都顺利进行的。但、但、但、但……"

芽衣子和阿静相对一望,川久保居然气得连话都说不好了。

诸冈接着川久保说了下去,他的情绪也异常激动:"但是,CHQ 居然在这时横插一手!CHQ!CHQ 那混账!"

"他们推翻了自己的决定。"最后说话的泰介,是三人中最为镇静的。

川久保怒气冲冲地吼了起来:"他们竟然说不准使用甲子园,大会就此中止!"

"……中止?甲子园,又要中止吗?……这种事情,绝对不行!"

因为很了解泰介和诸冈对棒球比赛的热爱之情,芽衣子也跟着火冒三丈。

"不过,为什么答应好的事情,现在又不行了呢?"

在阿静提出疑问之后,了解事情的希子也回到了木板房。

"怎么样了,到底怎么回事?"

对着晚归的希子,川久保难得露出焦躁的神情。

"主办方非常想举办这次比赛,所以屡屡跟美军的神户军政部交涉,最终得到了对方的许可。但是,CHQ,也就是'民间情报教育局'得知这件事之后,忽然表示要中止比赛。好像学生棒球比赛之类的活动,都是由这个教育局管辖的。所以他们对主办方越级申请的行为非常不满。"

"因为没跟他们通气,就闹脾气了?"阿静很快抓住了要点。

"简单说,就是这样的。"希子点了点头。

"因为这点小事,就要中止比赛!"芽衣子一脸愕然。

"听起来就是一群小肚鸡肠的人在搞事!"川久保不由得怒上心头。

"主办方无论如何也想在甲子园举办比赛。据说已经直接去找局长卡提斯先生商议了。"

为了安慰川久保,希子又补了一句。

"有什么我们可以做的事吗?梦想在某一天忽然被剥夺的惨痛经历,我不想再让后辈们体验了……"

"你说得没错!!"

对于泰介发自内心的呐喊,诸冈一脸愤慨地表示了赞同。

"……有什么我能做的,尽管说!"芽衣子激动地站起身,"不如往那些搞事的人的便当里下毒吧!"

虽然努力的方向不对,不过在场众人其实都跟芽衣子一个想法。

几天之后,声势壮大的签名活动开始了。

"大家!为了守护年轻人的梦想,请在这里签名!"

在黑市的美味小巷中,源太通过扩音器,用在牛乐商店锻炼出来的声音,十分卖力地向路过的人们吆喝着。

每当有人愿意签名,阿静和背着大吉的福久就会递出纸张,签好之后,芽衣子一边道谢一边将一份美味土豆递到对方手里。

银次等人也在各自的商店街如火如荼地展开着签名活动。

在美味介的大堂中,退役的棒球选手正在进行誓师大会。

"今天,在战争中生存下来的我们,能为后辈所做的,就是用这双手夺回甲子园!"

"哦哦哦哦哦!"

/ 第 12 章 / 盛情款待

被泰介和诸冈热情的演说所激励，热泪盈眶的众人发出了愤怒的吼声。他们纷纷抓起签名用纸，斗志满满地跑出了甜品店。

"加热食物是为了清除寄生虫。但是，难道棒球就是这个寄生虫吗？"

在街头采访市民时，希子和川久保采取了非常强硬的引导方式，听取民众对中止棒球比赛的意见。

不久之后，终于迎来了直面 CHQ，呈交民众心声的日子。泰介和诸冈拿着厚厚的签名用纸和录音磁带站在最前面，后面跟着川久保和多位退役选手。他们身穿各自所属队伍的球衣，每个人都精神奕奕踌躇满志。

"今天要为大家做什么呢？"

上班之前，希子来到了厨房，芽衣子正在准备众人的便当。

"用大米做的可乐饼。米饭上加上烤肉排！就是战胜美军！"①

看着对方一如往昔的侧脸，希子心中涌出一阵酸楚。

"……小姐姐，最近我没怎么回来，不好意思。"

"没事、没事，我知道的。你不回来也是顾虑到我嘛，我知道的。"

"但是，我很喜欢小姐姐。小姐姐对我来说，既是姐姐又是母亲，还是最重要的朋友。为什么我的工作会伤害到小姐姐呢？"希子眼中含泪，露出了愧疚的神情。

看着这样的小妹，芽衣子不由紧紧抱住了对方。

"……没关系，我都知道的。"

这天夜里，在交涉归来的三人面前，摆上了芽衣子做好的大米可乐饼。诸冈仿如面对敌人一般狠狠咬了下去，川久保压着心中的怒火，默默地咀

---

① 日语中，"米饭加烤肉排"和"战胜美军"的发音相似。

嚼起来，泰介则一脸严肃地吃完了可乐饼。

从结果来说，这次活动失败了。

"语言果然是个大障碍呢。如果不用对方的语言交流，是很难传达的……"

泰介颇有感触，难得有这么一个亲手递交物品的机会，却不能把热诚的心意传达给对方，真是白白浪费了宝贵的机会。

不久之后，希子也下班回来了。

"啊，果然不行吗？其实我这边也暴露了，今天被Yummy叫去训话了。"

莫里斯上尉表示，因为那些强硬的采访，当局也许会根据情况辞退参与人员。不过训话的时候，对方的表情并不怎么严厉。

"听了我的说明之后，他表示可以为我们提供帮助。他跟民间情报教育局的局长卡提斯先生好像是同一个高中毕业的，两人交情还不浅。"

听完希子的话，众人不禁一同惊叹——这个世界真小啊。

"不过，他开出了一个条件，"希子忽然看向芽衣子，"他要来仓库饭厅进餐，小姐姐要用世界第一的日本料理招待他。"

"！……"芽衣子惊得说不出话来。

"他说，如果吃不到世界第一的日本料理，他就不会帮忙。怎么样，你愿意接受吗？小姐姐。"

泰介表示不用勉强，芽衣子却很爽快地答应下来："……我做。"

"这是为了实现各位的梦想，小活一定可以原谅我的。美国人跟美国人斗，这种事想想就很有意思。我一定会大展身手的！世界第一的日本料理！"

第 12 章 / 盛情款待

不过现实情况是，芽衣子又不是日本料理的专业厨师，是很难做出世界第一的日本料理的。说起来，日本料理到底是什么呢，日本料理和其他料理最根本的区别是什么呢？

"法国料理和日本料理，最大的不同是什么呢？"

为了求助专业大厨的意见，芽衣子来到职业介绍所给东京的大五打了电话。

"那当然是酱汁了。法国料理会针对不同的料理开发量身打造的酱汁，这是法国料理的精髓所在。而日本料理的酱汁却没有这么丰富。"

"为什么呢？"

"那自然是因为有酱油这种优秀的调味料啊。除了酱油，还有什么调味料可以完美适应各种料理呢。"

两人正说到兴头上，大五却突然说照生的孩子过来了，急匆匆地挂断了电话。

芽衣子苦思冥想，最终决定挑战牛肉火锅。

"他既然喜欢吃用午餐肉做的饭团，那也应该会中意大米和肉类搭配的日式料理。牛肉火锅能让他体会到酱油的精妙之处，说不定能让他感到满意。"

时间匆匆而过，终于迎来了莫里斯上尉来饭厅进餐的日子。

"师父、小活……宫本老师……请你们务必保佑我。"

芽衣子朝着天窗合上双掌，默默地祈祷。就在这时，源太带着一大包肉块走了进来。

"这肉真不错。你居然搞到了,挺不容易的吧?"

"这肉正是最好的时候。我可不想被人说日本人不懂吃肉。"

最近是收获的季节,多根为芽衣子准备了不少上好的蔬菜。

收拾好一切,大家就一起在饭厅里等着。没过多久,希子就带着莫里斯上尉走进了屋子。

阿静把上尉领到餐桌前坐了下来,随后,希子有些困惑地将一大块整牛肉交给了芽衣子。

"他不知从哪里听说饭厅需要自备食物,所以就带来了这个。"

"哎,那我就用这个来做?"

把希子打发回去之后,芽衣子目不转睛地盯着案板上的大块牛肉。

"脂肪很少,不太适合做牛肉火锅。"源太评价道。

"但是,这块肉真是太棒了。"

看着看着,芽衣子的嘴角露出了一丝笑意。看来,只有全力以赴处理这块肉了。

"这个,这样做的话,绝对好吃。不好意思,大家可以帮帮忙吗?"

先上啤酒和泡菜给客人们打发时间,不久之后,正餐的牛肉料理也端了上来。

"请用烤牛肉。"

看清料理的模样后,莫里斯上尉等人露出了不满的神情。

"这不是日本料理。"希子翻译了他们的意见,但是芽衣子丝毫不为所动。

"所谓日本料理,就是最大限度发挥食材本身的味道。我认为对这块肉来说，这就是最好的烹饪方法。"

听了说明之后，莫里斯上尉等人暂时按下了不满。芽衣子将牛肉切成小块，把肉汁四溅的烤牛肉放在热腾腾的米饭上，最后撒上一些芥末和葱花。她将这份料理命名为"烤牛肉盖饭"。

"酱油是日本料理的酱汁，芥末是日本料理的香草。请各位品尝吧。"

莫里斯上尉双手相交，捏成拳状，做出了祈祷的姿势。这想必就是西式的"我开动了"吧。

他用刀叉叉起一块牛肉，张大了嘴，将牛肉送了进去。下一个瞬间，他忽然睁大了双眼，嘴角情不自禁地微微上翘。没错，这就是吃到美食的表情。芽衣子终于松了一口气。

莫里斯上尉加快了速度，狼吞虎咽地吃了起来。看着这个食欲旺盛的身影，芽衣子情不自禁地想起了活男和悠太郎。不知不觉之中，她的表情也柔和了不少。

当芽衣子抬起头时，发现莫里斯上尉正在注视着她。

"……我的儿子很喜欢料理，我觉得没有男子汉气概，就强迫他参了军。最后，他在珍珠港战役中牺牲了。"

听完希子的翻译，芽衣子呼吸一滞。原来是这样啊，这个人的孩子也——

"我也有一个很喜欢料理的儿子。他为了专心烹饪，上了船，成为了一名海军。最后，他也死在了战场。所以，我不能原谅美国人。"

莫里斯上尉静静说道："我也不能原谅日本人。所以，我才特意前来与你相见。不管被人憎恨，还是憎恨别人，都是一件非常痛苦的事。但是，要忘记憎恨，也是一件很困难的事。"

"……"

"……那个时候，如果是他的话，肯定想试试日本料理。所以，我就吃了你做的饭团……非常好吃。"

莫里斯上尉斟酌了一下，用日语说道："……从现在开始，我会喜欢上日本的。"

就在这时，从天窗射下一股明媚的阳光，在灿烂的光芒中，莫里斯上尉眯上了眼睛："I feel light.（我感受到了光芒。）"眼前的景象，让芽衣子觉得自己仿佛被救赎了，她无声无息地流下了泪水。

"……觉得好吃的表情，大家都是一样的。不管是日本人还是美国人。不吃东西的话就无法生存下去。在这一点上，大家都是一样的。"

"No food, no life.（不吃食物，无法生存。）"

"看来，不能继续陷入仇恨了。在我们每个人之间，并不存在必须牺牲性命的差异啊。"

眼泪源源不断地涌出来，芽衣子一边擦着眼睛，一边露出了欣慰的笑容。看着这样的芽衣子，眼眶发红的莫里斯上尉也露出了微笑。

此刻，泰介正从窗户中窥探着屋内的情形。

（想起来啊，泰介，室井先生讲述的那个故事。）

那时，活男也在收音机前收听，和大家一起开心地笑了。

（从沉掉的战舰上掉落下来的关东煮国士兵和香肠士兵，在热腾腾的海水中被一同煮得软炸炸的故事。）

同为料理爱好者，两个孩子在天国相遇后也一定会意气相投的。

（今天发生的事情，一定是两人在冥冥之中为亲人牵线搭桥。）

临别时，莫里斯上尉抱着芽衣子分给他的米糠，用刚学会的日语说道：

"谢谢你。"

阿虎的米糠，今后说不定就会漂洋过海了。芽衣子带着平静的心情，目送莫里斯上尉等人离去。

这样一来，事情应该能顺利进展吧——芽衣子满怀希望地期待着。

"为什么会变成这样？"

这一天，当希子说出事与愿违的结果之后，芽衣子不禁目瞪口呆。

"也就是说，他认为胜利应该用自己的力量去争取才有意义。"

"Yummy 不是说要帮我们的忙吗？"

"算了算了，他也告诉了我们不少的情报。你看，这是美国的高中新闻。"

希子一边安慰芽衣子，一边将报纸递给了泰介。

"卡提斯先生以前是学生棒球的明星选手。不过，因为体形较小，所以他无缘职业棒球，他本来是以职业大联盟为目标的。在那之后，他就走上了不同的人生道路，他一路走来似乎吃了不少的苦头。因为这样的经历，所以他认为学生时期不该对体育运动抱有过度的热情。"

"如果无法成为职业选手，学生棒球比赛就是没有意义的？是这个意思吗？"阿静愕然地总结道。

在一旁默默倾听的泰介，忽然喃喃自语："真是悲哀……无论如何……对某件事投入热情，并不是毫无意义的。"

说完后，他深深地叹了一口气。

"……那就让他跟你一个想法，不就行了吗？"芽衣子率直地说道。

"要怎样才能打动对方呢……"川久保露出了为难的表情。

"还有，Yummy 说他很喜欢吃冰激凌，这一点可以多加参考。"

听到这句话，芽衣子忽然愣住了。

"……冰激凌？"

"你怎么了？"阿静疑惑地问。

"因为，冰激凌的话，小活他……"

——我们一起做冰激凌吧。

芽衣子的话，让大家一同想起了活男的笑颜。

"……这、这样的，怎么样？"芽衣子将灵光一闪的构思说了出来。

第二天，芽衣子来到一直回避的美味介，毫不犹豫地冲进了店内。

"马介先生！来做冰激凌吧！和我一起！"

"……好的！"马介欣然允诺，露出了开心的表情。

几天之后，在卡提斯和 CHQ 领导的面前，以泰介和诸冈为首的原高校棒球选手们肩并肩地坐了下来。

希子和川久保也随同他们来到了谈判现场。

"今天，我为各位带来了小礼物——自制的冰激凌。"泰介用特训的英语说着，从铁质容器中掏出了两个小碟子，"这边是用蛋黄做成的冰激凌，这边是用蛋白做成的冰激凌。请吧，两边都请尝一下。"

卡提斯先是尝了一口用蛋黄做成的冰激凌，做出了评价："好吃。"

/ 第 12 章 / 盛情款待

当他尝到用蛋白做成的冰激凌后，脸上露出了惊讶的表情："这边也很好吃。"

"……我认为棒球也是一样的。不管是学生棒球还是职业棒球，都是优秀的活动。"

泰介直直地注视着卡提斯，后者继续吃着桌上的冰激凌，一言不发。

"在战争时期，棒球被认作敌对性运动被军方禁止了。尽管如此，我们依然孜孜不倦地投着用纸张填充的破损棒球。因为我们热爱棒球这项活动。我们没有一个人成为职业棒球选手。但是，我们不认为那段时光是没有意义的。"

在芽衣子的心中，与活男在一起的回忆比任何宝物都珍贵，这份回忆永不褪色，一直散发着光芒。

"和伙伴们共度的时光，最后一刻都在努力追寻白球的时光，在那个压抑的时期，给予了我们无与伦比的自信。这份自信，在今后的人生中，也一定能帮助我们克服种种苦难。"

等泰介说完，川久保大声读起了从莫里斯上尉那里拿到的英语新闻报纸。

"汤姆·卡提斯用他矮小的个头投出了精彩的本垒打。在最后的对决中，在队伍陷入困境的危急时刻，他为我们所有人带来了勇气。感谢你，小个头的大汤姆。"

"您不也是这样的人吗？"

泰介用英语说完总结词之后，卡提斯也刚好吃完了两份冰激凌，他抬起头，嘴角浮出了一丝微笑。

这天夜里,聚集在美味介的众人不分彼此地热情相拥,"太好了——!""甲子园——!"

卡提斯被泰介等人的心意所感动,承诺让棒球大会顺利召开。

"大吉!你可以去甲子园了!"急性子的诸冈,早已哭得一塌糊涂。

"小活!谢谢你!"芽衣子朝着天空大声呼唤。谢谢你教会我放下憎恨,谢谢你实现了我们一起做冰激凌的承诺。"谢谢你——!"

"谢谢——!活男!"泰介也跟着喊道。

"谢谢——!谢谢——!小活!"

紧跟着,马介、阿静、源太和樱子也仰天高呼,努力将感谢之声传递给天国的活男。

当大家激情澎湃之时,福久一个人走出了房间。她在废墟中缓步慢行,这时,面颊拂过了一阵春风,她忽然想起一个熟悉的人,想起他那双温柔的、满是皱纹的手。

"……爷爷。"

福久抬头望向天空,暖暖的阳光温柔地洒落在脸上。她忽然转过身,快步朝家里奔去。

"啊!你去哪里了?大家都在庆祝呢。"

芽衣子正在店门口陪大吉玩接球游戏,福久三步并作两步走上前,开口说道:

"母亲,我……也想为大吉留下些有意义的东西。就像弘士和泰介为大吉留下甲子园那样。"福久的表情有些迫不及待,"我想去制作电源。"

"电……电源？"被对方的气势镇住，芽衣子小声问道。

"风力、地热、海浪、太阳光等等，这个世界上存在很多眼睛看不到的力量。我想制造把这些转换为电源的设备，造福今后的人们。可以的话，我想去上大学。"

一时间，芽衣子的眼前仿佛出现了一名垂着发辫，身着女校校服的女学生。

她对福久微微一笑："……奶奶，和曾奶奶都还在呢。诸冈家的人也很善解人意。没关系，我们会帮忙抚养大吉的。不过，我们看不见那些看不见的力量呢。"

正藏好像也说过类似的话。他不单是料理师傅，也是芽衣子的人生导师。

"不管是哪里，日本也好外国也好，你都大胆前行吧。我觉得，你就是为此而生的。"

看着因为激动而热泪盈眶的女儿，芽衣子笑道："……我得努力赚钱了呢。"

这天夜里，芽衣子带着平和的心情，在信纸的背面写了起来：

"甲子园回来了。福久也回来了。我心中的小活也回来了。"

"……悠太郎，你什么时候才能回来呢——？"

悠太郎答应过妻子，一定会尽快回来。一丝不苟的他，一定会牢牢记住芽衣子"想吃你亲手做的料理"的心愿。别看他那样，其实也是个讲究味道的人。他一定会将美食做给苦苦等待的妻子品尝。

总有一天，自己会开心地撕开包巧克力的新闻纸吧——芽衣子一边想着，一边闭上了双眼。

某一天，仓库饭厅来了一位特别的客人。

"为、为什么？！"芽衣子惊慌失措地叫道。

"我也不清楚。仓田先生突然说要带一位客人过来，还给了我这个。"阿静解释道。

客人带来的食材，偏偏是芽衣子最不擅长的沙丁鱼。话虽如此，她还是手脚麻利地做好了料理。当她把沙丁鱼料理端进饭厅，看见了席位上面无表情的和枝。

"……这就是世界第一的西餐？"

"……是的。"芽衣子挺起了胸膛。

不知何时，仓田离开了座席。

"算了，我开动了。"和枝举起了筷子。

"……那个，非常感谢。"芽衣子双手撑地，认真地向和枝鞠了一躬。

"那个时候，因为被大姐那样冷漠对待，所以我自然而然做好了心理准备。最坏的情况，也不过如此吧。不过，真到了那个时候，我反而有了奇妙的自信，就算是孤身一人的弱女子，也能这样死皮赖脸地生存下去。其实，大姐你是故意那样对我的吧。"

"我只是在刁难你罢了。"和枝依然板着一张脸，不动声色地吃着。

其实，芽衣子早已明白，在和枝宛如恶鬼一般的面具下，还藏着另一张面容。不过这些事也没必要说破。总之，和枝的所作所为拯救了自己，只要明白这件事就好了。

"这次我是故意做得很普通的。下次,我肯定让大姐大吃一惊的。敬请期待。"

对着出门送别自己的芽衣子,和枝不由微微一笑。笑容中,蕴含了几分温柔。

"……我说,悠太郎回来之后记得跟我联系。这个事还没了结呢。"

和枝从袖子里掏出一张纸,搁在对方眼前。芽衣子定睛一看,这不是之前她和泰介写的那份房子和土地的转让书吗?

和枝一脸得意地笑道:"看起来你已经忘了?这个家已经是我的东西了。今天就这样了,我会再来的。"

"……不!你以后不用再来了!"芽衣子可不想跟这个人纠缠一辈子。

这一年的3月30日。

在甲子园开幕式的这一天,西门家、诸冈家、室井家,还有商店街的众人,纷纷来到美味介集合。不过,有几人无法参加这次活动,一个是埋头撰写明天截稿的《笨菩萨》结尾的室井,一个是非常遗憾不能担当实况转播的希子,还有一个就是撞上复员军人的列车到站日子的芽衣子。

她对泰介说,如果接到了悠太郎,就马不停蹄地赶过去。随后,她一个人在厨房烹制了悠太郎最喜欢的牛筋咖喱饭。

前几天,竹元与芽衣子来了一场冲击性的再会,他带着一位年轻俊美的男性同伴还有咖喱粉来到了仓库饭厅。当芽衣子对着青年的侧脸神魂颠倒之时，竹元坚定地说："夫人，做咖喱饭吧！做好之后，那家伙一定会闻着味道一路找回来的！"

"又不是狗……"芽衣子咕哝着，脑海里突然跳出一个画面。

只要有你做的咖喱饭，我就一定会回到这里。——当时，悠太郎是这么对自己说的。

芽衣子抱起煮好的咖喱饭，来到了车站前的废墟中。芽衣子在黑市养成了做生意的习惯，与其在家里眼巴巴地等着，不如来离车站最近的地方向路人贩卖咖喱饭。

她刚摆好了摊子，复员军人就陆陆续续从车站里走了出来。芽衣子屏住气息，认认真真地打量着每一个路过的人。……不是……这个也不是。

看着复员军人跟前来迎接的家人欢欢喜喜抱作一团的情景，芽衣子的心里又是开心又是羡慕。

"怎么了？"源太从远处走了过来。从泰介那里了解情况后，他也赶到了车站。

"你不看吗？甲子园。"

"没事没事。"他一边说着，一边看向"咖喱饭五十元一碗"的牌子，"你这家伙，卖得太贵了吧。"

"悠太郎要是回来的话，我就免费赠送！"

就在这时，一个陌生的女声传过来："请问，这个。"

"这个能便宜一点吗？实在是太香了，这个人很想尝一下。"

这名女子似乎是复员军人的妻子，她的丈夫一直在后面说"算了算了"。

芽衣子稍稍一思索，便干脆地盛了一碟咖喱饭给对方："这是庆祝复员的礼物。"

"太、太感谢了！我开动了。"

芽衣子微笑着注视着对方狼吞虎咽的模样，这时，身边又传来了其他人的招呼声。

"富士子烹饪的饭菜，片刻之间吸引了大群复员军人上前。"

芽衣子和源太接连不断地将盛好的咖喱饭递给伸出来的双手。

"多谢款待！"

吃完咖喱饭，大家都精神了不少，每个人都带着灿烂的微笑离开了。

"富士子从他们口中听到了数不清的'多谢款待'。"

芽衣子时不时地向车站那边望去，但是悠太郎的身影依然没有出现。

"但是，她一直等候的丈夫，却一直没有回来。"

室井因为一直嘀咕着想去甲子园，结果被女儿用绳子绑在了椅子上。此刻，他只得硬着头皮继续写《笨菩萨》的结尾。

复员军人走光之后，芽衣子和源太在废墟中席地而坐，吃起了剩下的咖喱饭。

"真好吃，这个，是通天阁最喜欢的吗？"

最喜欢咖喱饭的悠太郎，忘乎所以地吃着自己做的咖喱饭，然后一脸满足地说"多谢款待"。

"啊——真好吃，多谢款待。"

芽衣子轻轻地叹了一口气，源太盯着她的脸，问道："怎么了？"

"说不定,已经再也听不到了,悠太郎的'多谢款待'。"

"……两年都没过呢。"

"嗯。但是,"芽衣子从怀里掏出了悠太郎的信纸,"我本来想着,把想说的话都写下来,等他回来再说给他听……但是,已经没有地方可以写了。"

芽衣子的声音听起来有些落寞,像是坚持不下去了。

源太沉默了一会儿,开口道:"那不如,跟我在一起吧……我们都是孤家寡人,不如凑成一对吧。"

源太这辈子跟不少女人交往过,但是他从未对任何一个女人说过这句话。

"……啊!……啊、啊啊!"过了几秒钟,芽衣子终于反应过来。

"什么啊,你这反应。"

"不不,因、因为,这是不可能的啊!这种事,我和小源,怎么可能啊!而且,小源你这么花心!"芽衣子心中慌乱不已,连话也说不利索了。

"我、我长得又不美!还有了好几个孩子!而、而且,这还两年都不到呢!"

"……哦,所以我刚才不就说了吗?"

芽衣子愣了一下,脸颊顿时染上了粉色:"……啊,你故意套我的话。"

"为了没地方写字这点小事,就垂头丧气的,这都不像你了。你不是对他死心塌地吗?所以你就等到天荒地老吧。"

"……"

"不过嘛,我都是孤军奋斗,你也一个人继续努力吧。"

第 12 章 / 盛情款待

"……嗯。"

对于源太的温柔,芽衣子由衷地感激,她从废墟中站了起来:"今天,多谢了。"

"对了,他们说开幕式结束后回美味介聚餐。"

芽衣子跟对方约好收拾后就过去,随后推着空空的铁锅和餐具朝家里走去。

"是啊,必须做好觉悟了,说不定是长期作战呢。"

巧克力,也保持原样吧。

(说不定会是很长、很长的……啊,跑过来了。)

就在这时,西门家门前忽然跳出一只长得圆滚滚的小猪,芽衣子不由自主地追了上去,但小猪三下两下就蹦得没了踪影。

芽衣子还在疑惑"这里怎么会有小猪"时,耳边传来了一阵熟悉的男声——"请抓住它!"

甲子园观看团在开幕式结束之后,在美味介开起了热闹的庆祝宴。

川久保和泰介、诸冈等人激情澎湃地聊起了今天的比赛盛况,因工作没有去成的希子在一旁发出了羡慕的声音:"真好啊!"在店内的一角,室井一边念叨着"最后了!最后了!"一边在原稿纸上反复涂改。

就在这时,店门一下被推开了,源太走了进来。因为芽衣子迟迟没有出现,他刚才去了一趟西门家。

"芽衣子呢?"

"今天……应该不来了。"

芽衣子果然和笑容最为搭配。

"你们最好今天也不要回去了。"

"……难道——"众人一同露出了欣喜的表情。

"是什么感觉？喂喂，到底是什么感觉？什么感觉啊？"

仿佛抓住了救命稻草一般，室井追着源太心急火燎地问了起来。

虽然悠太郎做美味料理的计划泡了汤，但芽衣子把珍藏已久的巧克力拿了出来，与悠太郎一人分了一半，津津有味地吃了起来。吃完之后，芽衣子带着万般感触，发自内心地说道：

"……多谢款待！"

全文完